C'EST TRÈS BIEN COMME ÇA

DU MÊME AUTEUR

CARTES POSTALES, Rivages, 1999 ; Grasset, coll. « Les Cahiers Rouges », 2007.
LES PIEDS DANS LA BOUE, Rivages, 2001.
LES CRIMES DE L'ACCORDÉON, Grasset, 2004.
NŒUDS ET DÉNOUEMENT, Grasset, « Les Cahiers Rouges », 2005.
UN AS DANS LA MANCHE, Grasset, 2005.
BROKEBACK MOUNTAIN, extrait du recueil « Les pieds dans la boue », Grasset, 2006.
NOUVELLES HISTOIRES DU WYOMING, Grasset, 2006.

ANNIE PROULX

C'EST TRÈS BIEN COMME ÇA

Nouvelles traduites de l'anglais (États-Unis) par
ANDRÉ ZAVRIEW

BERNARD GRASSET
PARIS

L'édition originale de cet ouvrage a été publiée par Scribner, en 2008, sous le titre :

FINE JUST THE WAY IT IS
Wyoming Stories 3

ISBN 978-2-246-73841-1

© 2008 by Annie Proulx.
© Éditions Grasset & Fasquelle, 2008, pour la traduction française.

Pour Muffy & Geoff
Jon & Gail
Gillis
Morgan

Le sens de la famille

La Maison Mellowhorn est un bâtiment irrégulier en rondins à deux étages caractéristique du style de l'Ouest : meubles tendus d'étoffes aux motifs géométriques indiens et abat-jour à franges en peau de daim ; aux murs les trophées de chasse de M. Mellowhorn, des têtes de cerfs à longues oreilles et une grande scie de long.

Bérénice Pann, prenant conscience des périodes sombres du cycle terrestre, songeait que le moment de l'année était mal choisi pour débuter dans un emploi aussi déprimant que le sien – qui consistait à s'occuper de personnes âgées, veufs ou veuves venus de leur ranch. Mais rien d'autre ne s'était offert. Il y avait peu d'hommes dans la maison de retraite, et les femmes se jetaient sur eux avec tant d'ardeur que Bérénice les prenait en pitié. Elle croyait que le désir sexuel s'affaiblissait avec l'âge, or les vieilles biques rivalisaient pour les faveurs de paralytiques aux bras tremblotants. Les hommes, eux, avaient l'embarras du choix entre d'informes robes d'intérieur et des squelettes aux toilettes fleuries.

Trois chiens morts et empaillés occupaient les positions stratégiques : près de la porte d'entrée, au pied de l'escalier et à côté du bar rustique édifié avec d'anciens poteaux de clôture. Des plaquettes de bois, œuvre d'un artiste en pyrogravure, rappelaient les noms de ces chiens : Joker, Bugs et Henry. Au moins, songea Bérénice en caressant la tête d'Henry, la Maison avait vue sur les montagnes environnantes. Il avait plu toute la journée et maintenant, dans l'obscurité toujours plus dense, des touffes d'herbe surgissaient comme des mèches de cheveux décolorées. Le long d'une ancienne rigole d'irrigation des saules dessinaient une ligne irrégulière rouge sombre et l'étang réservoir au bas de la colline était aussi plat qu'une feuille de zinc. Elle s'approcha d'une autre fenêtre pour voir quel temps s'annonçait. Au nord-ouest, un coin de ciel d'un blanc laiteux chassait devant lui le troupeau de nuages de pluie. Un vieil homme assis devant la fenêtre du salon fixait la grisaille de l'automne. Bérénice connaissait son nom ; elle connaissait les noms de tous les pensionnaires. C'était Ray Forkenbrock.

« Vous avez besoin de quelque chose, monsieur Forkenbrock ? » Elle s'imposait de respecter les formes de la politesse quand elle s'adressait aux résidents, à la différence des autres membres du personnel, qui les appelaient par leurs prénoms comme s'ils se connaissaient depuis toujours. Ainsi Deb Slaver était d'une familiarité excessive ; elle les traitait en copains :

c'étaient des « Sammy », « Rita » ou « Délia » ponctués par des « ma chérie » ou « ma belle ».

« Ouais », dit l'homme. Il prenait de longues pauses, égrenant les mots avec une telle lenteur que Bérénice avait envie de finir ses phrases pour lui.

« Sortez-moi d'ici en vitesse, disait-il. Trouvez-moi un cheval, disait-il. Otez-moi soixante-dix ans, disait M. Forkenbrock.

— Ça, je ne peux pas ; mais je peux vous apporter une bonne tasse de thé. Et dans dix minutes ce sera l'Heure en société. »

Bérénice avait du mal à soutenir son regard. En dépit de son visage banal, de ses lèvres effacées, de son cou maigre, il était impressionnant. C'étaient ses yeux. Très grands, très ouverts, ils étaient d'un bleu pâle, très pâle, couleur d'un glaçon détaché au pic, un bleu délavé aux rayons cristallins. Sur les photographies ils semblaient blancs comme les yeux des statues romaines ; ce qui les distinguait de ce regard aveugle, c'était le point noir de la pupille. Quand il vous regardait, songeait Bérénice, on ne comprenait pas un mot de ce qu'il disait à cause de ces étranges yeux blancs qui vous fixaient. Elle ne l'aimait pas mais faisait semblant. Les femmes doivent faire semblant d'aimer les hommes et d'admirer ce qui les passionne. Sa propre sœur avait épousé un homme qui s'intéressait aux pierres et maintenant elle devait se traîner derrière lui dans des plaines désertiques ou sur des montagnes escarpées.

Pendant l'Heure en société, les pensionnaires pouvaient boire et manger quelques biscuits tartinés d'une pâte au fromage achetée au Super Wal-Mart où la cuisinière faisait ses courses. Ils picolaient tous, se disputant la bouteille de whisky. Rove Mellowhorn, qui avait construit la maison de retraite et en avait édicté le règlement, voulait qu'on profite des dernières années de l'existence. Il encourageait le tabac, la boisson, les programmes polissons à la télé et la consommation en abondance d'une nourriture bon marché. La Maison Mellowhorn n'était ni pour les abstinents ni pour les forcenés de la Bible.

Ray Forkenbrock ne répondit rien. Bérénice lui trouvait l'air triste et aurait voulu l'égayer.

« Que faisiez-vous dans la vie, monsieur Forkenbrock? Aviez-vous un ranch? »

Le vieil homme la foudroie du regard. « Non, je n'étais pas un de ces fichus propriétaires de ranch. J'étais un employé, dit-il. Je travaillais pour ces salauds. J'ai été cow-boy, j'ai monté des chevaux sauvages, j'ai fait des rodéos, j'ai travaillé sur des terrains pétrolifères, j'ai tondu des moutons, j'ai fait tout et n'importe quoi et j'ai fini sans le sou. Et maintenant le mari de ma petite-fille paie les factures qui me permettent de vivre dans ce nid de vieilles femmes. » Il lui arrivait souvent de souhaiter d'être mort dans les champs, seul, sans embêter personne.

Bérénice continua d'une voix enjouée : « Moi, j'ai fait des tas de métiers depuis la fin de mes études. J'ai été serveuse, assistante sociale, femme de ménage, vendeuse de grand magasin, des trucs de ce genre. » Elle était fiancée à Chad Grills; ils devaient se marier au printemps et elle avait l'intention de ne continuer à travailler que pendant une courte période pour arrondir les fins de mois. Avant que le vieil homme ait pu répondre, Deb Slaver apparut, un verre à la main. Bérénice reconnut l'odeur du whisky. La voix vigoureuse de Deb s'élança en vagues successives de son ample poitrine.

« Tenez, mon chou ! Un bon petit verre pour Ray ! Quittez-moi cette sombre fenêtre et amusez-vous un peu ! Vous ne voulez pas voir *Flics* avec Visage Poudré ? (C'était le surnom que Deb avait donné à une sorcière peinturlurée aux articulations comme des noisettes dont la bouche s'ouvrait sur des dents couleur fauve.) Ou est-ce que vous êtes d'humeur à regarder par la fenêtre et à broyer du noir ? Vous pensez à vos ennuis ? Mais vous autres retraités, installés avec un bon verre de whisky devant le poste de télé, vous ne savez pas ce que c'est, les ennuis. »

Elle retapa les coussins du canapé. « Les ennuis, c'est nous qui les avons : les factures, les époux infidèles, les gosses insolents, les pieds douloureux. On se demande où gratter l'argent pour acheter des pneus neige ! Mon mari dit que la sorcière aux dents vertes nous harcèle. Allons, venez, je vais m'asseoir un moment avec vous et Visage Poudré. » Elle tira sur le pull de M. Forkenbrock, le fit s'asseoir sur le canapé et s'installa à côté de lui.

Bérénice quitta la pièce et alla aider la cuisinière qui aplatissait des steaks hachés de dinde. Une radio ronronnait sur l'appui de la fenêtre.

« On dirait que le temps s'éclaircit », dit Bérénice. Elle avait un peu peur de la cuisinière.

« Ah! c'est vous. Bien. Prenez les paquets de frites dans le réfrigérateur. Je croyais que j'allais devoir me débrouiller toute seule. Deb était censée m'aider mais elle préfère se consacrer aux vieux. Elle espère qu'ils la mettront sur leur testament. Y en a qui ont des terres ou qui attendent des chèques en règlement de leurs droits sur le sous-sol. Vous avez déjà rencontré son mari, Duck Slaver? » La cuisinière râpait maintenant un chou au-dessus d'un récipient en acier inoxydable.

Bérénice savait seulement que Duck Slaver conduisait une dépanneuse pour le compte d'une société. La radio retint soudain l'attention de la cuisinière et elle augmenta le volume pour entendre que le lendemain le ciel serait nuageux avec des éclaircies progressives et que le surlendemain il y aurait des vents violents et des averses de neige.

« Vu la sécheresse, on devrait se féliciter qu'il pleuve. Savez-vous ce que dit Bench? » Bench, le chauffeur d'UPS, était la grande source d'informations de la cuisinière — qu'il s'agisse des conditions de la circulation ou des querelles familiales.

« Non.

— Il dit que nous allons bientôt devenir un désert. Tout va être balayé par le vent. »

Quand Bérénice retourna annoncer le menu du dîner (steaks hachés de dinde, frites « françaises » — que M. Mellowhorn persistait à appeler « frites de la Liberté » — avec jus de dinde, sauce aux airelles, purée de maïs et petits pains maison), elle constata que Deb avait coincé M. Forkenbrock contre un coin du canapé tandis que Visage Poudré assise sur la chaise au pied branlant regardait des flics en train de marteler contre le trottoir des visages de Noirs. M. Forkenbrock fixait la vitre sombre sur laquelle les gouttes de pluie ruisselantes accrochaient la lumière bleue vacillante de la télé. Il donnait l'impression d'être ailleurs, dans son monde. Deb et Visage Poudré semblaient appartenir à la collection des chiens empaillés de Mellowhorn.

Après le dîner, quand elle retourna aider la cuisinière à laver la vaisselle, Bérénice s'arrêta et ouvrit la porte pour respirer l'air frais. La moitié orientale du ciel était étoilée ; à l'occident il était noir comme une plaque de basalte.

Au petit matin, alors qu'il faisait encore nuit, la pluie recommença à tomber. Il ne le connaissait pas mais il aurait compris le vers du poète « Je m'éveille et ressens l'empire de la nuit, non pas du jour ». Rien dans la nature aux yeux de Ray Forkenbrock ne paraissait aussi sinistre que cette lente progression invisible des éléments, le nuage effilé s'avançant sous le couvercle de ténèbres. Quand le matin, encore imprécis, émergea de l'obscurité, comme une pellicule au contact d'un révélateur, le bruit de la pluie se fit plus net. C'est de la neige fondue, se dit Ray, qui se souvint d'une longue randonnée à cheval en octobre du temps de sa jeunesse. Sa veste de toile était complètement trempée et étincelait de paillettes de glace. Il se souvint de sa rencontre avec le vieil homme qui attrapait les chevaux, vivait dans le désert et devait avoir alors plus de quatre-vingts ans. L'homme avançait en boitillant sous les trombes, il se dirigeait, avait-il dit, vers le plus proche dortoir de ranch pour se mettre à l'abri du mauvais temps.

« Ça serait le Flying A, avait dit Ray.

— C'est bien Hawkins le propriétaire ?

— Non, Hawkins a vendu il y a deux ans environ. C'est à un dénommé Fox maintenant.

— Bon sang! Je suis plus dans le coup. Jusqu'à avant-hier j'avais une cabane drôlement bien », avait répondu le bonhomme, expliquant que son logement avait entièrement brûlé et que depuis deux nuits il couchait à l'abri des buissons de sauge ; mais maintenant son sac de couchage était trempé et il était à court de nourriture. Ray était désolé pour lui et, en même temps, avait envie de déguerpir. C'était gênant de se trouver à cheval alors que l'autre était à pied – mais il ressentait toujours un sentiment de culpabilité quand, à cheval, il dépassait un piéton. Était-ce sa faute si le vieil homme n'avait pas de cheval ? S'il était bon dans son métier, il aurait dû en avoir une bonne centaine. Il farfouilla dans ses poches et trouva trois quatre cacahuètes mélangées aux peluches de tissu.

« Ce n'est pas grand-chose, mais c'est tout ce que j'ai », dit-il en les lui offrant.

Le vieil homme n'était jamais parvenu au Flying A. On l'avait découvert quelques jours plus tard assis le dos contre un rocher. Ray se souvint de son sentiment de malaise pendant sa brève conversation avec lui : il pensait à son âge. Maintenant il avait le même ; lui, il était parvenu au Flying A, il était au chaud et à l'abri de la pluie à la Maison Mellowhorn. Mais la mort de l'homme aux chevaux calé contre le rocher avait une allure plus honorable.

Il était six heures et demie du matin et il n'avait aucune raison de se lever. Pourtant il enfila son jean et une chemise, passa un vieux tricot car la salle à manger pouvait être glaciale avant l'allumage de la chaudière, laissa ses bottes dans le placard et s'engagea dans le hall d'un pas traînant. Avec ses pantoufles de feutre rouge, trop molles, pas question de décocher un coup de pied en passant au chien empaillé aux gros yeux saillants qui trônait au bas de l'escalier. Les pantoufles étaient un cadeau de son unique petite-fille, Beth, mariée à Kevin Bead. Beth comptait pour Ray. Il avait pris la décision de lui raconter le vilain secret de la famille. Il ne voulait pas laisser ses descendants confrontés à l'incertitude et la honte. Il allait faire la lumière. Beth devait venir samedi après-midi avec son magnétophone pour l'aider à raconter son histoire. Au cours de la semaine elle la transcrirait sur son ordinateur et lui apporterait les pages fraîchement imprimées. Peut-être qu'il avait passé sa triste vie à besogner dans un ranch, mais il connaissait quand même deux ou trois choses.

Beth avait des cheveux noirs et des joues très rouges, comme si on venait de la gifler. Probablement son hérédité irlandaise, se disait-il. Elle se rongeait les ongles, habitude disgracieuse chez une adulte. Kevin, son mari, travaillait à la High Plains Bank, au département des prêts. Il se plaignait de la stupidité de son métier, qui consistait à distribuer de l'argent et des cartes de crédit à des gens incapables d'honorer leurs engagements.

« Avant il fallait travailler dur et offrir de solides garanties pour obtenir une carte. Maintenant, moins vous offrez de garanties, plus c'est facile de s'en faire donner des douzaines », expliquait-il au grand-père de sa femme. Ray, qui n'avait jamais eu de carte de crédit, n'arrivait pas à suivre le flot d'informations concernant les nouvelles règles bancaires et le problème des dettes qui succédait à cette déclaration. Ces séances se terminaient toujours de la même manière : Kevin soupirait et annonçait sur un ton lugubre qu'un jour prochain cela finirait mal.

Ray Forkenbrock s'imaginait que Beth utiliserait l'ordinateur de l'agence immobilière où elle travaillait pour transcrire son histoire.

« Mais non, grand-père, lui dit Beth, nous avons un ordinateur et une imprimante à la maison. Rosalyn ne serait pas contente si je faisais ça au bureau. » Rosalyn était son chef. Sans l'avoir jamais vue, Ray connaissait bien cette femme parce que Beth lui en parlait souvent. Elle était grosse, très grosse, et elle avait des ennuis financiers. Des escrocs sur Internet lui avaient volé son identité à plusieurs reprises ; tous les trois ou quatre mois elle passait des heures à remplir des formulaires de plainte pour fraude. Elle portait, dit Beth, des jeans taille XXXL avec à la ceinture une boucle d'argent grande comme une boîte à gâteau en fer-blanc qu'elle avait gagnée au bingo.

Ray grogna avec mépris. « Jadis une boucle ça signifiait quelque chose. Une boucle de rodéo, c'était la récompense la plus appréciée. L'argent ne comptait pas alors. On se fichait de l'argent, c'était la boucle qui comptait. Et maintenant de grosses pépées en gagnent au bingo ? » Il tourna la tête et regarda la porte de son placard. Beth comprit qu'il devait y avoir dedans une ceinture avec une boucle de rodéo.

« Tu regardes les finales de rodéo à la télé ? avait-elle demandé. Ou le championnat de monte des taureaux ?

— Tu parles ! Les vieilles biques ne voudraient jamais ! Elles ont déjà leur programme pour toutes les heures de la journée, du petit matin jusqu'à minuit : des policiers, cette saloperie de télé-réalité, la mode, les programmes de pythons, de chiens, de chats. Regarder un rodéo ? Faut pas rêver. »

Il avait braqué son regard vers la porte ouverte sur le hall vide. « On ne croirait pas que la plupart de ces femmes ont vécu toute leur vie dans un ranch. » Son ton était amer.

Beth avait parlé à M. Mellowhorn. Elle lui avait dit que son grand-père devrait au moins pouvoir regarder la finale des rodéos ou le grand spectacle de rodéo télévisé, compte tenu de la pension qu'ils payaient. M. Mellowhorn avait approuvé.

« Mais je préfère ne pas intervenir dans les choix de programmes des résidents. Vous comprenez : à la Maison Mellowhorn on suit la règle démocratique. Si votre grand-père veut regarder le rodéo, il n'a qu'à convaincre la majorité des résidents de signer une pétition et...

— Avez-vous une objection à ce que mon mari et moi installions une télévision dans sa chambre?

— Bien sûr que non mais je vous signale que les résidents qui n'ont pas cette chance pourraient le considérer comme un privilégié, peut-être même comme un snob s'il s'enferme dans sa chambre pour suivre le rodéo au lieu d'adhérer aux choix de la communauté pour regarder les programmes choisis par celle-ci...

— Très bien, avait dit Beth, qui avait décidé de passer outre à la tyrannie collective Mellowhorn. Alors c'est ce que nous allons faire. Lui installer une télévision prétentieuse et snob. La famille compte pour Kevin et pour moi. Avez-vous une connexion satellite?

— Non. Nous en avons parlé mais... Peut-être l'année prochaine... »

Elle avait apporté à Ray un petit poste de télé avec un lecteur de DVD et trois ou quatre enregistrements de rodéos des dernières années. Ce qui l'avait mis en veine de souvenirs.

« Bon sang! Je me rappelle quand la finale avait lieu à Oklahoma City et pas dans ce foutu Las Vegas. Bien entendu aujourd'hui la monte des taureaux a fait oublier tout le reste, adieu les broncos qu'on montait sellés ou à cru. J'étais là quand Freckles Brown a monté Tornado en 1962. Il avait quarante-six ans et maintenant on met des gosses sur les taureaux. C'est des affaires de millions de dollars. Du show business. De mon temps c'étaient de vrais durs. La plupart étaient de gros buveurs. Si tu veux savoir ce que c'est que souffrir, essaie de chevaucher un taureau quand tu as une bonne gueule de bois.

— J'imagine que tu as fait un tas de rodéos quand tu étais jeune ?

— Non, pas des tas, mais assez pour me casser quelques os. Et pour gagner une boucle. Tu guéris vite quand tu es jeune, mais les os que tu as cassés se rappellent à ton bon souvenir quand tu deviens vieux. Je me suis pété la jambe en trois endroits. Ça me fait mal maintenant quand il pleut.

— Comment se fait-il que tu sois devenu cow-boy pour vivre, grand-père ? Ton papa n'était pas propriétaire de ranch ou cow-boy, n'est-ce pas ? » Elle baissa le son. Sur l'écran les cavaliers chutaient, se relevaient, recommençaient. C'était monotone. Tous portaient apparemment le même chapeau crasseux.

« Bien sûr que non. Il était mineur dans une mine de charbon. Rove Forkenbrock. Ma mère s'appelait Alice Grand Forkenbrock. Papa travaillait dans les mines de l'Union Pacific. Puis il est arrivé quelque chose et il a démissionné. Après il a été coursier pour différentes sociétés, Texaco, California Petroleum, de grosses sociétés. A vrai dire je ne sais pas ce que mon vieux faisait. Il conduisait un vieux Modèle T poussiéreux. Il se faisait régulièrement mettre à la porte et devait se chercher un autre travail. Et même s'il buvait – c'est en général pour cela qu'on le balançait –, il semblait toujours trouver vite autre chose. » Ray avala une gorgée de whisky.

« De toute façon je n'avais aucune intention d'aller à la mine. J'aimais les chevaux presque autant que l'arithmétique, j'aimais le métier de cow-boy, donc quand j'ai terminé le collège et que papa m'a dit d'oublier les études, que les temps étaient durs et que je devais trouver du travail, ça ne m'a pas gêné. En général quand mon père disait quelque chose, je ne protestais pas. Je le respectais, je respectais et j'honorais mon père. Pour moi c'était un homme juste et bon. » Il pensa, sans savoir pourquoi, à l'herbe.

« J'ai donc cherché du travail et j'ai été embauché au Double B des Bledsoe. La vie dans un dortoir de ranch. Les Bledsoe m'ont élevé jusqu'à ma majorité. A ce point de mon existence je ne voulais certainement plus avoir affaire à ma famille. » Il s'interrompit et sombra dans une rêverie comme souvent les vieux. L'herbe, l'herbe et les grandes étendues sauvages.

Beth resta silencieuse quelques minutes puis parla de ses garçons. Syl avait joué un aigle dans une pièce à l'école. Quel boulot pour confectionner son costume ! Juste avant de partir, elle lui dit de but en blanc : « Tu sais, je voudrais que mes gosses sachent qui était leur arrière-grand-père. Que dirais-tu si j'apportais mon magnétophone : je t'enregistre et puis je tape le texte ? Ce serait comme le livre de ta vie. Les générations futures dans la famille pourront lire ça et elles sauront. »

Il avait ricané.

« Il y a des détails qui sont pas bien jolis. Toute

famille a son linge sale ; nous aussi, nous avons le nôtre. » Mais après une semaine de réflexion, pendant laquelle il s'était demandé pourquoi il avait refoulé cette histoire si longtemps, il avait dit à Beth d'apporter sa machine.

Ils sont assis dans sa petite chambre. La porte est fermée.

« Ils vont dire que c'est antisocial. Tous les autres sont assis dans leur chambre avec la porte ouverte ; ils interpellent à tue-tête les visiteurs de leurs voisins comme s'ils étaient tous un peu parents. On est une famille régionale, comme ils disent ici. Moi, j'aime une certaine intimité. »

Beth pose sur la table, près du coude de Ray, un verre de whisky, un verre d'eau et un magnétophone plus petit qu'un paquet de cigarettes, puis elle dit : « L'appareil est en marche, grand-papa. Raconte-moi comment c'était d'être jeune dans le temps passé. Parle quand tu te sens prêt. »

Il se racle la gorge et commence lentement, l'œil sur l'aiguille sautillante qui mesure le volume sonore. « J'ai quatre-vingt-quatre ans et la plupart des gens que j'ai connus dans ma jeunesse sont déjà partis ; ce que je raconte ne peut pas gêner grand monde. » Il avale nerveusement une gorgée de whisky et hoche la tête.

« J'avais quatorze ans en 1933 et nulle part au monde il n'y avait d'argent. » Le silence qui régnait à cette époque où la circulation était quasi inexistante, où l'on n'entendait ni le ronflement des tondeuses à gazon ni le tapage du poste de télé a marqué sa personnalité : il parle peu et a de la peine à étoffer son histoire. Sa jeunesse ne connaissait pas le bruit, ne connaissait que les sons naturels : vent, claquement de sabots, craquement sec des poutres de la vieille maison fendues par le froid hivernal, cri des hérons sauvages sur le fleuve. Comme les hommes et les femmes étaient silencieux alors ! Ils comptaient sur leur pouvoir d'observation. Certains jours, il voyait bouger dans le ciel quelques petits nuages en forme de moustache et pensait que cela ne faisait pas plus de bruit qu'une plume sur un fil de fer. Le vent chassait les nuages et le ciel restait vide.

« Quand j'étais gosse, on avait une existence dure, tu peux me croire. C'était à Coalie Town, à une quinzaine de kilomètres du Lac Supérieur. Tout ça a disparu aujourd'hui. Une baraque de trois pièces, aucune isolation thermique, les gosses toujours malades. Ma sœur Goldie est morte bébé de méningite dans cette baraque. »

Maintenant il s'anime en racontant sa triste histoire : « On n'avait pas d'eau. Un camion passait chaque semaine remplir nos deux tonneaux. Maman payait un quart de dollar par tonneau. Pas de toilettes à la maison. Aujourd'hui on plaisante à ce sujet mais ce n'était pas drôle les matins glacés de courir jusqu'à l'appentis où le vent sifflait dans le trou. Bon Dieu ! » Il se tait si longtemps que Beth presse le bouton d'arrêt de son magnétophone. Il allume une cigarette, soupire et se remet soudain à parler. Beth perd une ou deux phrases le temps que l'appareil redémarre.

« Les gens pensaient que ça allait du moment qu'ils étaient vivants. On apprend à manger de la poussière à la place du pain, disait souvent ma mère, qui avait comme ça des tas de vieux dictons. Ça enregistre, ce truc?

— Oui, grand-père. Continue.

— Le lard, par exemple. Elle disait que le lard frise dans la casserole si on a tué le cochon quand la lune est du mauvais côté. Nous, on n'en voyait pas souvent, du lard, et il aurait pu tire-bouchonner dans la casserole, on n'avait rien contre du moment qu'on pouvait le manger.

« Il y avait un gros paquet de baraques à côté des mines. On avait baptisé le coin Coalie Town, la "Ville des Charbonneux". Plein d'étrangers.

« Plus grand j'ai très bien appris à me battre, baiser, pardonne le mot, me battre encore. Quand il y avait un problème, la solution c'était de se battre. Je me souviens de tout le monde : Pattersons, Bob Hokker, les jumeaux Grainblewer, Alex Sugar, Forrie Wintka, Harry et Joe Dolan. On s'amusait bien. Les gosses s'amusent toujours.

— Ça, c'est bien vrai! dit Beth.

— Les gosses ne se rongent pas les sangs en se disant qu'ils n'ont pas de toilettes à l'intérieur, ils ne gémissent pas parce qu'il n'y a pas de beurre frais. Pour nous c'était très bien comme ça. J'ai eu une enfance heureuse. Quand on a été plus grands, il y avait les filles, comme Forrie Wintka. Elle était vraiment jolie avec ses longs cheveux noirs et ses yeux sombres. » Ray regarde Beth pour voir s'il ne l'a pas choquée.

« Elle a fini par épouser le vieux Dolan après la mort de sa femme. Les fils Dolan, c'était autre chose. Ils se détestaient, se battaient méchamment, à la fin se tapaient dessus avec des planches garnies de clous, ou de grosses pierres. »

Beth essaie d'orienter Ray vers une description de sa propre famille, mais il continue à parler des Dolan.

« J'en fais toujours qu'à ma tête, tu sais. » Elle acquiesce.

« Donc un jour Joe assomme Harry et le pousse d'un coup de pied dans la Platte. Il aurait pu se noyer et c'est probablement ce qui se serait passé si Dave Arthur n'avait pas suivi la rivière à cheval. Il a vu ce paquet de guenilles enchevêtrées dans des branches de peuplier tombées dans la rivière à quoi s'étaient accrochés des détritus variés. Il s'est dit qu'il y avait là peut-être des vêtements, a voulu voir et a repêché Harry.

« Harry était aux trois quarts mort et n'a jamais retrouvé toute sa tête après ça. Mais il lui en restait assez pour comprendre que son frère avait eu l'intention de le tuer. Il ne pouvait jamais savoir si Joe ne l'attendrait pas au prochain tournant avec une bûche ou un fusil. » Un long silence après « fusil ».

« Une pauvre loque, conclut Ray, qui, pendant de longues secondes, regarde le magnétophone tourner.

« Dutchy Green était mon meilleur ami à l'école primaire. Il s'est tué à vingt-cinq ou vingt-six ans alors qu'il tirait sur de vieilles sculptures indiennes dans la roche. Une balle a ricoché et l'a atteint à la tempe droite. »

Ray avale une gorgée de whisky. « Bon, la famille. Il y avait ma mère. Elle avait des sautes d'humeur : trop à faire et pas d'argent. J'étais l'aîné. J'avais eu un grand frère, Sonny, mais il s'était noyé dans une rigole d'irrigation avant ma naissance.

— Il n'y avait pas de filles dans la famille ? demande Beth à qui deux fils ne suffisent pas et qui rêve d'avoir une fille.

— Si, mes sœurs, Irène et Daisy. Irène vit à Greybull et Daisy est toujours vivante et réside en Californie. Et puis Goldie, dont j'ai parlé, le bébé, qui est morte quand j'avais six ou sept ans. Le plus jeune d'entre nous qui ait survécu, c'est Roger, le dernier bébé de ma mère. Il a pris un mauvais chemin. Il a fait de la prison pour vol. Pas la moindre idée de ce qu'il est devenu. » Sous l'herbe, dans l'enfer et l'obscurité.

Il oublie le frère cambrioleur, change brutalement de sujet. « Tu dois comprendre que j'aimais mon père. Nous l'aimions tous. Lui et ma mère, ils s'embrassaient, s'enlaçaient toujours en riant quand il était à la maison. Il était merveilleux avec les gosses, il avait toujours un grand sourire, nous prenait dans ses bras, se souvenait de ce qui nous intéressait, nous rapportait très souvent de petits cadeaux. J'ai conservé tout ce qu'il m'a donné. » Sa voix tremble, comme celle du vieil homme aux chevaux dans la neige fondue de jadis.

« Évoquer ces souvenirs me fatigue. Je crois que je

ferais mieux de m'arrêter maintenant. D'ailleurs deux nouveaux pensionnaires arrivent aujourd'hui et les nouveaux me fatiguent toujours terriblement.

— Des hommes ou des femmes ? » demande Beth, qui est soulagée de pouvoir éteindre son magnétophone car elle s'aperçoit que la bande magnétique, la seule qu'elle ait, arrive presque à son terme. Elle se souvient qu'elle a enregistré la répétition du chœur d'enfants.

« Sais pas. Je verrai au dîner.

— Je viendrai la semaine prochaine. Je crois que c'est important pour la famille, ce que tu racontes. » Elle pose un baiser sur la peau sèche et tavelée du front du vieil homme.

« Attends la suite », dit Ray.

Après le départ de Beth il se remit à parler comme si l'enregistrement continuait. « Il est mort à quarante-sept ans. Je pensais que c'était vraiment vieux. Pourquoi n'a-t-il pas sauté de sa voiture ? »

Bérénice Pann, qui portait un petit gâteau au chocolat encore chaud, marqua une pause devant la porte de Ray en entendant sa voix. Elle avait vu Beth s'en aller quelques minutes plus tôt. Celle-ci avait-elle oublié quelque chose ? Bérénice entendit comme une sorte de sanglot étranglé ; M. Forkenbrock se remit à parler. « Bon Dieu ! C'était dégueulasse. Il fallait se mettre à travailler. Putain ! moi, j'aimais l'école. Quand on doit commencer à travailler à treize ans, l'avenir est barré. Sans les Bledsoe, j'aurais fini clochard. Ou pire. »

Le sens de la famille

Le petit ami de Bérénice, Chad Grills, était le petit-fils des vieux Bledsoe, qui s'occupaient toujours du ranch où Ray Forkenbrock avait débuté et devaient frôler tous deux un siècle d'existence. Bérénice colla avidement son oreille à la porte : elle avait l'impression que par les Bledsoe il existait un lien de parenté entre elle et M. Forkenbrock. Son devoir envers elle-même et envers Chad était d'écouter tout ce qui se dirait, bon ou mauvais, sur les Bledsoe. A l'intérieur de la pièce ce fut le silence, puis la porte s'ouvrit à la volée.

« Oh ! s'exclama Bérénice, le petit gâteau glissant périlleusement dans la soucoupe. Je venais vous apporter ce...
— Vraiment ? » dit M. Forkenbrock qui saisit le gâteau dans la soucoupe et, au lieu de goûter un morceau, l'enfourna entièrement dans sa bouche avec sa corolle de papier. Le papier se colla à son râtelier.

Lors de l'Heure en société, M. Mellowhorn vint présenter les nouveaux « hôtes ». Church Bollinger est encore relativement jeune, il a à peine soixante-cinq ans ; Ray reconnaît au premier coup d'œil qu'il s'agit d'un fieffé paresseux. Ce type a manifestement choisi de s'installer ici parce qu'il n'a pas le courage de faire son lit ou de laver sa vaisselle. L'autre arrivant, une femme, Mme Terry Taylor, a à peu près le même âge que Ray ; en dépit de ses cheveux teints en roux et de ses ongles rouge vif, elle a plus de quatre-vingts ans.

C'est très bien comme ça

Elle donne une impression de mollesse, d'affaissement, comme une bougie exposée au soleil. Elle ne cesse de regarder Ray. Ses yeux sont couleur kaki, ses sourcils rares et courts; ses vieilles lèvres minces sont tellement fardées qu'elles laissent des traces de rouge sur son petit pain beurré. Ray à la fin ne supporte plus ce regard insistant et l'interpelle :

« Qu'est-ce que vous voulez ?
— Êtes-vous Ray Forkenknife ?
— Forkenbrock.
— Oui, c'est ça. Forkenbrock. Vous ne vous souvenez pas de moi ? Theresa Worley ? De Coalie Town ? Nous étions ensemble à l'école, sauf que vous aviez deux classes d'avance sur moi. »

Mais il ne se souvient pas.

Le lendemain matin, alors que sa fourchette s'immobilise au-dessus de l'œuf poché qui repose comme une houri sur la couche ramollie d'un toast, il lève les yeux et rencontre une fois de plus le regard intense de la femme. Les lèvres nappées de rouge sont entrouvertes et découvrent des dents ocre qui ne peuvent appartenir qu'à elle car aucun dentiste ne confectionnerait un tel dentier : elles semblent avoir été exhumées d'un égout.

« Vous ne vous rappelez pas Mme Wilson ? lui dit la femme. Cette enseignante morte gelée dans un blizzard alors qu'elle recherchait un chat qu'elle avait perdu ? Et les enfants Skeltcher qui se sont tués en tombant dans un vieux puits de mine ? »

Le sens de la famille

Il se souvient vaguement d'un professeur gelé au mois de juin lors d'une tempête de neige mais dans son souvenir l'accident avait eu lieu ailleurs, du côté de Cold Mountain. Quant aux enfants Skeltcher, non. Il secoue la tête.

Samedi, Beth est de retour. De nouveau elle pose le verre d'eau, le verre de whisky et le magnétophone. Il a pensé à ce qu'il souhaite dire. Les choses sont claires dans sa tête, mais les formuler est difficile. Toute l'affaire avait été si subtile et douloureuse qu'il était impossible de la raconter sans avoir l'air d'un imbécile. Et puis Mme Taylor, alias Theresa Worley, lui fait perdre ses moyens. Il a fait un effort pour se souvenir de l'enseignante morte de froid, des enfants Skeltcher tombés dans le puits de mine, de l'histoire de M. Baker tirant un coup de fusil sur M. Dennison à propos d'un boisseau de pommes de terre, et d'une douzaine d'autres tragédies du même genre – les appâts destinés à titiller sa mémoire auxquels la dame avait eu recours. Lui se souvient d'événements très différents. Il se rappelle être monté un jour au sommet de Irish Hill avec son copain Dutch Green pour y rencontrer Forrie Wintka qui devait leur montrer ses parties intimes en échange d'une pièce de cinq cents chacun. C'était une fin d'automne, le long du filet d'eau sinistre de Coal Creek les peupliers avaient perdu leurs feuilles, mais le temps restait chaud. Ils apercevaient Forrie qui, partie des baraques en bas, peinait à grimper vers eux et Dutchy disait que tout irait comme sur des roulettes : non seulement elle leur montrerait, mais ils pourraient se la faire, même le frère de Forrie avait pu.

Dutchy lui chuchotait à l'oreille, comme si Forrie pouvait entendre : « Et son beau-père aussi, celui qu'un couguar a tué l'an dernier. »

Et aujourd'hui, soixante et onze ans plus tard, ça lui était revenu. Le père de Forrie s'appelait Worley. Wintka était son beau-père ; alors qu'il transportait le courrier à cheval, à Snakeroot Canyon un couguar l'avait attaqué et avait traîné son corps dans les rochers. La première femme qu'il avait fourgonnée dans sa vie, une roulure de patelin minier, allait partager ses derniers jours à Mellowhorn.

« Beth, dit-il à sa petite-fille, je ne peux pas te parler aujourd'hui. Des trucs me reviennent en tête juste maintenant ; il faut que je mette de l'ordre là-dedans. La nouvelle qui est arrivée ici la semaine dernière, je l'ai connue et ce n'était pas dans les circonstances les plus favorables. » L'ennui avec le Wyoming, c'était ça : tout ce que vous aviez jamais fait ou dit vous suivait à la trace jusqu'à votre dernier jour. La famille régionale.

M. Mellowhorn avait inauguré une série de sorties collectives de deux jours, qu'il avait surnommées « Aventures du week-end ». La première avait eu lieu à la montagne, à Medecine Wheel dans les Big Horns. Mme Wallace Kimes avait fait une chute sur l'aire de parking et s'était éraflé les genoux sur les gravillons.

Le sens de la famille

Puis il y avait eu le week-end dans le ranch touristique où le groupe des retraités avait dû partager les lieux avec sept chasseurs d'élans venus du Colorado, presque tous ivres, agités et hurlant sans arrêt d'un rire hystérique. Visage Poudré avait ri avec eux du même rire idiot. La troisième sortie était plus ambitieuse : une excursion de cinq jours au Grand Canyon que personne à la Maison Mellowhorn ne connaissait. Douze personnes s'inscrivirent en dépit de la somme coquette à payer pour le logement et le transport.

« On ne vit qu'une fois ! », s'écria Visage Poudré.

Le groupe incluait les deux nouveaux venus : Church Bollinger et Forrie Wintka, alias Theresa Worley, alias Terry Taylor. Forrie et Bollinger s'assirent ensemble dans le car, burent ensemble au bar du El Tovar, dînèrent à une table pour deux et projetèrent, ensemble, une expédition à dos de mulet sur les pistes du canyon le lendemain matin. Mais avant que l'attelage de mules ne prenne le départ, Forrie demanda à Bollinger de prendre des photos qu'elle pourrait envoyer à ses petites-filles. Elle grimpa sur le parapet qui domine le célèbre paysage auquel elle tournait le dos et posa avec le nouveau chapeau de paille à large bord qu'elle avait acheté à la boutique de l'hôtel. Otant son chapeau, elle se retourna, mit sa main en visière sur son front, et fit semblant de plonger son regard dans l'abîme en prenant la posture d'un personnage de théâtre de jadis. Elle plaisanta, fit semblant de chanceler et de perdre l'équilibre. On entendit alors un « Oh ! » étouffé et elle disparut. Un ranger se précipita vers le parapet et la découvrit à trois mètres en contrebas, s'accrochant à une petite plante. Au moment où le ranger, escaladant le parapet, lui tendait la main, la plante trembla et lâcha. Tandis qu'elle enfonçait ses doigts dans le sol caillouteux, Forrie se mit à glisser vers le rebord du précipice. Le ranger lança son pied en avant en lui criant de le saisir mais son coup de pied salvateur rencontra brutalement la main de Forrie, et elle plongea vers le bas de la pente comme sur un toboggan, en laissant sur son passage dix profonds sillons. D'un dernier geste désespéré, elle voulut saisir son chapeau de paille neuf et faillit y parvenir.

Le groupe assombri regagna le Wyoming le lendemain. Les pensionnaires se répétaient que Forrie n'avait même pas crié au moment de sa chute – ce qui attestait, pensaient-ils, la force de son caractère.

Ray Forkenbrock reprend la dictée de ses mémoires le week-end suivant. Après l'arrivée de Beth, Bérénice attend encore quelques minutes avant de prendre son poste d'écoute devant la porte de la chambre. M. Forkenbrock a une voix monotone mais forte et elle entend chaque mot.

« Quand mon père eut son nouveau boulot qui consistait à convoyer des pièces détachées de machines jusqu'aux différents derricks, la situation familiale s'améliora. C'était bien payé et il adhéra à une fraternité, les Éclaireurs. Ils avaient une association auxiliaire pour les femmes où ma mère a trouvé sa place. Ils appelaient ce groupe les "Dames", comme si c'étaient des toilettes ou quelque chose de ce genre. Tous les deux ont été vraiment emballés par les Éclaireurs, les cérémonies, le pavillon où ils se réunissaient, les bonnes actions, les serments d'allégeance divers.

« Maman était toujours à cuisiner des plats pour eux; il y avait aussi des choses pour les gosses : concours de pêche, pique-niques, courses de sacs. C'étaient comme les boy-scouts, disaient-ils. Des boy-scouts avec un côté ranch, car il y avait des classes où on vous apprenait à tresser une bride rudimentaire ou à soigner un veau. Un mélange en somme de boy-scouts et d'atelier fermier qui ne nous ressemblait pas. »

Bérénice trouve ces discours assommants. Quand donc parlerait-il des Bledsoe? Elle voit Deb Slaver au bout du hall qui sort de la chambre de M. Harrell avec des bandages sur un plateau. M. Harrell a une plaie au menton qui ne veut pas guérir et il faut changer le pansement deux fois par jour.

« Surtout ne la grattez pas, vilain garçon », lance d'une voix tonitruante Deb avant de tourner le coin et de disparaître.

« D'ailleurs maman participait probablement plus que papa à tout ça. Elle aimait la société et n'avait pas eu beaucoup de chance avec ses voisins de Coalie Town. Les Dames avaient un programme de visites historiques, des sites de massacres indiens, des chenaux utilisés jadis pour transporter le bois. Maman adorait ces excursions. Le passé lointain l'intéressait. Elle revenait à la maison tout excitée et rapportait de jolies pierres. Quand elle est morte, elle avait à peu près une douzaine de ces pierres ramassées au cours de ces excursions. »

Dans le hall Bérénice songe à sa sœur qui, pour faire plaisir à son mari féru de pierres, peine sur les pentes rocheuses et porte son lourd sac d'échantillons.

« La première fois que j'ai repéré quelque chose d'étrange dans l'arbre généalogique de la famille, ce fut à son retour d'une visite à Farson. Je ne sais pas ce que les Dames étaient allées faire là-bas, elle dit que la succursale locale leur avait offert à déjeuner – de la salade de pommes de terre et des hot dogs. Une des dames de Farson lui avait dit qu'elle connaissait un Forkenbrock à Dixon et qu'elle pensait que ce Forkenbrock avait un ranch dans la vallée de la Snake River. Au mot de ranch j'ai dressé l'oreille. Et puis Forkenbrock n'est pas un nom si commun que ça. Alors j'ai demandé à maman si c'étaient des parents de papa. J'aurais bien aimé qu'il y ait dans la famille des propriétaires de ranch : je pensais déjà à devenir cow-boy. Maman m'a répondu que non : papa était orphelin, c'était juste une coïncidence. Telle a été sa réponse. »

Au dîner le même soir, on ressassa une fois de plus l'histoire du décès tragique de Forrie Wintka puis Church Bollinger se mit à raconter ses voyages dans les Rocheuses canadiennes.

« Nous avions décidé de prendre l'avion puis de

louer une voiture au lieu de faire tout le trajet par la route. Ces autoroutes sont exténuantes ! Ce que ma femme aimait, c'était descendre dans les bons hôtels. Nous avons donc volé jusqu'à San Francisco et de là nous avons décidé de suivre la côte en voiture. Nous nous sommes arrêtés à Hollywood : on se disait qu'on allait voir une bonne fois ce que c'était, Hollywood. Eh bien ils ont de grandes colonnes de béton. Au moment du départ, je suis monté dans la voiture et j'ai fait marche arrière. Un craquement. D'abord je ne parviens pas à ouvrir la portière. Quand finalement j'ai pu, j'ai vu que la portière de la voiture de location était salement rayée. Alors bon, j'ai acheté un pot de peinture et j'ai repeint la portière et on n'y voyait que du feu. J'ai roulé comme ça jusqu'à San Diego. Je m'attendais à recevoir une lettre de l'agence de location mais il n'y en a jamais eu. Une autre fois j'ai loué une voiture dont le pare-brise était fêlé. J'ai demandé : "Problème pour la sécurité?" Le type m'a regardé et m'a dit "Non". J'ai pris le volant et c'est vrai, il n'y a *pas* eu de problème. On a fait pareil en Europe. En Espagne on a assisté à des courses de taureaux. On est partis après la seconde. Je voulais avoir cette expérience.

— Est-ce que les taureaux sont blessés ? », demanda Visage Poudré.

M. Bollinger, qui pensait aux voitures de location, ne répondit pas.

Lorsque Bérénice parla à Chad Grills du vieux M. Forkenbrock qui travaillait pour ses grands-parents, il parut intéressé et dit qu'il les interrogerait lors de sa prochaine visite. Il espérait que Bérénice aimait la vie de ranch, ajouta-t-il, car il était bien placé pour hériter de la propriété, et il lui demanda d'obtenir le plus d'informations possible sur les années d'activité de Forkenbrock. Certains de ces vieux malins brandissaient le moment venu des accusations mensongères d'arriérés de gages impayés et s'arrangeaient ainsi pour émettre des prétentions sur un ranch. C'est pourquoi, chaque fois que Beth venait avec son magnétophone, Bérénice se trouvait avoir affaire dans le hall à proximité de la porte de la chambre de Ray. Elle s'attendait à l'entendre annoncer qu'il possédait secrètement un joli ranch. Elle se demandait ce que Chad ferait si c'était le cas.

Ray continue son récit : « Lorsque maman entendit mentionner les Forkenbrock de Dixon, elle dut avoir vaguement l'impression que quelque chose clochait car elle écrivit à la dame de Farson pour la remercier du déjeuner. Je pense qu'elle voulait faire amie avec cette dame, ce qui lui aurait permis d'en apprendre plus sur les gens de Dixon mais, à ma connaissance, ça n'a rien donné. Quant à moi, l'idée que nous n'étions pas la seule famille Forkenbrock continuait à me travailler. » Beth est contente que les pauses soient plus rares maintenant : Ray est absorbé par l'histoire de sa vie et en dévide le fil.

« Le dernier jour de classe nous faisions une excursion et il y avait un grand pique-nique. D'habitude toute l'école participait, car les écoles étaient petites et éloignées les unes des autres. L'année de mes douze ans, nous n'étions que trois gosses en septième : moi, une de mes sœurs qui avait sauté une classe, et Dutchy Green. On a été très excités quand on a appris que l'excursion nous conduirait à la vieille cabane de Butch Cassidy, le hors-la-loi, près de la frontière du Colorado. Mme Ratus, notre professeur, accrocha au mur une carte du Wyoming et nous montra l'endroit. Je vis le mot Dixon presque au bas de la carte. Dixon ! C'était là que vivaient les mystérieux Forkenbrock. Dutchy était mon meilleur ami ; je lui ai tout raconté et nous avons essayé d'imaginer un moyen pour que le bus s'arrête à Dixon. Peut-être que nous verrions là un panneau indiquant la direction du ranch Forkenbrock ?... En fin de compte nous nous sommes bien arrêtés à Dixon, car le bus a eu un problème...

« Il y avait une très bonne station-service à Dixon, qui avait été dans le temps l'atelier d'un maréchal-ferrant. La forge était toujours là avec le grand soufflet ; nous deux les garçons, nous avons fait semblant d'avoir un cheval qui attendait dans un box, et, à tour de rôle, nous avons manœuvré le soufflet. J'ai demandé au mécanicien qui réparait la panne s'il connaissait des Forkenbrock dans le coin. Il m'a répondu qu'il avait entendu parler de la famille mais qu'il ne la connaissait pas car il était de l'Essex et venait juste de s'installer en ville. Dutchy et moi avons encore joué un peu au forgeron mais nous n'avons jamais vu la cabane de Butch Cassidy parce qu'on n'a pas réussi à réparer le bus et qu'on a dû en faire venir un autre pour nous ramener à la maison. Ensuite, j'ai plus ou moins oublié les Forkenbrock de Dixon. » Le débit de Ray commence de nouveau à ralentir.

« Oui, je n'ai plus pensé à eux jusqu'au jour où papa est mort dans un accident de la route sur la vieille nationale 30.

« Il avait pris un raccourci : il roulait sur les rails et un train est arrivé.

« Moi, je travaillais depuis un an pour les Bledsoe et je n'étais pas à la maison. »

A la mention des Bledsoe, Bérénice dans le corridor relève vivement la tête.

« M. Bledsoe m'a ramené à la maison pour que je puisse assister à l'enterrement, qui a eu lieu à Rawlins. Les Éclaireurs se sont chargés de tout.

— Les Éclaireurs ? » Beth a l'air de ne pas comprendre.

« Oui, l'organisation à laquelle ils appartenaient. Les Éclaireurs. Nous, on n'a eu qu'à assister à la cérémonie. Ce qu'on a fait. Le prêtre, le cercueil, les fleurs, les drapeaux et les slogans des Éclaireurs, l'emplacement au cimetière, la stèle – tout a été réglé par les Éclaireurs. » Ray tousse et avale une gorgée de whisky ; il songe à l'herbe des cimetières et, derrière les stèles, aux champs blonds et sauvages.

Bérénice doit renoncer à écouter la suite car le carillon annonçant les « Surprises de la cuisinière » vient de retentir. Apporter ces friandises aux pensionnaires fait partie de ses attributions ; c'est pour eux un grand moment de la journée, surpassé seulement par les délices alcoolisées de l'Heure en société. La cuisinière est en train de faire glisser les triangles de tarte aux pommes chaude dans les assiettes.

« Vous savez à propos du mari de Deb ? Il a eu une crise cardiaque pendant qu'il accrochait sa barre de remorquage à une voiture de touristes. Il est à l'hôpital. Son état est très sérieux : il est entre la vie et la mort. On ne reverra pas Deb d'ici un bon bout de temps. Peut-être jamais. Je parie qu'elle a pris une assurance sur la vie de son mari d'un bon million. S'il meurt et qu'elle récupère un joli paquet d'argent, moi aussi je prends une assurance sur mon vieux. »

Quand Bérénice apporte son plateau de tarte à M. Forkenbrock, la porte de la chambre est ouverte, et Beth est partie.

Le dimanche, Bérénice et Chad partaient sur les petites routes de campagne dans la camionnette quasi neuve de Chad. Leurs rendez-vous d'amoureux consistaient à faire un tour en voiture. La poussière soulevée par les gros camions des sociétés pétrolières ou gazières était un vrai poison. Chad se perdait à cause des routes nouvelles et non signalées construites par les compagnies. De temps à autre il leur arrivait de s'engager sur une belle route qui se révélait un cul-de-sac : au bout surgissait une station de pompage ou la plate-forme d'un puits. C'était humiliant de se perdre dans une région où vous étiez né, où vous aviez grandi et que vous n'aviez jamais quittée, et Chad maudissait les grandes compagnies. Cette fois-là, il prit Doty Peak comme repère, et, convaincu que c'était le bon choix, fila dans cette direction par les pires routes. Sur un tronçon où le revêtement était siliceux, ils crevèrent un pneu. Leur course se termina près de la ville fantôme de Dad. Chad déclara que cette virée n'était pas un succès. Bérénice dut reconnaître qu'il avait raison, même s'ils avaient connu pire.

Deb Slaver ne vint pas la semaine suivante ; ce fut un supplément de travail pour Bérénice qui détestait changer les pansements de M. Harrell et se dispensa plusieurs fois de cette corvée. Quand mercredi, lors de la visite du docteur Nelson, celui-ci décida que M. Harrell devait aller à l'hôpital, elle en fut ravie. Le samedi, jour de la visite de Beth à M. Forkenbrock, elle bâcla sa besogne en vitesse pour se poster devant la porte, penchée sur un balai, l'oreille tendue. Impossible de prévoir de quoi il allait parler, vu ses digressions variées sur le jardin de sa maman, les chevaux qu'il avait connus, ses vieux amis. Il ne mentionnait presque jamais les Bledsoe – qui avaient été si bons avec lui.

« Grand-père, commence Beth, tu as l'air fatigué. Tu ne dors pas assez ? A quelle heure te couches-tu ? » Elle lui tend des feuilles imprimées : son récit des semaines précédentes.

« A mon âge on a moins besoin de sommeil que de repos. Un repos permanent. Je ne me sens pas mal. Ce texte me paraît bien. Ça se lit comme un livre. » Il est content. Il tourne les pages : « On en était où ?

— L'enterrement de ton père.

— Bigre ! C'est le jour où je crois que maman a commencé à faire certains rapprochements. Moi, j'ai plus ou moins saisi ce qui se passait ; en tout cas j'ai pressenti qu'il y avait quelque chose de moche, mais je n'ai vraiment compris que des années plus tard. J'aimais trop mon père, je ne voulais pas comprendre. J'ai toujours le petit couteau qu'il m'a donné et je ne m'en séparerais pas pour tout l'or du monde. »

Une pause, pendant laquelle il se lève pour chercher le couteau, le trouve, le montre à Beth puis le range soigneusement dans le tiroir supérieur du placard.

« Donc nous faisions la queue pour sortir de l'église et monter dans les voitures qui devaient nous conduire au cimetière, et je tenais le bras de ma mère quand une dame crie : "Madame Forkenbrock, Madame Forkenbrock !" Maman se retourne et nous voyons une grosse dame corpulente en noir avec un rameau de lilas fané épinglé sur son manteau qui se dirige vers nous. Elle nous dépasse rapidement sans s'arrêter, s'approche d'une dame mince, d'allure très simple, et d'un garçon à peu près de mon âge et leur présente ses condoléances. Puis elle regarde l'enfant et lui dit : "Ray, désormais c'est toi l'homme de la maison et tu dois aider ta mère du mieux que tu peux." »

Ray s'interrompt pour se verser du whisky.

« Je voudrais que tu réfléchisses à cette situation, Beth, toi qui es si attachée à la famille. Je voudrais que tu fasses un effort d'imagination : tu assistes à l'enterrement de ton père avec ta mère et tes sœurs quand quelqu'un appelle ta mère et voici que cette personne se dirige droit vers une autre femme. Et cette autre femme a près d'elle un gosse qui porte ton nom. J'ai été... tout ce que j'ai pu me dire c'est qu'il s'agissait des Forkenbrock de Dixon et que ces Forkenbrock nous étaient bien apparentés, en définitive. Maman n'a pas dit un mot mais j'ai senti que son bras tremblait. » Ray illustre le mouvement : son coude est agité de secousses.

« Au cimetière je suis allé vers le gosse qui s'appelait comme moi ; je lui ai demandé si sa famille vivait à Dixon et avait un ranch, et s'ils étaient parents de mon père que l'on enterrait. Il m'a regardé fixement, m'a dit qu'ils n'avaient pas de ranch, ne vivaient pas à Dixon mais à LaBarge et que c'était *son* père qu'on enterrait. J'ai été tellement déconcerté que je lui ai dit seulement : "Tu es cinglé !" et je suis retourné auprès de ma mère. Elle n'a pas mentionné l'incident ; nous sommes rentrés à la maison et la vie a continué comme d'habitude sauf que nous avions très peu d'argent. Maman a trouvé du travail comme cuisinière au ranch des Stump. C'est seulement quand elle est morte, en 1975, que j'ai assemblé les pièces du puzzle. Toutes les pièces. »

Ce dimanche, Bérénice et Chad sont partis faire leur virée hebdomadaire dans la région. Bérénice a emporté son nouvel appareil photo digital. Pour on ne sait quelle raison, Chad voulait reparcourir l'écheveau des routes nées de la prospection énergétique. De nouveau ils sont confrontés à la toile d'araignée de routes gravillonnées, vierges de tout panneau, où l'on se perd constamment. Loin devant eux ils aperçoivent des camions sur le bord de la route. Dans une tranchée profonde, une canalisation noire assez large pour qu'un chien puisse se promener à l'intérieur. Arrivés à un tournant, ils tombent sur des ouvriers qui introduisent une section de la conduite dans une vaste machine apparemment destinée à souder ensemble les sections. Jugeant que cette machine ne manque pas d'intérêt, Bérénice s'empare de son appareil et cadre l'image. Derrière la machine, un camion dont le moteur tourne au ralenti ; un adolescent malpropre à lunettes noires se tient derrière le volant. Dix mètres plus loin, un autre type travaille sur une pelleteuse à reboucher la tranchée. Chad baisse la vitre ; d'une voix aimable et avec le sourire, il demande à l'adolescent comment fonctionne l'engin.

Le jeunot lance un regard vers l'appareil de Bérénice et dit : « Qu'est-ce que ça peut vous foutre ? Et d'abord qu'est-ce que vous faites ici ? »

Chad s'enflamme : « C'est une route du comté, non ? Or je vis dans ce comté, je suis né ici et je suis plus en droit de me trouver sur cette route que vous. »

Le jeunot laisse échapper un rire mauvais et riposte : « Rien à foutre, même si vous étiez né sur la hampe d'un drapeau. Vous n'avez *pas* le droit de gêner les travailleurs et de prendre des photos.

— Gêner ? » Mais avant que Chad ait pu dire un mot de plus, l'homme qui était dans la cabine de la machine en est sorti, et ses deux asistants qui manœuvraient la canalisation se sont approchés. Le conducteur de la pelleteuse a sauté à terre. Tous ont l'air de gars solides en pleine forme physique. « Merde ! dit Chad, on fait juste notre virée du dimanche. On ne s'attendait pas à voir des gens travailler le dimanche. On croyait que ça n'arrivait que dans nos ranchs. Bonne journée ! » Il écrase l'accélérateur et démarre dans un nuage de poussière. Le gravier mitraille le dessous du châssis.

Bérénice commence : « C'est quoi cette histoire ? », mais Chad lui coupe la parole : « La ferme ! » Il roule trop vite, jusqu'à la jonction avec la route goudronnée sur laquelle il fonce pied au plancher sans lâcher de l'œil le rétroviseur. Pas un mot n'est échangé avant leur arrivée chez Bérénice. Chad sort alors de la camionnette et en fait le tour ; il l'examine sous tous les angles.

« Chad, pourquoi tu as laissé ces types te traiter comme ça ? »

Chad pèse ses mots : « Bérénice, je crois que tu n'as pas remarqué que l'un de ces types avait un .44 sur lui et qu'il le sortait de son étui. Ce n'est pas une idée brillante de se bagarrer au bord d'un fossé avec cinq manœuvres dans un coin perdu. Le perdant se retrouve dans le fossé et le type à la pelleteuse en est quitte pour cinq minutes de travail supplémentaire. Viens voir par ici. » Il l'entraîne à l'arrière de la camionnette. Il y avait un trou dans le rabattant de la plate-forme.

« Ça, c'est le .44 du mec qui a fait ça. Heureusement que la route était cahoteuse. Je pourrais être mort et tu serais là-bas à les amuser. » Bérénice est parcourue d'un frisson. « Ils ont dû nous prendre pour des espèces d'écologistes. Et puis ton appareil photo, tu le laisseras à la maison la prochaine fois. »

Du coup les sentiments de Bérénice pour Chad commencent à tiédir. Il lui paraît moins viril. Quant à son appareil, elle l'emportera où ça lui chantera.

Le lundi, Bérénice était à la cuisine ; elle cherchait la sorbetière dont on ne se servait plus depuis deux ans. M. Mellowhorn venait de rentrer de Jackson avec une recette de glace parfumée à la tarte aux pommes et il tenait beaucoup à ce que chacun en partage avec lui les délices. Alors qu'elle fouillait dans le sombre placard, Deb Slaver entra en coup de vent et heurta la porte du placard.

« Oh ! dit Bérénice.

— Bien fait pour toi », lance rageusement Deb, qui repart avec majesté. On entend le bruit d'un vigoureux coup de pied décoché à un des chiens empaillés.

« Elle est folle de rage, dit la cuisinière. Duck n'est pas mort, ce qui fait qu'elle n'aura pas le million de l'assurance. Pire encore, il aura besoin de soins intensifs pendant tout le reste de son existence — faudra qu'elle se mette totalement à son service, qu'elle lui retape bien ses oreillers. Elle en a pour toute la vie à le soigner. Je ne sais pas si elle continuera à travailler, en prenant une aide à domicile ou quelque chose. A moins que M. Mellowhorn n'autorise son mari à résider ici. Alors c'est *nous* qui serons ses esclaves. »

Quand vient le samedi, par habitude, car elle a rompu avec Chad et ne s'intéresse plus vraiment aux Bledsoe et à leur ranch, Bérénice traîne dans le hall à proximité de la porte de M. Forkenbrock. Beth a apporté à son grand-père une assiette de pudding au chocolat. Ray dit que c'est bon mais que ça ne vaut pas le whisky. Beth lui verse son verre habituel.

« Alors, commence Beth, à l'enterrement vous avez rencontré les autres Forkenbrock mais ils ne vivaient plus à Dixon?

— Non, non. Tu n'as encore rien entendu. Ceux qui étaient à l'enterrement n'étaient *pas* les Forkenbrock de Dixon. C'étaient les Forkenbrock de La-Barge. Il y avait une autre famille à Dixon. Quand maman est morte, moi et mes sœurs avons trié ses affaires et découvert toute l'affaire.

— Je suis désolée. J'avais mal compris.

— Elle avait rassemblé toutes les notices nécrologiques qu'elle avait pu trouver, mais ne nous en avait jamais parlé et les gardait dans une grande enveloppe, sur laquelle elle avait écrit "Notre famille". Je ne sais pas si c'était de l'ironie. Il y avait dedans les détails habituels : qu'il était né dans le Nebraska, avait travaillé pour l'Union Pacific, puis pour l'Ohio Oil et telle ou telle autre compagnie, et encore qu'il était un loyal Éclaireur. Une des notices mentionnait que lui survivaient Lottie Forkenbrock et ses six enfants à Chadron dans le Nebraska – et que le garçon s'appelait Ray. Une autre notice annonçait que sa famille endeuillée vivait à Dixon, au Wyoming, et se composait de son épouse, Sarah-Louise, et de deux fils, Ray et Roger. Puis il y avait celle du *Casper Star* qui parlait de l'Éclaireur bien connu, à qui survivaient son épouse Alice, ses fils Ray et Roger, ses filles Irène et Daisy. Il s'agissait de nous. La dernière notice disait que sa femme Nancy vivait à LaBarge avec ses trois enfants Daisy, Ray et Irène. Il y avait donc quatre familles. Ce qu'il avait eu l'idée de faire, tu vois, c'est de donner aux gosses les mêmes prénoms pour éviter les confusions et ne pas dire "Fred" quand il parlait à Ray. »

Il a du mal à respirer, sa voix est aiguë, chevrotante. « Comment ma mère a accueilli la surprise qu'il lui avait réservée, je ne l'ai jamais su parce qu'elle n'a rien dit. »

Il avale son whisky d'un trait, puis est saisi d'un violent accès de toux qui se termine en haut-le-cœur. Il essuie les larmes de ses yeux. « Mes sœurs ont pleuré comme des madeleines quand elles ont lu ces nécrologies et elles ont maudit leur père – mais quand elles sont rentrées à la maison, elles n'ont rien dit à personne. Et tout le monde, ceux de LaBarge, de Dixon, de Chadron et de Dieu sait où encore, tout le monde a gardé le silence. Il s'en est tiré. Jusqu'à présent. Je crois que je vais boire un autre whisky. J'ai la gorge sèche. » Ray s'empare de la bouteille.

« Eh bien ! dit Beth, qui tente de se faire pardonner son incompréhension. En tout cas nous avons maintenant une famille agrandie. C'est assez excitant de découvrir tous ces cousins.

— Beth, ce ne sont pas des cousins. Réfléchis un peu. » Il la croyait intelligente. Elle ne l'était pas.

« Sincèrement, je trouve que c'est épatant. Nous pourrions nous réunir tous pour Thanksgiving ou pour le 4 Juillet. »

Les épaules de Ray Forkenbrock s'affaissent. Le temps oscille comme un vieux pneu au bout d'une corde, au ralenti, jusqu'à ce que le mouvement s'arrête tout seul.

« Grand-père, dit Beth gentiment. Tu dois apprendre à aimer ta famille. »

Il ne répond rien. Puis : « J'aimais mon père.

« C'est lui que j'aimais », répète-t-il, mais il sait que c'est sans espoir, qu'elle n'est pas intelligente, qu'elle ne comprend rien de tout ce qu'il lui a raconté, que le livre qu'il croyait dicter sera considéré comme un ramassis d'inepties séniles. Et de son propre chef, comme une rafale qui précipite un avion au sol, le souvenir de la vieille trahison rompt les murs de la prison où sa rage est enchaînée, et il les envoie tous au diable, repousse le magnétophone et dit à Beth qu'elle ferait mieux de s'en aller.

« C'est ridicule, déclara celle-ci à Kevin. Il s'est mis dans tous ses états à propos de son père qui est mort dans les années trente. C'est pourtant du passé, tout ça.

— Oui, c'est vrai », dit Kevin. Dans l'alternance des ombres et des lumières sur l'écran de la télé, son visage paraît déformé.

J'ai toujours adoré cet endroit

Duane Fork, démon et secrétaire du Diable, s'affairait à préparer les bureaux. Il saupoudrait les tables de poussière et de sable, répandait des gravillons sur le plancher, tirait les lourdes tentures de velours rouge et vaporisait la pièce à *l'Eau de fumier*. A minuit précis il entendit dans le hall le claquement des sabots familiers. Il se mit au garde-à-vous.

« Bonjour, monsieur, dit Duane d'un ton obséquieux.

— *Merde*, grommela le Diable, en regardant autour de lui d'un air maussade. Cet endroit est innommable. » Il revenait de la Foire internationale de Décoration et de Jardins à Milan où il s'était présenté comme concepteur d'avant-garde de mobilier de jardin en papier froissé blanc. « Si la pluie y laisse des taches ou que ces meubles s'encrassent, quelle importance, avait-il dit. Vous les jetez sur votre barbecue et vous les brûlez. » N'empêche : un désir jaloux n'avait cessé de lui tordre les entrailles quand il regardait les chaises longues en plastique pour piscines, les allées sous les tonnelles, les jardins de palmiers tropicaux, les grottes de rocher et les terrasses en teck. Pendant son voyage de retour en Enfer, il avait feuilleté une demi-douzaine de luxueux magazines de décoration, avait rempli un formulaire d'abonnement à *Résidence* et songé brièvement à lancer une publication rivale qui s'appellerait *Résidence en enfer*. L'examen des revues lui avait fait comprendre qu'il avait besoin d'aménagement paysager, de parcs au bord de l'eau ou de monuments plutôt que de créations architecturales.

« Cet endroit maudit, il y a des éternités que l'on n'y a rien changé. Il est démodé, il est *passé*, les gens bâillent quand ils pensent à l'Enfer. Les rochers gluants et les forêts ténébreuses ne font pas naître le sombre frisson de jadis – aujourd'hui certains environnementalistes adorent ce genre de choses. Il faut suivre son époque. Il faut moderniser et se développer. Oui, c'est notre devoir de nous développer maintenant que notre programme de réhabilitation climatique est en plein essor : la désertification, la fonte des glaciers, les inondations. Nous commençons à avoir l'air vieux jeu à côté. Et puis, Duane, dans le Séjour terrestre tous les signes concordent pour annoncer une grande guerre de religion dans un proche avenir. Si nous ne sommes pas prêts à l'afflux des arrivants, nous aurons un problème délicat. »

Sur le chemin du retour il avait lu aussi un article badin dans un canard intitulé *L'Oignon* sur la création d'un dixième cercle destiné à l'accueil du nombre croissant des Salauds absolus – des hommes d'affaires américains pour la plupart. Le Diable avait souri. Un dixième cercle n'était pas une mauvaise idée mais l'augmentation prévisible de la population de l'Enfer exigerait un effort d'une tout autre ampleur que de trouver où loger les parlementaires vendus à l'industrie du tabac et les chefs d'entreprise. A long terme, la construction d'une annexe se révélerait sans doute inutile : comme presque tous les humains étaient voués à la damnation, une simple inversion suffirait, à peu près comme on retourne un morceau de l'intestin comme un gant pour fabriquer une saucisse. La terre, sans qu'il ait à fournir le moindre effort, deviendrait l'Enfer *bis*. Entre-temps il se proposait de moderniser les installations actuelles.

« Aujourd'hui, Duane, nous allons faire le tour du domaine et voir où nous pouvons apporter des améliorations. Prends ton bloc-notes. *Andiamo !* » Ils montèrent dans une voiturette de golf rouge. Le Diable ne portait que sa veste de chasseur, et Duane une visière.

En chemin le Diable communiquait à son compagnon des suggestions inspirées par ses lectures : « Il ne s'agit pas de tout démolir et de nous mettre à reconstruire à partir de zéro, de faire venir des bulldozers, d'apporter une nouvelle couche de terre ou de transporter des rochers. Ce que nous voulons, c'est apprécier notre potentiel et travailler là-dessus. Les données de base ici sont bonnes, nous le savons. Nous allons faire appel à une société de construction qui a travaillé en Irak – Déroute et Massacre, vu le nom, est une compagnie qui devrait nous convenir. Passe-leur un coup de fil et essaie d'avoir une idée de leurs tarifs. S'ils sont trop élevés, nous les transférerons ici de force, et nous en ferons une compagnie locale. »

A l'entrée principale, le Diable roula des yeux.

« Faut garder le panneau. On ne peut pas vraiment faire mieux que cette dernière ligne : "ABANDONNEZ TOUTE ESPÉRANCE, VOUS QUI ENTREZ ICI!" Mais le portail est assommant. Si l'on fait abstraction du panneau, c'est un banal portail de pierre roman. Tandis que si nous le remplaçons par quelque chose de moderne comme l'arche de St Louis et une chute électrique... »

Les sourcils froncés et la grimace de Duane attestaient une certaine incompréhension.

« Qu'est-ce qui ne va pas? demanda le Diable. Tu préfères une pulvérisation de poivre?

— Oh non! c'est juste que je ne sais pas ce que c'est, une chute électrique.

— Tu as entendu parler de chutes d'eau?

— Oui, monsieur.

— Une chute électrique, c'est la même chose sauf qu'il y a de l'électricité au lieu de l'eau. Bien entendu on pourrait mélanger les deux – ça te ferait plaisir?

— Tout ce que vous voulez me fait plaisir, monsieur.

— Bien. Alors note : Portail d'entrée, arche de St Louis et chute d'eau électrifiée. »

Au bord du fleuve, le Diable échangea quelques plaisanteries avec Charon mais s'abstint de toute

suggestion visant à pimenter la traversée quand le vieil homme eut grondé hargneusement : « C'est très bien comme ça. » Les yeux de charbon ardent de Charon clignotaient spasmodiquement. Il frappa de sa rame cinq ou six pauvres hères nus avant de demander : « Vous avez pensé à me rapporter mes gouttes pour les yeux ?
— Merde ! J'ai encore oublié. La prochaine fois, c'est promis. Essaie de te plonger la tête dans le fleuve. » Le Diable appuya sur l'accélérateur, la voiturette s'éloigna et fila à travers la banlieue des Limbes.

« Assommant ! », lâcha le Diable en jetant un coup d'œil sur les écrivains et les poètes qui entouraient les producteurs de cinéma, plumitifs brandissant leurs manuscrits et plaidant passionnément pour leurs idées.

Au second cercle, source des ténébreuses nuits d'orage dans la littérature et entrepôt réservé aux époux adultères, le Diable poussa un coup de gueule : « Ferme ta soufflerie, Minos, ça détruit ma coiffure ! » Puis sans ralentir il alluma les phares de sa voiturette, ce qui lui permit de reconnaître quelques-uns des esprits adultères à jamais maudits. « Alors, elles pendent bien ? », lança-t-il à Paris en lui flanquant une claque sur les fesses, tandis que Duane Fork se permettait de lécher le sein gauche de Cléopâtre. Aucune idée ne se présenta pour remodeler ce coin de l'Enfer. Comme il était gravé dans la pierre que le châtiment des adultères serait de vomir et dégobiller en une permanente nausée, ce serait perdre son temps que d'essayer d'imaginer autre chose que les rigoles de ciment et les bougies parfumées déjà installées.

C'est très bien comme ça

Ce fut seulement en arrivant au troisième cercle que le Diable retrouva sa verve inventive. Un mélange de pluie froide et de neige fondue martelait le sol qui avait pris la consistance d'une éponge en décomposition. Des silhouettes se tortillaient dans la boue. Le Diable s'arrêta : il voulait écouter les derniers commérages formulés dans plus de cent langues différentes. Les falaises sombres retentissaient des échos des hurlements rauques, désespérés de Cerbère.

« Vilain garçon ! Vilain garçon ! », l'encouragea le Diable en jetant à la créature une pleine poignée de boulettes de viande. Les multiples têtes happèrent au vol les morceaux friands qui s'engouffrèrent dans la triple gorge. Cerbère aboya – à la fois pour remercier le Diable et lui donner les dernières nouvelles.

« Tu savais ça, sur Sarkozy ?

— Non, monsieur, dit Duane, qui en prit note.

— Ici il y aurait quelque chose à faire. Il faut introduire les éléments qui ont fait la splendeur de La Nouvelle-Orléans : un déluge de voitures renversées, des planches flottantes hérissées de clous, une marée d'égouts se déversant, un torrent d'ordres contradictoires. Ou peut-être un tsunami de temps à autre. Cet endroit est idéal pour un tsunami de première catégorie. Et j'aimerais voir partout des miasmes pestilentiels en suspens. Ce brouillard au ras du sol n'a aucun intérêt. » Il regarda les pentes rocheuses ruisselantes de l'eau noire du Styx. « Diable ! La vue seule vaut des milliards. C'est à vous couper le souffle. J'ai toujours adoré cet endroit. »

J'ai toujours adoré cet endroit

La voiturette faisait des embardées dans le bourbier. Ils contournèrent le grand marécage qui préludait au Styx mais les sons émis par les damnés que suffoquait la boue limoneuse leur parvenaient, portés par l'humide atmosphère – on aurait dit des centaines de porcs s'ébattant dans leur auge. Sur le rivage opposé, ils apercevaient une montagne qui s'élevait en à-pics et à son sommet la ville de Dis se profilait contre un ciel embrasé. A l'embarcadère, le Diable lança un sifflement strident ; ils virent au loin le batelier Phlegyas qui poussait à la perche sa barque dans leur direction.

« Tu sais, ce serait plutôt le boulot de Charon, mais j'ai posté ce dernier sur l'Achéron à cause de sa personnalité de maître d'hôtel : il sait accueillir les arrivants avec style. Et Phlegyas est assez bon dans ce qu'il fait. » Le vigoureux batelier déposa la voiturette dans son embarcation et ils entamèrent la traversée des eaux noires où des nageurs si nombreux se débattaient qu'ils retardaient la progression de leur barque.

« Note, Duane. Il faut introduire ici deux ou trois cents crocodiles d'eau salée. Commande-les en Australie. Double aussi notre commande de mouches, moucherons, tiques, moustiques. »

Une fois débarqué au pied de la montagne, le Diable se fit un cadre de ses deux mains et observa les différentes vues qui s'offraient à lui. Il revint plusieurs fois à celle de Dis au sommet.

« Quel emplacement ! murmura-t-il. Et dire que nous le gâchons depuis si longtemps ! C'est un terminus idéal pour le Tour de France. Les cyclistes professionnels ont bien mérité leur place en Enfer. On a ici deux fois la hauteur d'un sommet alpin. » Ils se mirent à gravir la pente abrupte, slalomant entre les gros rochers au milieu du chemin.

« C'est bien ce que je pensais. Le sol est moelleux, c'est trop facile. Inspirons-nous de la course Paris-Roubaix, qu'on appelle à tort "l'Enfer du Nord". Plaçons des pavés grossiers et défoncés là où la pente est la plus forte. Je veux qu'on ôte ces rambardes devant l'abîme, et que, sur les cinq derniers kilomètres, la route soit hérissée de silex et de ces vieilles pierres taillées en pointes. Et puis faisons donner le grand jeu des variations climatiques : tempêtes de neige fondue, chaleur torride, revêtement de glace sur les pavés, vents latéraux de force 12. En plus je veux des milliers de clones de cet Allemand, ce soi-disant Diable qui porte une combinaison rouge malodorante et se promène avec une fourche en carton, le pauvre idiot. Il a regardé trop de vieilles gravures ; je lui réserve une place ici un de ces jours. Tous les coureurs se drogueront et on en verra s'écrouler l'écume aux lèvres comme Simpson en 1960 et quelques. Et il y aura des foules hurlantes qui leur jetteront des seaux de crasse et de poussière fine, des poignées de punaises, lanceront des giclées d'huile d'olive et puis leur pisseront dessus. Les bouteilles d'eau seront remplies de kérosène ou d'alcali. Les coureurs devront réparer leurs bicyclettes eux-mêmes et porter autour du cou leurs pneus de rechange. S'ils font une chute et se cassent un bras ou une jambe, personne ne pourra les assister. Et je veux plus de chiens sur le parcours, et des serpents à sonnette. Voyons encore – que dirais-tu d'un lavement obligatoire sur la ligne de départ et de pauses dopage à l'EPO toutes les trente minutes ? Quant à l'Union cycliste internationale... » Il se pencha pour chuchoter à l'oreille du démon.

« *Chapeau !* », s'écria Duane Fork.

Arrivé à la ville de Dis, le Diable invita ses habitants en proie à mille tourments à se préparer à des courses cyclistes de prestige. Il parcourut rapidement les cercles suivants, décida la création d'un certain nombre de suites présidentielles sur le modèle des hôtels-capsules japonais ou des toilettes pour hommes de Wal-Mart, ajouta une boîte de nuit abattoir, et décréta que les nouveaux venus, une fois qu'ils auraient franchi la porte d'entrée et que Charon les aurait déposés dans le grand foyer « Bienvenue en Enfer », devraient faire face à une synthèse des caractéristiques des pires aéroports du monde – dont l'idéal est celui de Shanghai. Rien n'y manquerait : officiels tracassiers, personnel sado-masochiste, contrôles de sécurité successifs d'une sévérité croissante, changements rapides et fluctuants de portes d'embarquement et d'heures de départ. Pour conclure ils feraient un voyage de vingt-sept heures dans un vieux coucou qui volerait dans les typhons tandis que les rivets cliquetteraient contre le fuselage.

Au cours de la montée à Dis, le Diable avait remarqué un groupe d'hommes à la peau brûlée et aux jambes arquées qui flânaient autour d'un trou d'eau

C'est très bien comme ça

bouillante. Un panneau annonçait que la zone était réservée aux politiciens italiens de la Renaissance, avec interdiction d'entrer sans autorisation.

« Que le diable m'emporte! C'est Butch Cassidy et ses vieux potes. Ces salauds sont culottés. On va leur jouer un bon tour, à ces voleurs de bétail et autres vieux cow-boys franchisseurs de clôtures. Je crois que je vais les faire jouer à leur propre jeu. Envoyons les Quatre Cavaliers et quelques-uns de nos assistants diablotins qui montent à cheval; qu'ils les regroupent en troupeau, les séparent par petits paquets et les enferment dans des enclos. Nous les prendrons au lasso, nous les châtrerons, les vaccinerons et les marquerons avec ma grande fourche de fer rouge. Oh! bien sûr il y aura des nuages de poussière, des braillements et des protestations. Ils essaieront de s'échapper. Ils vont vociférer et bégayer. Pour finir, nous les lâcherons dans un pâturage sablonneux plein d'orties, d'épineux et de tiques. S'ils veulent, ils pourront prendre les vélos abandonnés par les coureurs et écouter Slim Whitman quand il lance le Cri d'amour indien sur son haut-parleur.

— Et les propriétaires de ranchs, on les inclut là-dedans? demanda Duane Fork.

— Non. Ils trouveraient tout ça normal. » Il réfléchit un moment puis: «Attends, j'ai mieux... Les ranchers, faut leur donner des troupeaux de minotaures irritables. Et les faire monter sur des centaures impétueux. A ce propos fais-en rôtir un pour mon dîner.

J'ai toujours adoré cet endroit

— Quoi ? Un minotaure, un centaure ou un rancher ?

— N'importe. Le plus simple. Saignant. »

Arrivé à la hauteur du groupe de flemmards, le Diable lança : « Hé, Butch, t'as fait une mule ces derniers temps ? Ha ! ha ! Secoue-moi ta jambe de bois. »

Agacé par le babillage polyglotte de Dis, le Diable décida d'imposer une norme. « Je crois que je vais faire du khoisan, la langue des Bochimans, la langue officielle de l'Enfer », annonça-t-il. Le cliquetis de dentales, palatales, alvéolaires et bilabiales s'écoula de sa bouche en une cascade fluide. Duane approuva précipitamment.

« Ton accent s'améliore, Duane, mais il manque encore de netteté. » Il regarda les fontaines de boue et de carbonate de sodium liquide. « Je ne vois nulle part d'orties, d'euphorbes, de digitaires, d'hyacinthes d'eau. Mettons au travail ces incompétents du ministère de l'Agriculture. Faut qu'il y ait ici de l'herbe du diable. »

Les pensées du Diable revenaient aux coureurs cyclistes. Il appela la tour de garde ; ordre fut donné à tous les scouts de Satan en patrouille aux environs de la ville de diriger les coureurs vers les réverbères excentrés, les pylônes, les nids-de-poule, les précipices. Maintenant que son esprit était branché sur ce qu'il appelait *in petto* « les sports de l'Enfer », les idées lui venaient aussi pressées que des nuages d'éphémères. Le crayon de Duane Fork courait sur le papier, dérapait au bout des lignes. Le football à lui seul suscita onze cents améliorations. Du football il passa aisément au cricket, au lancer de tronc d'arbre et à quelques dispositions spéciales pour les directeurs d'agences de location, les fabricants d'insecticides, les dirigeants mondiaux et les conducteurs de chasse-neige.

« Les ouvriers du bâtiment! s'écria-t-il. Leurs casques vont fondre, leurs échafaudages s'écrouleront sans arrêt. Les marchands de glace? Dans chaque cuillerée de vanille, un charbon ardent. Et dans le chocolat, des crottes de bique. Je vais en confectionner moi-même. » Il saisit deux cônes de feu au plus proche distributeur de rafraîchissements. A ce moment un coup d'œil sur des prêteurs sur gages qui rôtissaient à quelque distance lui fit penser aux banques, aux factures et aux impôts.

« Les agents du fisc canadien! On va les faire jouer au hockey, leur sport national, sur la glace du neuvième cercle.

— Ne vaudrait-il pas mieux s'occuper des agents du fisc américain? Ils ont une réputation bien pire.

— Duane, le fisc américain, c'est de la gnognotte à côté du fisc canadien. Il n'existe pas sur terre d'administration aussi arrogante, bureaucratisée, obsédée de puissance, tortueuse, spoliatrice, paperassière, caverneuse et carnivore que le fisc canadien.

— Mais si le hockey est leur sport national, ils prendront plaisir à y jouer.

— Je ne crois pas. Les lames seront posées à l'intérieur des patins. Et ces lames seront brûlantes. »

Mais l'idée d'un dixième cercle continuait à le hanter. La chose était possible mais il fallait que ce soit une initiative totalement inattendue, une époustouflante surprise, un coup. Il était au volant de sa voiturette quand l'illumination se produisit : un musée. Non pas une collection des œuvres que les directeurs des musées terrestres enverraient volontiers au diable, mais les représentations de sa personne à travers les millénaires, depuis le bouc monstrueux aux yeux jaunes jusqu'aux chauves-souris aux ailes de satin; celles aussi des régions fabuleuses du monde souterrain et de tout le catalogue des vices et des crimes humains, accompagnés de la vertigineuse dégringolade des pécheurs précipités dans l'abîme.

Les idées lui venaient en désordre. Dans l'une des galeries du musée, il installerait la peinture de l'Enfer due au pinceau si ingénieux de Jérôme Bosch. Il aurait aussi toutes les sorcières de Goya, et ses hordes puantes de créatures édentées, hurlantes, torturées et terrifiées. Il rassemblerait toutes les peintures existantes de Satan même si dans plusieurs la présence de saints, le regard tourné vers le ciel, visait à l'humilier. N'était-ce pas lui qui avait toujours eu le dernier mot ? Venusti avait peint un saint Bernard stupide qui le tenait enchaîné mais, l'instant d'après, la chaîne avait fondu. Le peintre n'avait pas osé représenter cela. Michael Pacher lui avait prêté une peau d'un vert grenouille sensationnel mais les ramures de cerf et les fesses en guise de visage, c'était très exagéré. Le portrait que Gerard David avait fait de lui était plus réussi. Il y aurait une salle réservée à Gustave Doré dont l'imagination l'enchantait. Il trouvait également beaucoup d'agrément aux nombreux tableaux où on le voyait récoltant les âmes des damnés qu'il jetait dans son sac de jute. Il entasserait dans son musée tous les Jugements Derniers où les damnés chutent dans l'Enfer comme des figues mûres se détachant de l'arbre. Signorelli... il n'arrivait pas à comprendre comment Signorelli avait su qu'il fallait donner à ses démons des peaux vertes, grises ou violettes – un coup de chance peut-être, une conjecture heureuse. Et puis ce démon de Signorelli qui mordait une tête, n'était-ce pas Duane Fork? Il pourrait poser la question au peintre – s'il réussissait à le trouver. Il fallait absolument constituer un logiciel des damnés et de leurs emplacements respectifs ; il était impossible de retrouver quelqu'un en Enfer.

Suivant toujours son idée d'un musée, il se proposa de consacrer une salle à une peinture unique : il y accrocherait le tableau de William Blake : *Satan prenant la tête des anges révoltés*, qui le montrait comme le plus beau des anges, plus beau que n'importe quel dieu grec – c'était avant l'échec de la rébellion, son expulsion et sa chute. Mais la pensée de cet épisode le rendit morose ; il décida de laisser de côté le Blake et de se rabattre sur Rubens et Tiepolo. C'est alors que, établissant mentalement la liste des peintures et des sculptures qu'il souhaitait rassembler, il se rendit compte quel formidable labeur ce serait de les retirer du Prado, des Offices, du Louvre, de tant d'autres musées, monastères, églises et cathédrales où on les gardait. A cet instant son plan s'effondra, il y avait un hic : il ne pouvait pas entrer dans un monastère ou dans une église. Fin des projets de rénovation. Pour cet esprit qui ne pouvait suivre qu'une idée à la fois, impossible de faire abstraction des monastères, des cathédrales et des églises.

Il aurait dû penser à extraire de leur brasier quelques voleurs d'œuvres d'art pour les envoyer faire le travail, mais l'histoire ne nous en dit rien.

Les vieilles chansons de cow-boys

On croit généralement que les pionniers, une fois arrivés dans le pays, se firent reconnaître la possession d'un bout de terrain, vécurent à la dure, élevèrent des nichées de va-nu-pieds et fondèrent des dynasties de propriétaires de ranchs. Ce fut le cas de certains mais d'autres, en bien plus grand nombre, n'eurent que de courtes carrières et furent rapidement oubliés.

ARCHIE & ROSE, 1885

A l'endroit où la Petite Weed achève bruyamment de dégringoler de la Sierra Madre – le cours d'eau ne doit pas son nom à la petitesse ou à l'abondance de sa flore mais à un certain P.H. Weed, chercheur d'or mort de faim près de sa source –, Archie et Rose McLaverty avaient délimité un terrain qui était devenu leur propriété avec la bénédiction du gouvernement américain. Archie avait un visage lisse comme du tremble écorcé ; ses lèvres n'étaient qu'une incision tracée sur cette surface à la pointe d'un couteau. La nature l'avait sobrement paré de joues rouges et de souples ondulations de cheveux châtain cuivré. Il mentait sur son âge : il n'avait pas vingt et un ans mais seize. Le premier été, ils vécurent sous la tente tandis qu'Archie travaillait à la construction d'une petite cabane. Il lui fallut pendant un mois galoper après les vaches vagabondes de Bunk Peck pour se payer deux vitres de fenêtres. La cabane était bien conçue ; elle était bâtie de rondins de huit pieds, dont les tenons s'ajustaient à des montants mortaisés qu'Archie pouvait manier avec l'aide de leur seul voisin, Tom Ackler, un prospecteur boucané qui habitait une hutte en haut de la montagne. A deux ils mastiquèrent les fissures avec une épaisse argile jaune, et un jour Archie traîna jusqu'à la maison une énorme pierre plate qui servirait de seuil — ce qui leur donna le plaisir de venir s'asseoir dans la fraîcheur du soir, les pieds sur la grosse pierre, et de voir les cerfs descendre boire à la rivière et, juste au moment où la nuit tombait, les hérons s'envoler en amont, presque indiscernables d'un ciel de la même couleur qu'eux. Archie creusa à flanc de montagne un robuste garde-manger et scia des bûches tandis que Rose préparait du bois d'allumage. Ils purent ainsi empiler quatre cordes de bois contre la cabane presque jusqu'au toit. Une fouine s'y installa aussitôt.

« Comme ça, on n'aura pas de souris, dit Rose.

— Si cette saloperie ne mord personne, dit Archie

en agitant son index droit. Et toi, tu finiras par user la fenêtre si tu la laves si souvent. » Mais il aimait voir le reflet de Barrel Mountain sur la vitre. Archie avait un léger accent irlandais car il avait été conçu en Irlande ; il était né sur le territoire du Dakota en 1868 de parents originaires de Bantry Bay. Son père était venu clouer des traverses de rails pour l'Union Pacific Railroad. Sa mère était morte du choléra quand il avait sept ans, suivie quelques semaines plus tard par son père qui avait avalé un flacon entier d'un médicament à base de strychnine, remède assuré contre le choléra et la rougeole si la dose n'excédait pas une cuillerée à thé. Avant de mourir, sa mère lui avait appris des dizaines de vieilles chansons et lui avait enseigné les rudiments de l'art musical : elle avait peint des touches blanches et noires sur une planche, l'avait assis devant cette planche et lui avait montré comment placer ses doigts. Chaque fois qu'il touchait une note, elle la chantait de sa voix parfaitement juste. Après la liquidation de sa famille, l'influence irlandaise avait cessé de s'exercer sur Archie. Mme Sarah Peck, une veuve méthodiste au grand cœur originaire du Missouri, avait élevé l'enfant au plus grand dam de son fils à elle, Bunk.

Une série de minables cow-boys défila dans le dortoir du ranch Peck ; dès son plus jeune âge, Archie écoutait leurs chansons : il retenait vite les airs, avait une bonne mémoire des rimes et des couplets. Quand, victime d'un incendie de prairie qu'elle avait provoqué en flambant des poulets qu'elle venait de tuer, Mme Peck partit pour le pays où l'on ne prend plus jamais de petits déjeuners, Archie avait quatorze ans et Bunk un peu plus de vingt. Sans Mme Peck pour servir de tampon, leur relation devint celle qui existe entre un patron et son employé. Ils n'avaient jamais éprouvé le moindre sentiment de parenté l'un envers l'autre. Et surtout, Bunk ne digérait pas les cent dollars que sa mère avait laissés à Archie dans son testament.

Dans ce pays où les habitants étaient rares, chacun était apprécié pour un talent particulier. Chay Sump savait comment y faire avec les Utes et les gens s'adressaient à lui quand il leur fallait des peaux bien tannées. Willy l'Éclair, qui ne cessait de s'entraîner, tirait avec précision au pistolet et à la carabine, apparemment sans viser, en tenant l'arme à hauteur de ceinture. En matière de mines d'or, Bible Bob passait pour avoir du nez – sa réputation reposait sur la découverte de roches d'une couleur prometteuse sur les pentes de Singlebit Peak. Et Archie McLaverty avait une voix de chanteur qu'on n'oubliait pas une fois qu'on l'avait entendue. Voix franche et dure, qui laissait tomber les mots à mi-distance du cri et du chant, voix triste et plate, sans fioritures, qui exprimait des choses que l'on sentait mais qui étaient indicibles. Archie chantait des paroles simples, carrées : « Le brandy est le brandy, même mélangé, un Texan est un Texan, même transformé », et ses auditeurs riaient de la façon comique dont il prononçait le mot « transformé » – il faisait évidemment allusion à une castration. Quand Archie se lançait dans *The Old North Trail*, laconique, la voix légèrement rauque, les gens se préparaient à entendre pendant une demi-heure l'histoire véritable qu'ils connaissaient bien et à suivre la lente progression d'Archie à travers les innombrables couplets. Il pouvait chanter toutes les chansons : *Go Long Blue Dog, When the Green Grass Comes, Don't Pull off My Boots, Two Quarts of Whiskey*. Lors des réunions entre hommes qui duraient la nuit entière, il débitait les interminables couplets de *The Stinking Cow, The Buckskin Shirt*, et *Cousin Harry*. Il courtisa Rose en lui chantant « N'épouse jamais ce garçon, ce bon à rien » ; le « garçon », c'était lui, et « bon à rien », c'était sa manière de se déprécier par modestie. Plus tard, avec force clins d'œil et sous-entendus, il lui chanta : « Petite, par prudence vaudrait mieux que tu sois marquée... »

Sur le conseil d'un ancien bénéficiaire de la loi agraire qui travaillait pour Bunk Peck, il avait employé l'héritage de Mme Peck à l'achat de quatre-vingts arpents de terres à un particulier. Il n'aurait rien eu à payer si Rose et lui avaient présenté une demande officielle pour un terrain deux fois plus grand appartenant au domaine public – ou même huit fois plus grand s'il s'agissait d'un terrain désertique. Mais Archie craignait que le gouvernement ne découvre qu'il était mineur, et puis il ne voulait pas être astreint pour cinq ans à l'obligation de cultiver et d'irriguer le domaine concédé. Comme il n'attendait rien de Mme Peck, acheter la terre avec le legs surprise de Mme Peck revenait pour lui à l'obtenir gratuitement. Par-dessus le marché, cette terre devenait sienne immédiatement et sans condition. Exalté par sa nouvelle situation de propriétaire, Archie annonça à Rose qu'il devait procéder au bornage en chantant. Cela lui semblait une évidence. Rose l'accompagna au début quand il prit son départ à l'extrémité sud-ouest du domaine et se dirigea vers l'est. Elle essaya même de fredonner avec lui mais s'essouffla vite à marcher d'un pas aussi rapide en chantant ; de plus, elle ne connaissait pas les paroles de nombreuses rengaines. Archie continua seul. Cela lui prit des heures. Tard dans l'après-midi, comme il se rapprochait, elle l'entendait chanter encore, mais désormais d'une voix râpeuse : « Nous irons en ville et nous achèterons des chemises... », et enfin quand il descendit la pente et parcourut les derniers trente mètres dans le crépuscule, sa voix était si exténuée qu'elle put à peine distinguer le refrain assourdi : « Jamais eu un sou et je m'en contrefiche. »

Il n'y a pas de bonheur comparable à celui que connaît un jeune couple dans la petite maison construite de leurs mains en un beau lieu solitaire. Archie avait bricolé une table dont les pieds étaient de jeunes arbres, ainsi que deux bancs. Lors du repas du soir, quand leurs visages s'éclairaient des reflets jaunes de la lampe à pétrole dont la lumière faisait surgir des ombres confuses au plafond, leur monde semblait en ordre — jusqu'au moment où les phalènes se collaient à la lampe et tombaient en se débattant dans leurs assiettes pour y mourir dans la graisse.

Les vieilles chansons de cow-boys

Rose n'était pas jolie mais c'était une fille chaleureuse qui aimait rire. Elle avait grandi au relais de poste de Jackrabbit. Son père, Sundown Mealor, dont le ventre s'arrondissait comme une bouilloire, rêvait de fougueux coursiers mais son habitude de la bouteille le condamnait à ne conduire qu'un chariot de marchandises. Le relais se trouvait sur une piste nord-sud reliant les ranchs perdus des terres pauvres à la ville de Rawlins, en pleine expansion grâce au chemin de fer de l'Union Pacific. La mère de Rose était une femme grise qu'une maladie débilitante clouait au lit où elle se mourait lentement. Le mariage précoce de Rose la fit pleurer, mais elle lui donna un précieux trésor de famille, une grande cuiller d'argent qui avait traversé l'Atlantique.

Le maître de poste était Robert F. Dorgan. C'était un homme joufflu et affable, très politisé, qui aspirait à être nommé à un poste flatteur ; il considérait le relais comme une simple étape – non seulement pour les chariots mais pour sa carrière. Sa seconde épouse, Flora, la belle-mère de sa fille Queeda, se rendait tous les hivers à Denver avec celle-ci, ce qui faisait des deux femmes, dont les rapports étaient ceux d'une mère avec sa fille, des autorités en matière de mode. A Denver, Mme Dorgan fréquentait les gens importants susceptibles de faciliter l'ascension sociale de son époux. De nombreux hommes politiques passaient l'hiver à Denver et l'un d'entre eux, Rufus Clatter, qui avait des relations à Washington, laissa entendre que Dorgan avait de bonnes chances d'être nommé inspecteur régional du cadastre.

« Je suis sûr que l'arpentage n'a pas de secrets pour lui, dit Clatter avec un clin d'œil entendu.

— Naturellement », dit Mme Dorgan. Elle songeait que, contre quelques dollars, son mari trouverait sûrement un jeune arpenteur pour faire le travail à sa place.

« Je verrai ce que je peux faire », dit Clatter, en se collant avec insistance contre la cuisse de Mme Dorgan, prêt à faire un pas en arrière si elle se montrait offensée de cette privauté. Au bout de quelques secondes, la femme sourit et se détourna.

« Si cette nomination intervenait, je saurais vous en témoigner ma reconnaissance. »

Au printemps, elle était de retour au relais où ses bagues, ses bracelets et les garnitures métalliques de sa robe l'entouraient d'une aura dorée ; elle anima les commérages locaux, répétant à qui voulait l'entendre qu'Archie Laverty avait causé la ruine de la malheureuse Rose en précipitant leur mariage prématuré. Car Rose n'avait que quatorze ans. Mais que pouvait-on attendre d'une fille dont le père était un ivrogne et que personne ne surveillait au relais où elle n'en faisait qu'à sa tête, parlait librement à de grossiers routiers et échangeait des plaisanteries vulgaires avec de pauvres ploucs, des garçons de ferme comme cet Archie Laverty qui chantait des chansons paillardes ? Elle se frottait rapidement les mains d'un geste expressif : bon débarras de cette saleté.

L'autre habitant du relais était un vieux garçon – les célibataires ne manquaient pas dans la région –, Harp

Les vieilles chansons de cow-boys

Daft, le télégraphiste. Son visage et son cou étaient un champ de cicatrices, de grains de beauté, de loupes, de furoncles et de boutons d'acné. Il avait une jambe plus courte que l'autre, et la voix nasillarde d'un perpétuel enrhumé. Sa fenêtre faisait face à la maison Dorgan et on y voyait apparaître parfois un cercle noir que Rose savait être un télescope.

Rose admirait et méprisait en même temps Queeda Dorgan. Elle observait avidement tous les détails de ses belles toilettes, la broche d'opale, les souliers de satin, et les chapeaux coquins si merveilleusement déplacés dans ce relais poussiéreux, mais elle savait que la délicate demoiselle devait laver comme tout le monde les chiffons ensanglantés de ses règles, même si elle essayait de les cacher en les suspendant la nuit ou en les glissant à l'intérieur de taies d'oreiller. Sous ses jupes de soie, elle devait supporter le contact des tampons confectionnés avec des bouts de vieux draps dont les bords durcis irritaient ses cuisses et tiraient ses poils de pubis. Une fois par mois, Queeda dégageait une odeur animale malgré les parfums dont elle s'aspergeait. Quant à Mme Dorgan, Rose voyait en elle un être trempé dans l'acier, un ennemi à double face : des manières doucereuses en public, et en privé la plus grande grossièreté. Elle l'avait vue cracher sur le sol comme un charretier, ou se frotter l'entrejambe contre le coin d'une table quand elle croyait que personne ne l'observait. Convaincue de sa supériorité, Mme Dorgan n'adressait jamais la parole aux Mealor, non plus qu'au misérable célibataire qui tapait sur les touches du télégraphe ou, comme il disait, allait à la recherche des constellations.

Tous les matins dans sa cabane, Rose tressait ses cheveux bruns qu'elle avait plats, les tamponnait de gouttes d'eau de lilas avec le flacon offert par Archie le jour de leur mariage et les coiffait en bandeau autour de sa tête comme le faisait Queeda Dorgan. La nuit elle les laissait pendre et embaumer l'air. Elle ne voulait pas devenir comme les femmes des fermes allouées par le gouvernement, avoir comme celles-ci des aisselles malodorantes et des cheveux gras serrés dans un chignon. Archie avait des cheveux frisés, des boucles auburn, et elle espérait que leurs enfants auraient ces belles ondulations, et un beau visage aux joues rouges comme lui. Elle taillait les cheveux d'Archie avec les ciseaux à broder que des années plus tôt une passagère de la diligence avait laissés tomber dans la poussière au relais et dont les poignées d'argent avaient la forme de grues au cou ployé. Mais rester propre était un dur travail. Au relais, une Queeda Dorgan n'avait guère qu'à se parer, se laver, s'occuper de ses toilettes, mais Rose, dans sa cabane, devait manier de lourdes bassines, fendre du petit bois, cuire le pain, frotter les casseroles, bêcher le sol pierreux du futur jardin, et aller chercher de l'eau quand Archie n'était pas là. Le premier hiver, ils eurent de la chance : la rivière ne gela pas. Pour sa toilette, la vaisselle et le nettoyage du sol, quatre seaux d'eau quotidiens étaient nécessaires, qu'il lui fallait porter de la Petite Weed jusque chez elle ; à chaque voyage, elle dérangeait les canards qui avaient choisi un petit tourbillon voisin pour leurs réunions d'affaires. Et puis Rose veillait aussi à la propreté d'Archie. Quand celui-ci avait passé des journées à poursuivre à cheval les vaches de Peck ou des chevaux sauvages, il rentrait à la maison le visage hérissé de poils, le cou dévoré par les moustiques, les mains noires, les ongles déchirés, et les pieds malodorants. Elle lui retirait ses bottes et lui lavait les pieds dans une casserole avant de les essuyer avec de la toile de sac propre en guise de serviette.

« Si tu avais des chaussettes, ça serait mieux, disait Rose. Si je dénichais des aiguilles et de la laine, je pourrais te tricoter des chaussettes.

— Mme Peck m'en avait fait. Il a pas fallu une heure pour qu'elles soient trouées. Ça sert à rien et ça tire-bouchonne dans les bottes. Au diable les chaussettes. »

Leur souper était du hachis de venaison ou encore une poule sauvage qu'elle avait tirée dans les champs de sauge et qu'elle servait frite avec de la gelée d'églantine et du pain frais — mais jamais de haricots secs car Archie disait que c'était la base de l'alimentation au ranch de Peck. A l'occasion, leur voisin Tom Ackler venait souper chez eux, accompagné parfois de son chat jaune Gold Dust, qui voyageait derrière lui sur la selle. Pendant que Tom bavardait, Gold Dust essayait d'extraire la fouine de la pile de bois à coups de griffes. Rose aimait le prospecteur chauve aux yeux noirs ; elle l'interrogea sur la boucle d'oreille qu'il avait à l'oreille gauche.

C'est très bien comme ça

« J'ai navigué dans le monde entier, fillette. C'est mon oreille bâbord, et cet anneau indique aux connaisseurs que j'ai contourné par l'est le cap Horn. Et si tu passes par l'est c'est que tu es d'abord passé par l'ouest. J'ai fait le tour du monde. » Il avait une riche collection d'histoires de tempêtes, de rafales soudaines, de violents coups de vent, de trombes, de baleines bondissant hors de l'eau comme des truites, d'icebergs, de calmes plats, de bateaux paralysés par les algues, de virées folles dans des ports lointains.

« Comment ça se fait que vous avez lâché la vie de marin ?

— C'est pas comme ça qu'on s'enrichit, fillette, et puis, après avoir tangué sur le pont, je voulais un port douillet. »

Archie l'interrogea sur les chansons de marins. A sa visite suivante, Tom Ackler apporta son accordéon et pendant des heures les refrains de matelots résonnèrent dans la cabane. Il arrivait à Archie de demander qu'un couplet soit répété et parfois de faire chorus après une seule audition.

Ils disent vieil homme que ton cheval va mourir
C'est ce qu'ils disent et c'est ce qu'ils souhaitent
Ô pauvre vieil homme, ton cheval va mourir
Ô pauvre vieil homme

Rose se montrait une amante pleine d'ardeur quand Archie lui criait : « Lève donc le cul, comme un engoulevent »; elle savait changer en rire de plaisir l'humeur sombre passagère de son mari. Elle semblait ignorer qu'elle vivait à une époque où l'amour avait des conséquences fatales pour les femmes. Un soir d'été, sur leur lit à même le sol au milieu des copeaux et des éclats de bois dans la cabane encore inachevée, alors qu'ils s'embrassaient, Rose dans ses transports commença à le mordiller, à le lécher, à lui faire des pinçons dans le cou, à l'épaule, dans le creux musqué de l'aisselle et à la pointe des seins ; elle s'arrêta quand elle s'aperçut qu'il tremblait, qu'il avait les yeux clos avec des larmes dans les cils, et que son visage grimaçait.

« Oh ! Archie, je ne voulais pas te faire mal...

— C'est pas ça... C'est que je n'ai jamais été... aimé. Je trouve que c'est... presque insupportable. » Et Archie se mit à chialer. « J'ai l'impression qu'on m'a tiré dessus », reprit-il en la prenant dans ses bras et en roulant sur elle, de sorte que ses larmes salées et sa salive mouillèrent le chemisier brodé de Rose, et en l'appelant son petit oiseau. A cet instant, elle aurait été prête à marcher dans la fournaise pour son Archie.

Les jours où il était absent, elle bêchait le jardin ou prenait le vieux fusil à aiguille de son mari pour chasser la grouse de prairie. Une fois, elle abattit un faucon qui en voulait à ses trois poules pondeuses, le pluma, le nettoya et le jeta dans la marmite de soupe avec des oignons sauvages et du poivre. Une autre fois, elle ramassa près de deux kilos de fraises sauvages, et se tacha ainsi les doigts d'un rouge tenace qui semblait indélébile.

« On dirait que tu as tué et écorché un ours de tes

propres mains, dit Archie. D'ailleurs, un ours pourrait descendre de la montagne et chercher ses fraises. Alors plus de cueillette, compris ? »

Le second hiver, Bunk Peck mit à la porte tous ses employés, y compris Archie. Les cow-boys faisaient le tour des ranchs, prêts à accomplir n'importe quelle besogne en échange d'une place dans le dortoir et de trois repas par jour. Au bord de la Petite Weed, Archie et Rose s'étaient préparés à affronter le froid. Ayant attendu une neige assez épaisse pour qu'il fût facile de suivre sa proie à la trace, Archie abattit deux élans et deux cerfs en novembre quand la température fraîchit ; il partagea la viande avec Tom Ackler en échange de son assistance, car il aurait fallu plusieurs jours à un homme seul pour transporter chez lui la dépouille d'un gros élan alors qu'ours, guépards, coyotes, corbeaux, aigles se gaveraient à l'envi de la carcasse quand celle-ci ne serait pas surveillée. De plus, Archie avait défriché un arpent où il se proposait de semer du blé à grains rouges. Le garde-manger était plein. Ils avaient un tonneau de farine et assez de levure et de sucre pour nourrir tout Chicago. Certains matins, le vent remuait la neige ; elle devenait une sorte de voile transparent qui décolorait la montagne et conférait au ciel une teinte opaline à l'aube. Une fois le soleil, au moment où il passait au-dessous de la ligne d'horizon, projeta des lueurs d'un rouge sauvage au bas du nuage suspendu sur la Barrel Mountain ; Archie leva les yeux et vit Rose sur le seuil de la maison ; le rougeoiement semblait l'embraser d'une lueur lugubre.

Quand vint le printemps, tous deux en avaient assez de la viande d'élan et de la venaison en général. Ils étaient las aussi de se heurter sans cesse l'un à l'autre dans leur petite cabane. Rose était enceinte ; sa vitalité et sa bonne humeur semblaient considérablement diminuées. Archie lui portait des seaux d'eau de la rivière, et jurait qu'il creuserait un puits au cours de l'été. Il faisait chaud dans la cabane : le soleil d'avril dégageait la chaleur d'une chaudière dont la porte est entrouverte.

« Tu ferais mieux de trouver quelqu'un qui sache creuser un puits », disait Rose d'une voix aigre en plaquant sur la table les assiettes pour l'éternel ragoût d'élan – la viande, de l'eau et du sel, rien d'autre – qui avait mijoté le temps nécessaire pour être mangeable et que l'on réchauffait pendant plusieurs jours. « Rappelle-toi comment M. Town s'est tué quand son puits s'est affaissé alors qu'il était dedans.

— Un puits, ça peut s'affaisser, mais je ne serai pas dedans, répondit Archie. Je n'ai pas l'intention de creuser un de ces puits profonds qui tuent mais de déblayer le coin où les eaux ruissellent à côté de la remise ; ça pourrait devenir une bonne source. Il faudra l'aménager et peut-être se procurer une vache. Une vache qui donnerait du beurre et de la crème. Bon Dieu ! cette source, je vais m'en occuper aujourd'hui même. » Il était petit mais musclé ; ses épaules s'étaient élargies et son coffre avait pris de l'ampleur avec son travail. Il se mit à chanter « Je dois prendre ma pelle si je vais creuser une source » et termina en poussant un des « Oh ! hisse » de Tom mais, si comique fût-elle, la chanson n'apaisa pas l'irritation de Rose. Une femme plus mûre aurait compris que, même s'ils n'étaient encore que des enfants, ils sortaient de la période des étreintes éperdues et entraient dans le long périple de la vie conjugale.

« Les vaches, ça coûte de l'argent, surtout les vaches qui donnent du beurre et de la crème. On n'a même pas de quoi se payer un beurrier. Et puis j'aurais besoin d'une baratte. Puisqu'on est partis dans le rêve, on pourrait aussi bien rêver d'un cochon – au lieu d'écrémer on aurait un porc à l'automne. J'en ai marre du cerf. C'est dommage que tu aies dépensé tout ton argent sur le terrain. Tu aurais dû en mettre de côté.

— Je continue de penser que j'ai eu raison mais, c'est vrai, il nous faut du fric. Je vais aller parler à Bunk dans quelques jours, voir s'il peut m'employer. » Archie enfila son pantalon de travail encore éclaboussé de boue après trois jours passés à creuser des latrines. « Ne me prépare pas de déjeuner. Je vais creuser jusqu'à midi et je viendrai prendre un café. On a encore du café ? »

Bunk Peck prit plaisir à informer Archie qu'il n'avait pas de travail pour lui. La situation était la même dans les autres ranchs. Huit ou dix cow-boys texans restés dans le coin après avoir mené du bétail dans le Montana l'automne précédent avaient monopolisé tous les emplois disponibles.

Archie essaya de tourner la chose en plaisanterie en parlant avec Rose mais sa façon de respirer, les dents serrés, montrait qu'il ne trouvait pas cela drôle. Au bout d'un moment, Rose dit à voix basse : « Au relais, on disait qu'à Butte on pouvait gagner cent dollars par mois.

— Madame McLaverty, j'ai pas l'intention de travailler à la mine. Vous avez épousé un cow-boy. » Archie se mit à chantonner : « Je suis qu'un cow-boy solitaire qui aime une fille nommée Rose, je me fiche si mon chapeau est trempé ou si j'ai les orteils gelés, mais je ne travaillerai pas dans une mine de cuivre, mettez-vous ça dans le crâne. » Il prit un bout de navet dans la poêle sur le fourneau et le mangea. « Je vais aller voir du côté de Cheyenne ce que je peux trouver là-bas. Il y a de gros ranchs où on a probablement besoin de main-d'œuvre. Je m'arrêterai chez Tom en passant pour lui demander de garder un œil sur toi. »

Le lendemain il partit à l'aventure. Nous avons besoin de fric, se répéta Rose.

Malgré le fort soleil d'avril il y avait encore beaucoup de neige sous les pins et dans les creux orientés au nord à proximité de la cabane de Tom. L'endroit donnait une impression d'abandon, suggérait que Tom n'était pas parti simplement pour la journée. Son chat, Gold Dust, vint ronronner sur les marches mais quand Archie tenta de le caresser, il lui griffa la main et, les oreilles plaquées en arrière, s'enfuit du côté des pins. A l'intérieur, Archie trouva un bout de crayon et griffonna quelques mots sur le coin d'un vieux journal laissé sur la table.

    Tom je cherche du travail du côté de Shyanne
Jette un coup d'œil sur Rose de temps à autre, OK?
                   Arch Laverty

Dans un bar d'une rue de Cheyenne encombrée de distilleries de whisky et de tripots, il entendit dire qu'un patron de ranch du côté de Lusk cherchait des cow-boys pour rassembler son bétail. Autour, les bouteilles de whisky scintillaient chaque fois que les portes battantes laissaient passer un rayon de lumière – Kellogg's Old Bourbon, Squirrel, McBryan's, G.G. Booz, Day Dream et quelques bouteilles de gin. Il offrit à boire à son informateur. Le problème, lui dit celui-ci, un type souriant à grandes moustaches qui laissait voir des dents pourries et enveloppait son petit verre du pouce et de l'index pour qu'on le lui remplisse à ras bord – le problème, c'était que même si Karok payait bien et ne mettait presque personne à la porte en automne, il refusait d'embaucher des hommes mariés. Il prétendait que ceux-ci avaient la fâcheuse habitude de filer chez eux voir leur femme et leurs enfants tandis que les vaches de Karol tombaient dans des trous, étaient victimes des guépards et des voleurs de bétail, glissaient au fond des ravins et plus généralement étaient exposées à tous les malheurs qui arrivent au bétail quand on ne le surveille pas. Le barman suivait distraitement la conversation en absorbant une gorgée de calmant espagnol Wheatley, dont le flacon était posé à côté de sa caisse enregistreuse.

« Mon estomac », dit le barman sans s'adresser à personne, avec un renvoi sonore.

Grande Moustache avala d'un trait son verre de Squirrel et continua. « Karok est un étranger, il vient de l'Est et la seule chose qui compte pour lui, c'est les vaches. Il a vite appris la leçon quand il est arrivé ici : les vaches sont la seule chose qui compte. Et aussi, la nourriture est dégueulasse. Y a pas de poulet dans la soupe au poulet.

— Et le raifort n'est pas fort, intervint Archie qui avait entendu toutes les plates plaisanteries des dortoirs de ranch.

— Ouais. Y a des gens à qui il donne des boutons. La plupart s'en vont. C'est ce que j'ai fait. Un jour un flicard est venu, il avait la main sur son revolver et je voyais bien que ça le démangeait de répandre du sang. Me suis dit que ce que j'avais de mieux à faire, c'était de vider les lieux. Mais il y a des gens qui aiment le style de Karok. Vous en êtes peut-être. Les types qui travaillent pour lui ont des tas d'occasions de s'exercer à lancer le lasso de nuit. Son troupeau grossit comme un fils de pute, si vous voyez ce que je veux dire. Un conseil quand même : un de ces jours il y aura du pétard là-bas. C'est pour ça que le flic venait fouiner. »

Archie galopa jusqu'à Lusk à travers un pays jaune et plat comme un vieux journal et rendit visite à Karok. Il y avait une grande pancarte sur le portail : PAS D'HOMMES MARIÉS. Quand le patron au visage fermé lui posa la question, Archie mentit, se prétendit célibataire, et dit qu'il devait aller chercher ses affaires et serait de retour dans six jours.

« Cinq, riposta le chef en lui jetant un regard soupçonneux. En général les types qui cherchent du travail arrivent avec leurs affaires. Ils n'ont pas à retourner chez eux les chercher. »

Archie inventa une histoire : il visitait Cheyenne, ignorant qu'il avait été licencié, quand il avait rencontré un de ses camarades de la vieille équipe qui lui avait appris qu'ils étaient tous à la rue. Archie expliqua qu'il était venu directement chez Karok lorsqu'il avait appris qu'il y avait des possibilités de boulot.

« Ouais ? Alors filez. Le rassemblement du bétail a commencé il y a deux jours. »

De retour au bord de la Petite Weed, il expliqua sommairement la situation à Rose, lui demanda de ne pas envoyer de lettres ou de messages avant qu'il n'ait imaginé une combine, et lui dit qu'il devait retourner à Lusk dans les plus brefs délais et serait absent pour des mois. Il lui conseilla de faire venir sa mère qui l'assisterait au moment de la naissance du bébé prévue pour la fin septembre.

« Elle est trop faible pour supporter le voyage. Tu sais combien elle est malade. Tu ne reviendras pas pour le bébé ? » Cette absence qui n'avait duré que quelques jours semblait avoir changé Archie. Assise tout près de lui, le touchant, elle attendait qu'il la serre dans ses bras, que renaisse l'entente si complète entre eux.

« Si je peux me libérer, je viendrai. Mais c'est un bon boulot, vraiment, cinquante-cinq dollars par mois, presque le double de ce que paie Bunk, et j'ai l'intention d'économiser jusqu'au dernier sou. Si ta mère ne peut pas venir, tu ferais bien d'aller là-bas, tu aurais des femmes autour de toi. Peut-être que je pourrais demander à Tom de t'y conduire, disons en juillet ou en août? Ou plus tôt? » Il était nerveux, on avait l'impression qu'il voulait partir à l'instant même. « Tu l'as vu? Sa maison était fermée quand je suis passé. Je m'y arrêterai de nouveau. »

Début septembre serait bien assez tôt pour aller au relais, si c'était vraiment nécessaire, répondit Rose. Elle aurait à soigner sa mère, à supporter son ivrogne de père, à voir le visage raviné du télégraphiste et à entendre les commentaires dédaigneux de Mme Dorgan sur « certaines personnes ». Bien sûr Mme Dorgan s'adresserait à Queeda mais ses propos viseraient Rose. Et puis celle-ci ne voulait pas se montrer mal habillée et le corps ballonné à côté des toilettes élégantes et de la silhouette svelte de Queeda, et faire figure d'épouse abandonnée par le mari dont les deux femmes avaient prophétisé qu'il décamperait rapidement. Septembre, c'était dans cinq mois; elle avait le temps d'y penser. Rose et Archie calculèrent ce que rapporterait une année de salaire dans le ranch de Karok.

« Si tu mets tout l'argent de côté, ça fera six cent

cinquante dollars. Nous serons riches, n'est-ce pas ? »
Archie décida d'ignorer le ton lugubre de Rose.

Il ajouta avec enthousiasme : « Sans compter les primes diverses que je pourrais ramasser. Peut-être cent dollars de plus. Ce serait assez pour démarrer. Je pense à un élevage de chevaux. Les gens ont toujours besoin de chevaux. Je quitterai le ranch dans un an et je reviendrai ici.

— Comment je te préviendrai... pour le bébé ?

— Je ne sais pas encore. Mais j'imaginerai un moyen. Tu sais quoi ? Je sens que j'ai besoin de me faire peigner. Tu veux bien me peigner ?

— Oui », et Rose éclata de rire juste au moment où Archie s'attendait à la voir pleurer. Mais elle avait reconnu pour la première fois qu'ils n'étaient pas les deux moitiés indivisibles d'une personne unique mais deux individus distincts – et que, parce qu'il était un homme, il pouvait partir à tout instant s'il le désirait, tandis qu'elle, parce qu'elle était une femme, ne le pouvait pas. Dans la cabane flottait un relent d'abandon et de trahison.

Archie et Sink

Les hommes élevés dès leur petite enfance avec les chevaux saisissent au premier regard ce qui les distingue les uns des autres, mais certains ont une intuition très fine du tempérament de chaque cheval. Sink Gartrell était un de ces hommes, ce qui en faisait

Les vieilles chansons de cow-boys

l'exact opposé d'un Wally Finch, cow-boy du Montana dompteur de broncos qui se servait d'une cordelette et rendait définitivement incontrôlables et inutilisables les chevaux qu'il domptait. Il émanait de Sink une impression de compétence indiscutable. A l'occasion d'un grand rassemblement de bétail, un Anglais élégant qui vivait de ses rentes dans les environs, Morton Frewen, l'avait vu monter un cheval nerveux et inattentif, et avait déclaré que Sink avait « des mains divines ». L'épithète avait fait ricaner les cow-boys, qui pendant quelques jours imitèrent l'accent hautain de Frewen, mais ce fut sans suite : le ridicule ne s'attachait pas plus à Sink Gartrell que l'eau ne s'attache aux pierres de la rivière.

Sink jugea que le nouveau jeunot ferait une merveille avec les chevaux s'il cessait de frimer. Le deuxième ou troisième matin après son arrivée, Archie, qui s'était réveillé tôt, s'était dressé sur son sac de couchage tandis que Hel préparait son feu, et avait lâché un « Debout là-dedans » retentissant agrémenté de fioritures variées. Le vieux Hel en avait laissé tomber la cafetière dans le feu et des jurons s'étaient élevés des sacs de couchage éparpillés. La journée avait mal commencé dans cette odeur de café brûlé. Alonzo Lago, le chef d'équipe, qui l'avait à peine remarqué jusqu'alors, avait regardé fixement le nouveau aux cheveux bouclés qui venait de faire tout ce boucan. Sink avait observé ce regard.

Plus tard, Sink prit Archie à part, lui fit la leçon, et lui expliqua les choses de la vie. Il lui dit que le vieux

Lon le sodomiserait de belle façon s'il l'entraînait dans son lit : le vieux chef d'équipe boucané, c'était bien connu, aimait chevaucher à cru les nouveaux venus. Archie, qui avait l'expérience du dortoir de Peck, regarda Sink comme s'il le soupçonnait d'avoir les mêmes sombres desseins et répliqua sèchement qu'il saurait se défendre : quiconque attenterait à sa personne se ferait nettoyer sérieusement le plantoir. Sur quoi Archie s'éloigna. Quand Sink revint après minuit de son tour de garde, il passa à côté du sac du chef d'équipe mais ne vit émerger qu'une tête solitaire. Le jeunot était loin, quelque part dans l'armoise avec les coyotes. N'empêche, se dit Sink, il faudrait avoir à l'œil Lon la prochaine fois que le rouge s'allumerait et qu'il se mettrait à déclamer son maudit poème à propos de musique italienne dans le Dakota, car le maître baiseur était un entortilleur de première.

Le travail d'Archie était celui qui incombait habituellement aux employés d'un ranch : un travail dur, sale, interminable, fastidieux. Tout son temps était occupé à seller son cheval puis galoper, prendre les bêtes au lasso, les isoler, les rassembler, ôter la selle, manger, dormir et recommencer. Dans les nuits claires, par temps sec, les cris des coyotes semblaient émaner d'un point, en rayonner en ligne droite ; c'étaient des fils tendus qui se croisaient. Quand le ciel se couvrait, les hurlements se diffusaient selon une géométrie différente, se chevauchant comme des cercles concentriques nés d'une poignée de cailloux jetés dans l'eau. Mais le plus souvent, le vent qui

Les vieilles chansons de cow-boys

s'élevait dans la plaine éparpillait les cris comme du sable, comme une poussière de coyotes fractionnée en particules sonores. Il aspirait à se retrouver dans sa chère maison, à enclore les pâturages de ses chevaux, heureux à côté de Rose. Il pensait à l'enfant qui allait naître, imaginait un garçon déjà grandi qui l'aiderait à poser des pièges à chevaux dans le désert pour capturer les mustangs. Il avait du mal à se représenter un bébé.

Vers la fin de l'été, Sink observa qu'Archie se tenait droit sur sa selle, était tranquille, d'humeur égale, et savait s'y prendre avec les chevaux. Ce gamin était de ces êtres qu'aiment les chevaux : calme et équilibré. Plus de hurlements matinaux ; on ne l'entendait chanter que si, après le souper, quelqu'un d'autre prenait l'initiative, et alors sa voix était appréciée mais sans qu'on en fît jamais mention. Archie était réservé et secret ; souvent il avait les yeux fixés au loin – tous d'ailleurs avaient, par-delà l'horizon, quelque chose qui leur était cher. Malgré son aisance à cheval, il avait été jeté à terre par un animal qui s'était mis à ruer, un bronco que Wally Finch avait rendu irrécupérable. Archie, qui avait instinctivement mis une main en avant pour amortir sa chute, s'était pété le poignet ; pendant des semaines il eut le bras en bandoulière et c'est ainsi qu'il dut monter à cheval et faire tout ce qu'il avait à faire. Alonzo Lago jeta Willy Finch à la porte, refusa de lui payer son salaire, à cause des chevaux qu'il avait endommagés, même s'il s'agissait de mustangs des troupeaux sauvages, et le renvoya à pied dans le Montana.

C'est très bien comme ça

« Mon garçon, y a moyen de tomber sans se faire mal, dit Sink à Archie. Tu croises les bras, une épaule en avant et la tête baissée, et tu fais un mouvement de torsion de façon à heurter le sol avec l'épaule, tu roules sur toi-même et tu te retrouves debout. » Il ne savait pas pourquoi il parlait ainsi à Archie. Il grommela : « Bon, t'as qu'à penser toi-même à tout ça. »

Rose et les coyotes

La chaleur de juillet était étouffante, l'air vibrait, le sol sec ressemblait à un sabot de mouton qu'on aurait gratté. Le soleil décolorait tout et la Petite Weed n'était qu'un filet d'eau qui coulait entre des pierres sans éclat. Dans un mois le filet n'existerait plus, les pierres brûlantes l'auraient bu, l'herbe serait blanchie et les pasteurs prieraient pour qu'il pleuve. Rose ne pouvait plus dormir dans sa cabane qui était aussi étouffante que l'intérieur d'un carton à chapeau noir. Une fois elle emporta son oreiller dehors, le posa sur le seuil de pierre où elle resta allongée jusqu'au moment où les moustiques l'obligèrent à rentrer.

Un matin, elle se réveilla épuisée et transpirante et descendit à la rivière ; elle espérait que la nuit avait rafraîchi l'eau. Il y avait un nuage sombre au sud et elle fut heureuse d'entendre le roulement lointain du tonnerre. Prévoyant l'orage, elle sortit la grande marmite et deux seaux pour recueillir l'eau de pluie. Un vent précurseur se leva, fouettant les branches et arrachant les feuilles, l'herbe se coucha, des éclairs dansèrent sur la crête de la Barrel Mountain ; puis un déluge de grêle noya le paysage en rugissant. Elle courut se réfugier à l'intérieur et regarda les grains de glace flageller les rochers de la rivière puis faire place lentement à une pluie torrentielle. Les rochers disparurent dans l'écume des eaux qui montaient. Puis, presque aussi vite qu'elle avait commencé, la pluie s'arrêta ; quelques derniers grêlons tombèrent et un double arc-en-ciel prometteur se dessina sur le fond d'un nuage qui s'éloignait. Les seaux de Rose étaient remplis d'une eau délicieuse, quelques grêlons y flottaient. Elle se déshabilla et se versa sur la tête tasse après tasse une eau qui lui donnait la chair de poule ; elle ne s'arrêta que quand l'un des seaux fut pratiquement vide. Elle frissonnait. L'air était maintenant presque aussi frais qu'en septembre. Vers minuit la pluie recommença, lente et régulière. A moitié réveillée, elle l'entendait tomber goutte à goutte sur le seuil de pierre.

Le lendemain matin il faisait froid, il tombait de la neige fondue et son dos la faisait souffrir ; elle aspirait au retour de la grosse chaleur de l'été. Elle marchait en chancelant ; préparer le café lui parut un effort inutile. Elle but de l'eau et s'absorba dans la contemplation des fines aiguilles de glace qui glissaient sur la vitre. Vers le milieu de la matinée, son mal de dos empira, lancinant. Elle réalisa peu à peu que le bébé n'attendrait pas le mois de septembre. L'après-midi, la douleur était devenue un python qui l'enserrait dans ses nœuds ; elle ne pouvait que haleter et gémir, et le crépitement régulier de la pluie assourdissait ses appels plaintifs au secours. Se tortillant pour se débarrasser de sa lourde robe, elle enfila sa plus vieille robe de chambre. La douleur augmenta : c'étaient des vagues successives d'une torture qui la paralysait, la laissait au bord de la suffocation et persistait inexorablement tandis que le jour s'éteignait, que venait la nuit, et que la pluie tombait toujours, emportée par des rafales de vent. Après une nuit qui lui parut sans fin, une nouvelle aube poisseuse annonça le retour de la chaleur mais son bas-ventre meurtri se refusait toujours à accoucher du bébé. Le quatrième après-midi, la voix éteinte à force d'appeler au secours Archie, sa mère, Tom Ackler et le chat de Tom Ackler, à force aussi de les couvrir tous d'imprécations, et d'en lancer encore contre Dieu, n'importe quel dieu, contre les canards de la rivière, contre la fouine, et contre toute entité à portée d'entendre, le python desserra son étreinte et quitta le lit ensanglanté ; Rose plongea dans un brouillard violet.

Était-ce la fin de l'après-midi ? Elle était collée au lit, le moindre mouvement provoquait le déferlement d'un liquide chaud qu'elle savait être du sang. Elle se redressa sur ses coudes et vit l'enfant couvert de caillots, rigide, le teint gris, le cordon ombilical et le placenta. Elle ne pleura pas mais, remplie d'une rage ancestrale, s'écarta du petit cadavre, s'agenouilla sur le plancher sans faire attention au sang qui suintait de son corps et roula l'enfant dans le drap en train de raidir.

Les vieilles chansons de cow-boys

Cela faisait une masse volumineuse, et Rose ressentit la perte de son drap comme une seconde tragédie. Quand elle se remit debout, le sang se mit à couler mais tout son être la poussait à enterrer l'enfant, à faire en sorte que l'horreur de l'événement ait une fin. Elle rampa jusqu'au placard, y prit un torchon de cuisine et refit un paquet de moindre volume. Sa main rencontra la cuiller d'argent, le cadeau de mariage de sa mère ; elle la fourra dans la fente du col de sa robe de chambre et la fraîcheur du métal lui parut un baume.

Serrant avec force ses dents sur le nœud qui fermait le torchon, elle sortit en rampant et se dirigea ainsi vers le sol sablonneux près de la rivière et là, toujours à quatre pattes, toujours perdant du sang, elle creusa un trou peu profond avec la cuiller en argent et y déposa l'enfant ; ensuite elle entassa du sable et empila dessus toutes les pierres de la rivière qu'elle put atteindre. Il lui fallut plus d'une heure pour retourner à la cabane en suivant la trace sanglante qu'elle avait laissée derrière elle. Le crépuscule était déjà avancé quand elle parvint enfin au seuil.

Le drap ensanglanté gisait en tas sur le sol, et sur le matelas nu on voyait une tache noire qui ressemblait à une carte de l'Amérique du Sud. Elle s'allongea sur le plancher car le lit, à des kilomètres, lui paraissait une haute falaise accessible aux seuls oiseaux. Tout semblait s'enfler puis rapetisser, le pied de lit agité de saccades, un chiffon humide qui s'évanouissait sur le bord de la poêle, le mur lui-même qui bombait, la chaise qui s'envolait perfidement — tout suivait le rythme des pulsations du sang brûlant qui battait dans ses artères. Apportant l'obscurité, Barrel Mountain écrasa sa masse contre la vitre ; leurs ailes pareilles à des barres de fer, des hiboux vinrent s'y cogner. Dans la semi-conscience poisseuse où elle se débattait, à la dernière heure de son existence, Rose entendit les coyotes dehors et sut ce qu'ils faisaient.

Quand les nuits se firent plus fraîches, au mois de septembre, Archie, devenu nerveux, se rendit à la ville aussi souvent qu'il le pouvait ; il ne manquait pas de visiter le bureau de poste, mais personne ne le vit en ressortir avec une lettre ou un paquet. Alonzo Lago envoya Sink et Archie en mission de reconnaissance dans certains ravins éloignés du ranch. Il s'agissait en principe de vérifier si ne s'y trouvaient pas de vieilles vaches têtues et trop rouées ou des veaux trop jeunes pour se laisser prendre dans un grand rassemblement de bêtes.

« Y a quelque chose qui te travaille ? », demanda Sink tandis qu'ils s'éloignaient du ranch, mais le gosse secoua la tête. Une demi-heure plus tard, Archie ouvrit la bouche comme s'il allait parler, puis son regard se détourna de Sink et il haussa les épaules.

« T'as envie de dire quelque chose. Bon dieu, dis-le donc. J'ai la tête de travers ou quoi ? Tu ne savais pas que notre mission c'est de prendre des bêtes et de changer la marque, et t'as des scrupules, c'est ça ? »

Archie regarda autour de lui.

« Je suis marié, expliqua-t-il, et elle va avoir son bébé bientôt.

— Ça alors, je veux bien être pendu! Quel âge as-tu?

— Dix-sept ans. Suis assez vieux pour faire ce qu'il faut pour ça. Et toi d'ailleurs, quel âge as-tu?

— Trente-deux ans. Suis assez vieux pour être ton père. » Pendant une demi-heure ils n'échangèrent pas un mot, puis Sink reprit : « Tu sais que le vieux Karok ne garde pas les gars mariés. S'il découvre ça, il te vire aussi sec.

— Il le découvrira pas par moi. Je gagne ici bien plus qu'à la Petite Weed. Mais je dois trouver un moyen pour que Rose me tienne au courant. De la situation.

— Je suis pas ta mère.

— Je sais.

— Tant mieux. » Quel idiot ce gosse, pensa Sink; il s'est déjà rendu la vie impossible. A haute voix, il lança : « Moi, pour rien au monde je me collerais une fichue bonne femme sur les bras. »

La semaine suivante, la moitié de l'équipe se rendit à la ville. Archie passa une heure assis sur un banc devant la poste à écrire sur un bout de papier d'emballage une lettre torturée qu'il adressa au relais, où il pensait que Rose était désormais installée. Il demandait ce qu'il en était du bébé. Mais quand il entra dans le bureau, l'employé qui louchait et dont les ongles jaunes étaient démesurément longs lui apprit que les tarifs postaux avaient augmenté.

« C'est la première fois depuis cent ans. Maintenant ça coûte deux cents pour envoyer une lettre. » Il avait un petit sourire satisfait. Archie, qui n'avait qu'un cent, déchira sa lettre et en jeta les morceaux dans la rue. Le vent les emporta dans la prairie ; la fraîcheur qui y régnait déjà annonçait un hiver rigoureux.

Les parents de Rose, les Mealor, déménagèrent en novembre. La santé déclinante de Mme Mealor exigeait des soins qu'ils espéraient trouver à Omaha.

« Tu penses que tu sauras rester sobre assez longtemps pour sauter à cheval et aller prévenir Rose et Archie de notre départ? demanda l'épouse malade à son mari.

— J'y vais dès que j'aurai retrouvé ma seconde botte. Ne te fais pas de soucis, je m'occupe de tout. »

Il lui fallut une bouteille de whisky pour arriver à la petite rivière. Hébété par l'alcool, il longea la rivière jusqu'à la modeste cabane. Tout était silencieux et la porte était fermée. Il oscillait sur sa selle et avait l'impression que le paysage tournait autour de lui. Il cria leurs noms trois ou quatre fois sans descendre de cheval. Il s'en sentait incapable et savait, d'ailleurs, que s'il le faisait, il ne pourrait jamais se remettre en selle.

« A la maison », dit-il à Old Slope, qui prit la direction du retour.

« Ils sont absents, expliqua-t-il à sa femme. Là-bas, y a personne.

— Où pourraient-ils être? Tu as laissé un mot sur la table?

— J'y ai pas pensé. Et puis ils sont pas là.
— J'écrirai à Rose d'Omaha », chuchota-t-elle dans un souffle.

Moins d'une semaine après leur départ arriva Buck Roy, le remplaçant de Mealor, avec son épouse trapue et une ribambelle d'enfants. On oublia d'autant plus vite les Mealor qu'ils ne devaient même pas être enterrés dans le cimetière du relais.

Pour vagabonder, il n'y avait pas pire que les bêtes de Karok ; les propriétaires de ranchs disaient souvent que c'était étonnant la façon dont ses vaches se retrouvaient dans les lieux les plus éloignés. Le mois de décembre fut détestable, les tempêtes se succédant en cascade, comme des jetons de poker qu'on lance à la volée, et janvier fut si froid que les oiseaux mouraient fauchés par le gel en plein vol. Alonzo Lago chargea Archie d'une mission en solo : il devait ramener tous les bovins errants qu'il découvrirait dans une certaine zone désolée, marécageuse en juin mais criblée maintenant de centaines de trous profonds et zébrée de ruisseaux sinueux couverts de neige.

« Garde l'œil ouvert pour pas rater les gros bovins du Wing Cross. Tu ferais bien d'emporter des bâtons et une bonne sangle de selle. » C'est ainsi qu'Archie apprit que sa mission consistait à rechercher les vaches du Wing Cross et à en tripatouiller la marque. Il est vrai que le ranch de Wing Cross avait aussi ses petites habitudes dans ce domaine ; c'était en somme, se dit Archie, un échange de bons procédés.

C'est très bien comme ça

Son cheval refusa de s'engager dans le labyrinthe du marais. C'était une de ces journées tièdes que l'on observe entre deux tempêtes ; la neige était molle. Archie mit pied à terre et conduisit sa monture ; il pataugea dans la neige pendant des heures tout en restant à la lisière du marécage ; l'exercice le fit transpirer. Deux vaches seulement consentirent à se laisser ramener dans une zone plus dégagée, les autres s'éparpillant au loin sous les saules derrière le marais. Dans cet univers sombre et à demi gelé, ce mélange de boue des ruisseaux et de plantes piétinées, il était à peu près impossible pour un homme seul de marquer du bétail. Sous ses yeux, les vaches contournèrent le marais et se perdirent dans l'arrière-pays. Le vent se leva soudain, et l'air devint froid. Le temps changeait. Quand il revint au dortoir, quatre heures après la tombée de la nuit, le thermomètre était tombé au-dessous de zéro. Ses bottes étaient gelées, et il était transi ; il se jeta sur son lit sans manger ni se dévêtir, à part ses bottes, et s'endormit aussitôt.

« Repars là-bas et ramène ces vaches, lui dit Alonzo d'une voix sifflante, deux heures plus tard, en se penchant sur son visage. Lève-toi et file. Tout de suite. M. Karok veut ces vaches.

— Les nuits sont sacrément courtes dans ce sacré ranch ! », marmonna Archie en enfilant ses bottes humides.

Quand il fut de retour au marais, le jour se montrait à peine, vernis gris sur un monde glacé, et l'air était si immobile qu'Archie put voir le tout petit nuage que formait l'haleine d'un pinson posé sur une branche de saule. Sous la croûte durcie, la neige était molle. Son nouveau cheval, Poco, n'ayant pas l'expérience des marais, trébucha vite dans un trou invisible et profond, entraînant Archie dans sa chute. La neige lui monta aussitôt jusqu'au cou, envahit ses manches, ses bottes, remplit ses yeux, ses oreilles, son nez, ses cheveux. En se relevant, le cheval enfonça son chapeau dans les profondeurs du marais. Au contact du corps chaud d'Archie, la neige fondit et, quand il se remit en selle, le vent, qui s'était levé avec le pâle soleil, gela ses vêtements. Archie réussit tant bien que mal à pousser hors du marais huit vagabondes du Wing Cross et à les faire remonter sur la terre ferme, mais ses allumettes se refusaient à prendre et tandis qu'il se démenait pour allumer un feu, les vaches s'éparpillèrent dans la nature. Il pouvait à peine bouger et, de retour au dortoir, il ne put décoller de sa selle son corps frigorifié et il fallut deux hommes pour l'extraire de son cheval. Archie entendit l'étoffe qui se déchirait.

Sink trouva que le gosse avait un sacré cran ; tout en marmonnant qu'il n'était pas sa mère, il lui ôta ses bottes gelées, déboutonna sa veste et sa chemise, le traîna jusqu'à sa couchette et prit deux pierres bouillantes qui se trouvaient sous le poêle et les apporta à Archie pour le réchauffer. John Tank, un vagabond texan, dit qu'il avait une salopette dont Archie pouvait disposer – vieille et reprisée mais qui pouvait encore servir.

« Ça vaut mieux que de monter cul nu en plein janvier. »

Mais le lendemain matin, quand Archie essaya de se lever, un étourdissement le saisit. Une énorme chaleur montait dans son corps, ses joues étaient embrasées, ses mains brûlaient, et il avait une toux sèche qui ne s'arrêtait pas. Sa tête était douloureuse et il avait l'impression que le dortoir basculait d'avant en arrière. Il ne pouvait pas rester debout et, quand il respirait, le bruit était celui d'un soufflet de forge.

Sink le regarda et pensa : pneumonie. « T'as l'air mal en point. Je vais voir ce qu'en dit Karok. »

Quand il revint une demi-heure plus tard, Archie était en feu.

« Karok dit qu'on t'emmène d'ici mais le salaud ne veut pas que je prenne le fourgon. Il dit qu'il a lui-même une tumeur à la jambe et qu'il a besoin du fourgon pour le docteur du fort qui doit venir l'opérer. Lon est en train de confectionner une espèce de travois. Sa mère avait des parents indiens, c'est pour ça qu'il sait comment faire. C'est pas toujours un mauvais type. On te transportera jusqu'à Cheyenne et là tu prendras le train pour le coin où est ta mère, où sont les tiens, Rawlins. C'est ce que dit Karok. Il dit aussi que tu es viré. J'ai dû lui apprendre que tu es marié pour qu'il te permette de partir. Sinon il te laissait crever dans ce dortoir. On te trouvera un docteur, pour liquider ce que tu as. C'est rien qu'une pneumonie. J'ai eu ça deux fois. »

Archie tenta de dire que sa mère était morte depuis longtemps et qu'il devait absolument aller auprès de Rose sur la Petite Weed, il tenta de dire qu'il y avait plus de cent kilomètres de Rawlins à leur cabane, mais il ne put prononcer un seul mot à cause de la toux sifflante qui lui coupait la respiration. Sink secoua la tête et alla chercher des biscuits et du lard chez le cuisinier.

Avec deux longues perches et des lanières de peau de bœuf entrecroisées, Alonzo, le chef d'équipe, avait confectionné une espèce de brancard. Sink entoura de toile de sac les jambes du cheval – il s'appelait Preacher – pour éviter que la croûte glacée ne les blesse, et attacha les perches à sa selle, opération délicate car il fallait veiller à l'équilibre. L'extrémité des perches dépassait les oreilles du cheval ; le chef d'équipe expliqua que cela permettait de réduire la pesée sur l'autre extrémité, celle qui traînait à l'arrière. Les deux hommes enveloppèrent Archie et son matériel de couchage dans une couverture en peau de buffle puis Sink entreprit de traîner Archie jusqu'à Cheyenne, cinquante kilomètres plus au sud. Avec le fourgon la chose aurait été facile, songea Sink, qui trouva le travois moins commode que ne le prétendaient les Indiens. Le vent, qui était tombé pendant la nuit, recommença à souffler et les nuages grossirent. Au bout de quatre heures ils n'avaient parcouru que seize kilomètres. La neige tombait de plus en plus drue et ils finirent par progresser à l'aveuglette.

« Je ne vois rien », cria Sink. Il s'arrêta et descendit de cheval. La neige avait d'abord fondu au contact du visage fiévreux et chaud d'Archie mais maintenant un masque de glace s'était formé à quelques millimètres au-dessus de la chair brûlante, comme une sorte de glaçage gris. Sink se dit que ce masque pourrait devenir le visage d'Archie.

« Le mieux, c'est de se planquer dans un trou quelconque. Il y a un refuge dans le coin, si on réussit à le dénicher. J'ai passé tout l'été ici il y a deux ans. C'est un peu en contrebas d'une crête. »

Le cheval, Preacher, s'était trouvé là le même été et il se dirigea sans hésiter vers la baraque. Elle était un peu au-dessous de la crête de l'éminence, à l'abri du vent qui avait amoncelé une énorme quantité de neige sur la minuscule cabane. Sink découvrit la porte d'un appentis qui pourrait servir d'abri à Preacher. Une pelle dont le manche était cassé était appuyée contre la cloison de l'unique stalle. A l'intérieur de la cabane il y avait une table, une chaise sans dossier, une banquette pour dormir de soixante centimètres de large. Une épaisse couche de neige s'entassait sur le poêle dont le tuyau gisait sur le plancher. Sink reconnut l'assiette et la tasse ébréchées en métal émaillé.

Il traîna Archie à l'intérieur et l'installa sur la banquette avec la couverture en peau de buffle. Ensuite, il réajusta le tuyau et l'enfonça dans le trou au plafond. Il ne trouva de bûches nulle part mais se souvint de l'endroit où se trouvait empilé le petit bois ; avec la pelle cassée il racla assez de ces tronçons, que la neige glacée avait soudés ensemble, pour faire partir le feu. Pendant qu'ils fumaient en grésillant dans le poêle, il ôta la selle de Preacher, débarrassa ses jambes des sacs de toile, et frictionna le cheval. Il constata qu'il n'y avait pas de foin dans l'étroit compartiment supérieur de l'appentis.

« Putain ! » Sink arracha quelques planches de cette galerie pour les brûler dans le poêle, puis il sortit et creusa la neige avec la pelle cassée ; quand la pelle gratta le sol, il se servit de son couteau pour couper de l'herbe, de quoi remplir deux ou trois fois son chapeau, dont il jeta le contenu dans la mangeoire de l'animal.

« Je peux pas mieux faire, Preacher. »

Il faisait presque chaud maintenant à l'intérieur de la cabane. Sink puisa dans sa sacoche une poignée des grains de café qu'il emportait toujours avec lui. Le vieux moulin à café était accroché au mur mais une souris y avait construit son nid et Sink n'avait pas d'outils pour démonter le moulin et le nettoyer à fond. Peu désireux de boire des crottes de souris bouillies, il écrasa les grains sur la table du plat de son couteau puis chercha du regard la cafetière qui devait se trouver dans la cabane mais n'en vit aucune trace. Près de la banquette se trouvait un vieux bidon de pétrole de cinq gallons. Il le renifla ; ne détectant aucune odeur déplaisante, il le remplit de neige et le posa sur le poêle. Tandis qu'il raclait la neige, le bidon avait heurté la cafetière que, pour une raison inexplicable, on avait jetée dehors. A croire que le dernier occupant de la cabane avait une dent contre Karok et qu'il avait voulu en faire la démonstration en brûlant tout son bois et en se débarrassant de la cafetière. C'était peut-être un cow-boy du Wing Cross.

C'est très bien comme ça

Le café était chaud et bien noir mais quand il apporta la tasse à Archie, celui-ci en avala une gorgée, toussa et finalement la recracha. Sink but ce qui restait de café et mangea un biscuit.

La nuit fut mauvaise. La banquette était trop étroite et Archie était si fiévreux et agité que Sink ne sombrait dans le sommeil que pour se réveiller presque aussitôt. Finalement il se leva et s'endormit sur la chaise, la tête posée sur la table. Cette nuit-là, un fort blizzard accompagné d'un froid terrible descendit des plaines canadiennes ; quand douze jours plus tard la vague de froid prit fin, les troupeaux avaient été décimés ; des vaches s'écrasèrent en masse contre les clôtures de fil barbelé, des antilopes se transformèrent en statues de glace ; pendant trois semaines les trains se trouvèrent bloqués par des congères de dix mètres — et dans une cabane de service deux cow-boys furent retrouvés gelés sous leur couverture en peau de buffle.

Tom Ackler ne revint qu'en mai de Taos, où il avait passé l'automne et l'hiver. En dépit du soleil ardent il y avait une épaisse couche de neige autour de sa cabane, interrompue par des carrés de sol vierge où poussaient des chardons d'un vert brillant. Il se demanda si Gold Dust avait survécu : il ne voyait pas d'empreintes de pattes de chat. Il alluma un feu en se servant d'un vieux journal abandonné sur la table. Juste avant que la flamme ne les dévore, il aperçut quelques mots écrits au crayon avec une signature : « Archie ».

Les vieilles chansons de cow-boys

« Impossible de savoir ce que disait ce message. J'irai là-bas demain voir comment ils vont. » Tom déballa ses sacoches et tira les couvertures enfermées dans un sac qu'il avait suspendu à une poutre pour les mettre à l'abri des souris.

Le lendemain matin, Gold Dust sortit des arbres et s'approcha en se pavanant dans son épaisse fourrure. Tom la laissa entrer et lui jeta un beau morceau de lard.

« Tu m'as l'air de pas t'être négligée. » Mais la chatte renifla le lard, alla vers la porte et, quand Tom l'eut ouverte, repartit vers les bois. « Elle s'est probablement maquée avec un lynx. Elle a le goût de la chair sauvage. » Vers midi il sella son cheval et se dirigea vers la cabane des McLaverty.

Aucune fumée ne montait de la cheminée. Un tas de neige en pente s'accotait à la pile de bois et Tom remarqua qu'on en avait très peu brûlé. La fouine avait laissé des traces partout, jusque dans l'avant-toit. Il était clair qu'elle était entrée à l'intérieur. « C'est drôlement plus confortable qu'une pile de bois. » Comme il se penchait pour examiner de plus près les traces, la fouine surgit soudain d'un trou de l'avant-toit et le regarda. Elle était plus blanche que la neige en décomposition et sa queue à bout noir se tortillait : avec ses yeux brillants et sa fourrure lustrée, c'était la fouine la plus grande et la plus belle qu'il eût jamais vue. Tom pensa à sa chatte et se dit que les animaux sauvages se débrouillaient bien en hiver. Il se demanda si Gold Dust pourrait s'accoupler avec un lynx et se rappela alors que Rose attendait un enfant. « Z'ont dû aller au relais. » Il ouvrit quand même la porte et appela : « Rose ? Archie ? » Ce qu'il découvrit alors le fit partir au galop vers le relais.

Au relais, tout était dans la plus grande confusion ; les gens étaient debout sur la route poussiéreuse devant la maison de Dorgan, Mme Dorgan pleurait, Queeda restait bouche bée et Robert F. Dorgan vociférait contre sa femme ; il l'accusait de l'avoir trompé avec une pauvre épave. On ne prêta guère l'oreille à Tom Ackler quand il surgit sur son cheval couvert d'écume et cria que Rose Laverty avait été violée, assassinée et mutilée par les Utes, probablement au cours de l'hiver, on ne savait quand. Une seule personne lui donna toute son attention, Mme Buck Roy, la femme du nouveau routier, laquelle vivait dans la terreur des Indiens. Les Dorgan continuèrent à s'invectiver. Pour eux, le principal événement, c'était le suicide le matin même de l'opérateur du télégraphe ; le vieux célibataire avait avalé de la poudre de lessive après avoir passé des semaines à griffonner une lettre de quatre cents pages adressée à Robert Dorgan où il décrivait son adoration pour Mme Dorgan ; les épais feuillets débordaient d'allusions à des « cuisses d'ivoire », à « la danse d'Adam et Eve », à « la secrète fente » et ainsi de suite. Ce que Tom Ackler avait pris pour une vieille selle et une pile de sacs vides sur le perron, c'était le cadavre.

« Il n'y a pas de fumée sans feu ! rugissait Robert F.

Dorgan. Je t'ai sortie d'un bordel d'Omaha et j'ai fait de toi une honnête femme, je t'ai tout donné et voilà comment tu me récompenses, espèce de putain en chaleur ! Combien de fois t'es-tu faufilée là-bas ? Combien de fois as-tu sucé cette vieille bite boutonneuse ?

— Jamais, jamais ! Cette vieille brute abominable ! »
Mme Dorgan sanglotait ; la rage l'envahissait à l'idée qu'un être aussi ignoble se soit permis de fixer ses regards sur elle, ait osé écrire ses rêves lascifs comme s'il s'agissait de faits réels, décrire en détail sa chemise de nuit rose, le grain de beauté rouge sur sa fesse gauche et, pour couronner le tout, vomir des flots de sang noir sur la hutte du télégraphe et sur le perron de la maison Dorgan où il s'était traîné pour mourir, avec la liasse de quatre cents pages dans sa chemise. Pendant des années elle n'avait pas ménagé ses efforts pour devenir un modèle de respectabilité, pleine de reconnaissance pour Robert F. Dorgan qui lui avait permis d'échapper à l'exercice professionnel de la sexualité et bien déterminée à effacer ce passé. Maintenant, si Dorgan la chassait, elle serait obligée de faire de nouveau le trottoir car elle ne voyait pas d'autre moyen de gagner sa vie. Et Queeda aussi peut-être, qu'elle avait élevée comme une dame ! Le sens qu'elle avait de sa dignité vacilla, puis la flamme reprit de plus belle, comme si elle l'avait arrosée de kérosène.

« Espèce de vieille baderne, qu'est-ce qui te fait croire que ça te revient de droit d'avoir une épouse et une fille belles comme nous ? Qu'est-ce qui te fait croire qu'on a envie de rester près de toi ? Regarde-toi

— tu veux être inspecteur régional du cadastre, mais sans moi et Queeda pour en parler aux hommes politiques importants, tu n'es pas foutu d'attraper quoi que ce soit, pas même un rhume. »

Dorgan savait que c'était la vérité ; il mordilla sa moustache puis tourna les talons et entra à grands pas dans sa maison dont il claqua la porte si violemment que le bruit fit mourir quelques souris. Mme Dorgan avait gagné ; elle suivit son mari pour la séance de réconciliation.

Tom Ackler regarda Queeda qui, de la pointe de sa bottine en chevreau, traçait un arc de cercle dans la poussière. Tous deux entendirent cliqueter le couvercle du poêle à l'intérieur de la maison : Mme Dorgan allumait le feu pour chauffer le salon et la chambre à coucher.

« Rose Laverty... », commença Tom, mais Queeda haussa les épaules. Un souffle de vent, comme une langue, lapa un peu de poussière, créant un tourbillon miniature dont la forme était aussi parfaite que n'importe quelle tornade réelle dont on voit la spirale redoutable descendre de gros nuages noirs. Puis la poussière retomba et le tourbillon mourut. Queeda tourna les talons et disparut derrière la maison. Tom Ackler remonta sur son cheval et prit le chemin du retour à l'allure nonchalante de sa monture.

En route, il pensa à la bouteille de whisky qui attendait dans son placard, puis à Rose, et décida qu'il se soûlerait ce soir et qu'il l'enterrerait le lendemain. C'était tout ce qu'il pouvait faire pour elle. Il songea aussi que ce n'étaient peut-être pas les Utes qui l'avaient tuée mais son jeune époux, dans un accès de folie furieuse, avant de s'enfuir vers quelque port lointain. Il se souvint alors du journal qu'il avait brûlé et du message d'Archie consumé avant qu'il ait eu le temps de le lire, et se dit qu'il était improbable, si Archie avait tué sa femme dans une crise de délire, qu'il se fût arrêté chez un voisin pour laisser une note portant sa signature. A moins que ce n'ait été une confession. Impossible de savoir ce qui s'était réellement passé. Plus il pensait à Archie, plus il se souvenait de sa voix claire et ferme et de son chant. Il songea à Gold Dust, à sa vigueur épanouie et à sa riche fourrure, il songea aussi à la belle fouine lustrée de la cabane Laverty. Il y avait ceux qui vivaient et il y avait ceux qui mouraient. C'était comme ça.

Il enterra Rose devant la cabane. En guise de stèle, il posa verticalement la grosse pierre qu'Archie avait apportée pour servir de seuil. Il voulait y graver le nom de Rose mais les neiges commencèrent avant qu'il se fût attelé à la besogne. Désormais c'était trop tard, le temps étant venu de repartir pour Taos.

Le printemps suivant, quand il passa à cheval devant la cabane, il vit que le gel en soulevant la terre avait renversé la pierre et que la poutre de faîte du toit s'était effondrée sous le poids de la neige. Il poursuivit sa route en chantant « Quand vient l'herbe verte, et que la rose sauvage fleurit », une des chansons d'Archie. Il se demandait si Gold Dust avait de nouveau réussi à passer l'hiver.

L'Enfant Armoise

A George Jones

Ceux qui s'imaginent que les disparitions d'avions, de bateaux, de nageurs de compétition et de ballons de plage observées dans le triangle des Bermudes sont un phénomène exceptionnel ne connaissent évidemment pas les disparitions inexplicables qui eurent lieu sur la section Désert Rouge de l'itinéraire des diligences de Ben Holladay au temps où le Wyoming n'était qu'un territoire.

Des historiens rapportent que, juste à la fin de la guerre de Sécession, Holladay adressa une pétition aux services postaux américains, source principale des revenus de la ligne. Il sollicitait l'autorisation de déplacer son itinéraire d'une centaine de kilomètres plus au sud pour emprunter la Piste Overland. Il prétendait que la route du Nord, la Piste California-Oregon-Mormon, était devenue le théâtre d'attaques indiennes féroces qui mettaient en danger la vie des conducteurs, des passagers, des opérateurs du télégraphe aux étapes, des maréchaux-ferrants, valets d'écurie et cuisiniers aux relais, et même des chevaux, sans parler des dommages causés aux coûteuses diligences Concord rouge et noir (même si en réalité il utilisait des diligences plus rustiques, le modèle Red Rupert). Aux lettres fulminantes rendant compte des attaques meurtrières des Indiens, il joignait des listes détaillées des biens et équipements perdus ou endommagés : un fusil Sharp, de la farine, des chevaux, des harnais, des portes, quinze tonnes de foin, des bœufs, des mules, des taureaux, des sacs de grain brûlés, du maïs volé, des meubles endommagés, le relais incendié avec sa grange, ses remises, et le bureau du télégraphe, la vaisselle et les fenêtres cassées. Peu importait que le fusil, laissé appuyé contre la cloison des toilettes, eût été renversé par le vent et enterré dans le sable avant que son propriétaire fût sorti des lieux, ou que les assiettes eussent été pulvérisées lors d'un concours de tir, ou encore que les dommages subis par la diligence fussent le résultat d'une initiative de voyageurs réfrigérés allumant un feu à l'intérieur et l'alimentant avec des liasses de documents fédéraux confiés à la diligence. Holladay connaissait sa bureaucratie. Les fonctionnaires de la poste à Washington furent alarmés par ces nouvelles terrifiantes et acceptèrent le changement d'itinéraire. Ce qui permit au roi des Diligences d'économiser beaucoup d'argent. Fort opportunément car, à ce moment-là, Holladay, ayant eu vent de certaines informations d'initiés, élaborait des plans pour vendre sa concession du service postal dès que l'Union Pacific rassemblerait assez de pelles et d'Irlandais pour entamer la construction du chemin de fer transcontinental.

En réalité, l'attaque des Indiens dépeinte de façon si atroce par Holladay n'avait été qu'une équipée guerrière de Sioux qui avait tourné court parce qu'une seule des tribus s'était présentée sur le terrain. Ces Indiens s'étaient sentis frustrés et pour ne pas s'être dérangés pour rien, ils avaient ramassé une bobine de fil de cuivre abandonnée au pied d'un poteau télégraphique par un installateur pressé d'aller boire un verre au saloon le plus proche. Ils l'avaient emportée jusqu'à leur camp, et avaient façonné avec des bracelets et des colliers. Au bout de quelques jours, la plupart des membres de l'expédition souffraient de violentes éruptions cutanées. L'éruption persista jusqu'au moment où un guérisseur de passage, un certain R. Singh, dont on n'expliquera pas ici la présence chez les Sioux, devina la nature malfaisante du fil à paroles et fit enterrer le restant de la bobine ainsi que tous les bracelets, colliers et boucles d'oreilles. Peu après, mais sans qu'apparemment il existe un lien avec le changement d'itinéraire ou l'incident du fil de cuivre, des voyageurs commencèrent à disparaître à proximité du relais de Sandy Skull.

Le maître de poste à Sandy Skull était Bill Fur ; sa femme, Mizpah, l'assistait. Dans une cabane l'opérateur du télégraphe tapait les messages. Les Fur étaient mariés depuis sept ans mais n'avaient pas d'enfants ; à une époque où les femmes étaient généralement fécondes, cet état de choses les affligeait. A ce sujet Mizpah avait même l'esprit un peu fêlé : lors du passage d'un fourgon d'émigrants, elle échangea une des bonnes chemises de Bill contre un porcelet nouveau-né qu'elle emmaillota de langes et qu'elle nourrissait avec une bouteille équipée d'une tétine qui avait jadis contenu du liniment pour cheval et calmant espagnol Wilfee – elle la remplissait du lait que donnait la malheureuse vache des Fur (cette vache, qui était l'objet des attentions des taureaux errants, des voleurs de bétail et des cow-boys en quête de chevaux sauvages, passait le plus clair de son temps cachée au fond d'une grotte voisine). Un jour, l'ourlet de sa robe de bébé fit trébucher le petit cochon et un aigle royal l'emporta dans ses serres. Endeuillée, Mme Fur profita du passage d'un autre fourgon d'émigrants pour échanger une seconde chemise de son mari contre un poulet. Elle ne renouvela pas l'erreur des langes de bébé : elle habilla le poulet d'un léger pourpoint de cuir et le coiffa d'un petit bonnet. Le bonnet jouant le rôle d'œillères, l'infortunée volaille ne vit même pas le coyote qui l'enleva moins d'une heure plus tard. Mizpah Fur, le cœur brisé, et souffrant de sa solitude, fixa alors son attention sur une chose inanimée, un massif d'armoise qui au crépuscule prenait l'apparence d'un enfant tendant les mains en l'air pitoyablement comme s'il demandait à être soulevé du sol. L'armoise devint la passion de la pauvre femme. Elle trouvait qu'elle dégageait un parfum enchanteur qui rappelait les forêts de pins et le zeste de citron. En cachette, elle lui apportait quotidiennement une louche pleine d'eau mélangée de lait; indifférente aux pointes fines de cactus qui transperçaient ses mocassins usés chaque fois qu'elle visitait son Atriplex bien-aimé, elle prenait plaisir à voir sa croissance répondre à ses soins. Au début son mari surveillait ce manège de loin et grommelait ironiquement, puis il succomba lui-même à l'illusion et se mit à arracher toutes les herbes parasites qui auraient pu dérober à la plante favorite un peu de substance nutritive. Mizpah l'entoura en son milieu d'une bande d'étoffe rouge et elle ressembla plus que jamais à un enfant aux bras tendus vers le ciel — même lorsque le soleil imprégnait de rose puis de blanc sale l'étoffe rouge qui frisait au vent.

Le temps passa et l'armoise, nourrie et choyée comme aucun cochonnet, aucun poulet et peu de bébés le furent jamais — car Mizpah en était venue à mélanger de la sauce et du jus de viande à la ration d'eau initiale —, crût prodigieusement. Au crépuscule, on aurait dit un grand type les mains levées sous la menace d'un revolver. En hiver la neige la faisait étinceler comme un arbre de fête. Les voyageurs la remarquaient : c'était le plus grand buisson d'armoise visible dans la région désertique entre Medecine Bow et le relais de Sandy Skull. Elle devint un point de repère pour les déserteurs. Bill Fur, sa binette à patates à la main, trouva le nom qui convenait le jour où il annonça qu'il partait arracher les cactus sur le terrain autour de l'Enfant Armoise.

A peu près à l'époque où Bill projetait de tracer un sentier jusqu'à l'Enfant Armoise et de faire place nette autour, les chevaux en liberté se firent rares au voisinage du relais. Les Fur et les propriétaires des ranchs du coin avaient toujours réussi à attirer des mustangs sauvages ; après quelques séances avec un harnachement de boulons d'acier noués à leur toupet, de judicieuses volées administrées avec une grosse planche, de jeunes dompteurs à l'épine dorsale encore souple les entraînaient dans des chevauchées impitoyables. Cela suffisait, les chevaux étaient jugés aptes à traîner des diligences ou porter des cavaliers. Maintenant les mustangs semblaient avoir changé de pâturage. Bill incrimina la sécheresse sévère qui régnait.

« Ils ont trouvé ailleurs un trou d'eau », dit-il.

Un groupe d'émigrants campa pour la nuit près du relais. A l'aube, le chef martelait la porte des Fur et exigeait de savoir où se trouvaient ses bœufs.

« Je veux partir. » L'homme était à peu près invisible sous un chapeau au bord flottant, des lunettes fêlées, une barbe épanouie, et une moustache de la taille d'un écureuil mort. Sa main était profondément enfoncée dans la poche de sa veste — mauvais signe, pensa Bill, qui avait déjà vu des mains plongées dans les poches faire des cadavres.

« J'ai pas vu vos bœufs, répondit-il. Ici c'est un relais de chevaux. » Il indiquait le corral où deux douzaines de petits chevaux à queue ébouriffée se pénétraient des rayons du premier soleil. « Nous n'avons pas de fourgon à bœufs.

— C'étaient des bœufs à belle robe tachetée, bien assortis tous les six », reprit le chef. Sa voix basse était inquiétante.

Maintenant curieux, Bill Fur accompagna le barbu à l'endroit où les bœufs avaient été lâchés la nuit précédente. Des empreintes de sabots montraient où les bêtes avaient vagabondé en broutant les rares touffes d'herbe. Les deux hommes cherchèrent dans toutes les directions mais ne purent repérer la piste des bœufs car le sol poussiéreux se changeait vite en une roche nue qui ne conservait pas de traces. Plus tard dans la semaine, le groupe fort mécontent dut acheter un lot hétéroclite de bœufs au cantinier de Fort Halleck, homme d'affaires avisé qui avait l'habitude d'acheter pour une bouchée de pain un bétail exténué qu'il remettait en forme et revendait au prix du caviar à des gens qui en avaient un urgent besoin.

« C'est les Indiens qu'ont dû prendre vos bêtes, expliqua le cantinier. Ils ont dû balayer les traces avec des branches d'armoise ; comme ça vous ne comprenez pas ce qui s'est passé à moins d'imaginer que des ailes leur ont poussé et qu'elles se sont envolées vers le sud. »

L'opérateur du télégraphe respectait scrupuleusement le repos dominical. Après un déjeuner de grouse d'armoise accompagnée d'une gelée de baies roses, il sortit se promener ; il ne reprit jamais sa place devant sa machine. L'affaire était sérieuse ; dès le mercredi, Bill dut galoper jusqu'à Rawlins demander le remplacement du « maudit lecteur fanatique de la Bible, de la grosse vieille tortue aux yeux ronds qui avait décampé ». Le remplaçant qu'on lui envoya venait tout droit d'un saloon de Front Street. C'était un ivrogne endurci qui allumait son feu le matin avec des pages arrachées à la bible de son prédécesseur, et dévorait chaque semaine une antilope dont il grillait la chair dans un poêlon qu'il ne lavait jamais.

« Laissez-moi les os », lui dit Mizpah, qui avait pris l'habitude d'enterrer des bouts de viande et des os à demi rongés dans le sol avoisinant l'Enfant Armoise.

« Servez-vous donc, dit l'autre, grattant le poêlon et déversant tendons et articulations dans le journal qui lui servait de nappe et qu'il roula en paquet. Vous voulez en faire du bouillon? »

Deux soldats de Fort Halleck dînèrent avec les Fur avant d'aller coucher à la belle étoile sous l'armoise. Au matin leurs tapis de couchage vides, couverts de fines traînées de sable, étaient tout plats; on voyait les selles qui avaient servi d'oreillers, les harnais pendus aux branches. Les soldats, eux, avaient disparu – des déserteurs apparemment, qui avaient sauté à cru sur leurs montures et détalé. Le vent avait effacé toute trace. Mizpah Fur tira parti du matériel de couchage, le convertit en couvre-pied élégant en cousant sur l'étoffe grossière un joli motif de rayures noires et de cercles jaunes.

Fut-ce un tour que lui joua la lumière ou la pauvre qualité du verre de la vitre, onduleux et déformant comme le sont les larmes, mais Mizpah, qui donnait un coup de torchon aux assiettes dans sa cuisine, crut voir l'Enfant Armoise les bras non pas levés mais ployés, comme s'il tenait une baguette de sourcier. Inquiète à l'idée qu'un cerf exubérant essayant ses bois ait brisé des branches, elle se mit sur le pas de la porte pour mieux voir. Les bras étaient de nouveau en position verticale et remuaient dans le vent.

Le docteur Frill, de Rawlins, parti chasser en solitaire, s'arrêta chez Fur assez longtemps pour boire un verre de bourbon et lui faire part des dernières nouvelles de la ville. Une semaine plus tard un groupe de cavaliers amis du docteur vint s'enquérir, la mine mauvaise, du lieu où se trouvait le médecin. Le bruit se répandait qu'il n'était pas recommandé de passer la nuit au relais de Sandy Skull et des soupçons pesaient sur Bill et Mizpah Fur. Ce n'aurait pas été la première fois qu'un maître de poste avait tiré un parti criminel de la situation isolée de son relais. On épia le couple, à l'affût de signes éventuels d'opulence. Du docteur Frill on ne retrouva jamais rien, encore qu'un chapeau enfoncé dans la boue d'un creux d'eau à cinq ou six kilomètres eût pu lui appartenir.

Un petit groupe de Sioux, qui comprenait R. Singh, se rendait au magasin du cantinier de Fort Halleck pour y échanger des peaux contre du tabac quand il fit halte pour une heure en fin d'après-midi à Sandy Skull et se fit servir du café et du pain par Mizpah. En début de soirée, alors que le crépuscule était tombé, le groupe reprit la route. Seul Singh parvint à Fort Halleck mais le natif de Calcutta était si secoué qu'il ne pouvait pas articuler un mot de sioux, d'américain ni même de sa langue maternelle. Il acheta deux boudins de tabac et grâce au langage fluide des signes se trouva une place dans un fourgon de marchandises mormon se dirigeant vers Salt Lake City.

Une douzaine de bandits à cheval passèrent à côté du relais de Sandy Skull. Ils étaient en route vers Powder Springs pour un grand banquet où les attendaient, après la classique course à la dinde, un buffet de dinde frite et de pâtés variés, l'assortiment habituel de jupons, d'innombrables bouteilles de Young Possum et autres liqueurs susceptibles de plaire à des gens qui galopaient sans trêve à vive allure sur des pistes poussiéreuses. Ces bandits s'amusèrent à prendre pour cible la grande armoise ; ils essayèrent d'abattre ses bras oscillants. Cinq d'entre eux ne dépassèrent pas le relais de Sandy Skull. Quand les Fur, qui s'étaient absentés pour la journée, revinrent de leur visite au ranch Clug, ils découvrirent que l'Enfant Armoise était mutilé ; il ne lui restait qu'un bras, mais celui-ci, bravement levé, semblait les saluer. L'opérateur du télégraphe sortit de sa cabane et leur apprit que les bandits étaient responsables de ce bel exploit ; il avait préféré ne pas les confronter, attendre son heure pour en tirer vengeance – car lui aussi, il éprouvait maintenant un sentiment de propriété à l'égard de l'Enfant Armoise. C'est à peu près à cette date qu'il sollicita son transfert à Denver ou San Francisco.

Tout changea quand l'Union Pacific Railroad se lança à la conquête de l'Ouest. Ce fut la mort des diligences. La plupart des relais disparurent en pièces détachées emportées par les propriétaires de ranchs qui avaient besoin de se construire des remises. Bill et

Mizpah furent forcés d'abandonner leur relais. Ils versèrent des larmes en faisant leurs adieux à l'Enfant Armoise, s'installèrent dans le Montana, adoptèrent des petits cow-boys orphelins et ouvrirent une pension de famille.

Les décennies passaient et l'Enfant continuait à croître, mais lentement. La vieille route de la diligence s'ensabla et se couvrit de broussailles. Une génération plus tard, une section de la grande transversale, la route Lincoln, la longea. Parfois un automobiliste, s'imaginant de loin que l'Enfant lui offrirait une ombre propice, s'approchait en balançant un panier de pique-nique. Finalement, une autoroute absorba la vieille route et les camionneurs prirent l'habitude de se repérer sur la silhouette imposante de l'Enfant dans le lointain : elle leur signalait qu'ils avaient traversé la moitié de l'État. Bien que son feuillage demeurât luxuriant et sa taille impressionnante, l'Enfant semble avoir cessé de croître à cette époque.

Les phases alternées d'essor et de crise des énergies minérales se succédèrent au Wyoming sans affecter l'extraordinaire plante : elle restait à l'écart et difficile d'accès. Mais un jour la BelAmerCan Energy, multi-nationale de l'extraction du méthane, trouva des indications prometteuses de la présence de gaz dans le secteur, obtint les permis nécessaires et commença à forer. La promesse se vérifia. On était au-dessus d'un vaste gisement de gaz de houille. Cette manne fit accourir des travailleurs des États voisins. Il fallait construire un pipe-line, ce qui attira de nouveaux travailleurs. La pénurie de logements obligea les hommes à dormir à quatre dans des motels sordides à soixante-dix ou quatre-vingts kilomètres de distance.

Pour améliorer cette situation, la compagnie édifia un campement de travailleurs dans les champs d'armoise. La route qui y conduisait passait à côté de l'Enfant. En dépit de sa taille, celui-ci ne retint pas l'attention. Il y avait des millions de buissons d'armoise, grands ou petits, et faciles à arracher. Le campement, un grand bâtiment anguleux où s'alignaient des box et des salles de douche collectives, semblait avoir surgi du sol sablonneux. Les escaliers, les lits et les rares portes étaient en métal. La cuisine spartiate où officiait Mme Quirt, l'épouse âgée d'un cow-boy à la retraite, n'offrait que du bacon, des œufs frits, des pommes de terre bouillies, du pain de supermarché accompagné de confiture, et parfois du ragoût de poulet. Le patron du camp était convaincu que l'exode massif des travailleurs était dû à la morne steppe d'armoise et au régime monotone de la cuisine. La direction l'autorisa à engager un nouveau cuisinier, un ancien foreur qui se droguait aux amphétamines et dont les spécialités se limitaient aux haricots secs en boîte et aux bocaux de conserves.

Au bout de trois semaines, Mme Quirt retrouva ses fonctions ; on lui remit un livre de cuisine en lui recommandant d'innover. Recommandation désastreuse. Elle tomba sur des recettes compliquées : bœuf bourguignon, gnocchis aux panais, bananes farcies aux échalotes, boulettes de viande et chou frisé accompagnés d'une glace parfumée au veau. Quand les ingrédients nécessaires manquaient, elle faisait ce qu'elle avait toujours fait, elle les remplaçait par ce qu'elle avait sous la main, bacon, confiture ou œufs. Au terme d'un repas bizarre où figuraient des clams en conserve, de la gelée de fraises et du pain rassis, beaucoup de convives sortirent et allèrent se soulager dans les buissons d'armoise. On ne les revit pas tous ; on crut généralement que les absents avaient fait en stop le trajet de quatre-vingts kilomètres jusqu'à l'agglomération de motels en pleine effervescence.

Constatant que la production, les revenus et les profits déclinaient faute de pouvoir retenir les travailleurs, la direction engagea un vrai cuisinier qui avait officié dans un restaurant italien. La nourriture s'améliora spectaculairement, mais l'exode continua. Le cuisinier commanda des ingrédients exotiques qu'un grand camion de Speedy Food vint livrer. Quand le chauffeur eut déposé les cartons de sauce et de champignons, il gara son véhicule à l'ombre de la grande armoise pour manger son sandwich au saucisson, lire un chapitre de *Embuscade sur la Piste Pecos* et faire une courte sieste. Trois ouvriers de l'équipe de jour qui rentraient chez eux remarquèrent le camion dont le moteur tournait au ralenti. Le lendemain matin, en allant au derrick, ils le remarquèrent encore. C'était un camion réfrigérateur et le moteur tournait toujours. Trois jours plus tard, il y eut un appel de la compagnie qui voulait savoir si leur chauffeur était passé. La nouvelle que le camion était toujours dans le champ d'armoise provoqua la venue des gendarmes. Après avoir relevé des traces de sang sur le siège ainsi que des signes de lutte (une empreinte de botte poussiéreuse sur l'intérieur du pare-brise), ils procédèrent comme on le fait sur la scène d'un crime : ils tendirent un ruban autour du camion et du buisson d'armoise.

« Kellogg, finis-en donc avec le ruban et sors de là. » C'était le sergent qui interpellait le gendarme attardé derrière l'armoise. Les branches et le feuillage épais empêchaient de le voir, le ruban traînait mollement sur le sol. Kellogg ne répondait pas. Le sergent fit le tour de l'armoise. Il n'y avait personne.

« Bon sang ! Kellogg, cesse de faire le malin. » Le sergent courut jusqu'au capot du camion, se pencha pour regarder sous le véhicule, puis se redressa ; le soleil l'éblouissait ; il abrita de la main ses yeux mi-clos pour regarder autour de lui. Debout près de la voiture de service, les deux autres gendarmes, Bridle et Gloat, avaient l'air ahuri.

« Vous savez où est passé Kellogg ?

— Il est peut-être retourné au camp ? Passer un coup de fil ou autre chose ? »

Mais Kellogg n'était pas au camp, et on ne l'y avait pas vu.

« Où diable a-t-il pu aller ? KELLOGG !!! »

Ils explorèrent de nouveau la zone, s'aventurèrent plus loin dans le champ d'armoise puis revinrent vers le camion. Bridle regarda une nouvelle fois sous le véhicule et découvrit quelque chose par terre contre l'un des pneus arrière. Il le ramassa.

L'Enfant Armoise

« Sergent Sparkler, j'ai trouvé ça. » Il tendait un petit bout d'étoffe identique à celle de son uniforme marron. « Ça m'avait d'abord échappé parce que c'est de la même couleur que la terre. » Il y eut un frôlement contre son cou ; il sursauta en s'administrant instinctivement une claque sur la nuque.

« Maudite armoise ! » Il regarda la plante et vit au fond entre les branches une petite lueur et les lettres OGG.

« Jim, sa plaque est là-dedans. » Sparkler et Gloat s'approchèrent et plongèrent leurs regards dans les profondeurs ténébreuses de l'armoise géante. Le sergent Sparkler avança le bras pour saisir la plaque de métal.

Le botaniste pulvérisa le produit insecticide sur ses oreilles, son cou et ses cheveux. Une colonne de petits moustiques noirs s'élevait au-dessus de lui tandis qu'il avançait vers la grande armoise qu'il voyait au loin. Elle avait l'air aussi grosse qu'un arbre et dominait l'océan d'armoises plus petites. Au-delà, le camp abandonné miroitait dans le soleil avec ses cadres de fenêtre tout tordus. Les battements de son cœur s'accélérèrent. Il s'était moqué jadis des efforts d'explorateurs en quête du plus grand séquoia sur la côte du Pacifique ou du plus grand arbre poussant dans la jungle de la Nouvelle-Guinée ; pourtant, lui-même était à présent excité à l'idée de découvrir la plus haute armoise du monde. Il avait mesuré d'énormes spécimens d'armoises dans les dunes de Killpecker et avait noté leurs tailles sur un petit calepin noir comme ceux qu'utilisaient Ernest Hemingway et Bruce Chatwin. La plus haute atteignait près de deux mètres cinquante. Le monstre qu'il avait sous les yeux la dépassait d'au moins trente centimètres.

En s'approchant, il constata que le sol autour était vierge de toute autre plante. Il n'avait dans son paquetage qu'un mètre pliant qui, déplié, faisait à peu près deux mètres. Il le déplia contre l'énorme plante ; le mètre n'arrivait pas à mi-hauteur de l'armoise. Il dut s'approcher davantage pour procéder à de nouvelles mesures.

« Je dirais pas loin de cinq mètres », dit-il à son mètre pliant tout en posant sa main sur une branche musculeuse et singulièrement chaude de la plante.

L'Enfant Armoise est toujours là. Il n'y a pas de station de gaz à proximité. Aucune route n'y conduit. Pas d'oiseaux perchés dans ses branches. Le campement a disparu comme le vieux relais de diligences. Au coucher du soleil, la grande armoise dresse ses bras contre le ciel rougeoyant. Si l'on regarde dans la bonne direction, on ne peut manquer de la voir.

La Ligne de partage

1920

L'Essex noire d'occasion progressait le long de la route de terre gelée dans un fracas de tôle. Sur les ondulations de la prairie, le ciel bas était pareil à des balles de coton sale déroulées ; même à l'intérieur de la voiture ils pouvaient flairer l'approche de la neige. Il n'y avait pas de chauffage ; Helen – une jeune femme aux cheveux noisette – s'était enveloppée dans une vieille couverture en peau de buffle. La fourrure était si usée qu'on voyait la peau par endroits. Arrivé à un tumulus de pierres, Hi Alcorn, son mari, tourna à gauche et s'engagea sur une piste à peine tracée.

« On est tout près, dit-il. Peut-être trois ou quatre kilomètres.

— Si la tempête ne nous rattrape pas.

— Pas de problème. Ça baigne. On va chez nous. Dans un an on pourra voir d'ici nos fenêtres éclairées. »

Hi appuyait sur les pédales. Elle vit que ses vieilles

chaussures usées avaient des bouts de ficelle en guise de lacets. Une couche de boue jaune, qui avait formé une sorte de stuc en durcissant et s'émiettait en poussière sur le plancher de l'Essex, maculait ses chaussures.

« Je ne vois pas de maisons, dit-elle. Ça ne ressemble pas à ce que nous avait dit M. Hoggatt. Il disait que c'était déjà presque une ville.

— Pas encore. Je suppose que tous ceux qui comme nous sont arrivés tard construiront l'année prochaine. »

Il y avait deux secteurs dans la colonie. Le secteur à l'est était déjà installé ; le secteur à l'ouest, où ils avaient acheté leur maison, était encore à bâtir.

Hi toussa un peu à cause de la poussière et reprit : « M. et Mme Wash, comme nous, commencent tout juste, et les deux frères, Ned et Charlie Volin, vont construire. Les Wash étaient au pique-nique. » Brusquement il donna un coup de volant, la voiture vira à droite vers un poteau en bois penché dont le haut était peint en blanc. Des pieux de clôture s'alignaient vers l'ouest. Les fils manquaient.

« Mme Wash, c'était la dame avec une tache de vin sur le menton ?

— Je crois. Je me souviens qu'il y avait quelque chose qui clochait dans son visage. Bon. On est arrivés. Le coin sud-est. Nous sommes chez nous. Tu reconnais ? »

Ils étaient venus au printemps visiter des terrains à bâtir avec M. Volney Hoggatt. Puis, après avoir acheté leur lotissement, ils étaient revenus à la fin de l'été, à l'invitation de M. Hoggatt, pour le pique-nique de la Ligne de partage. Entre-temps, ils s'étaient installés dans une pension de famille à Craig. Helen gagnait quelques dollars par semaine en aidant Mme Ruffs à changer les draps des lits et à cuisiner pour les pensionnaires. Mme Ruffs était une veuve qui, après la mort de son mari, avait repris son entreprise de transport de marchandises mais avait vite trouvé que s'occuper de six chevaux et de leur lourd harnachement excédait ses forces. Elle avait tout vendu, affaire, chevaux et fourgons, et acheté une grande maison à Craig sur laquelle elle avait accroché son panneau − PENSION RUFFS. Helen détestait son travail car tous les meubles étaient infestés de punaises, qui grouillaient aussi derrière le papier peint et dégageaient une odeur particulière de vieille graisse de bœuf. Hi, bien entendu, s'était rendu souvent sur leur terrain pour prendre des mesures, décider où s'élèveraient la maison et la grange, arrêter la forme des bâtiments, planter les pieux de la clôture. Ces pieux, un seul homme pouvait les planter mais il en fallait deux ou trois pour tendre les fils.

Elle n'était pas près d'oublier la première impression que lui avait faite M. Volney Hoggatt : énorme, il dominait Hi et avait des mains comme des fourches. Ses cheveux et la peau de son visage étaient couleur de bois brut ; quant à sa tête, on aurait dit un gros bloc rectangulaire dont on aurait poncé les coins, le contour lisse de la mâchoire ne dissimulant pas l'allure de billot de l'ensemble. Sur les joues, deux fossettes creusaient de profonds sillons. Mais quand Hoggatt souriait, le paysage s'illuminait comme si un éclair le traversait, car ses quatre dents de devant, en haut et en bas, étaient en or massif, pur comme des alliances.

« Appelez-moi Vol », avait-il dit en serrant énergiquement la main de Hi, puis il s'était penché sur la paluche rêche de fille de la campagne d'Helen, comme pour y déposer un baiser, ou esquisser le geste. Geste parodique, galant sans doute mais ironique. Ils étaient montés dans la voiture de tourisme de M. Hoggatt.

Hi, qui était abonné à *La Ligne de partage*, avait déjà une idée de son rédacteur en chef. Il avait lu ses articles défendant les lotissements sur le domaine public en dépit de l'opposition des gros éleveurs – qu'il appelait des « porcs en liberté ». Sur la route, Hoggatt avait tenu des discours enthousiastes sur la transformation des grands espaces vides en lotissements du bonheur qui offriraient une vraie chance aux « petites gens ». Helen, assise entre les deux hommes, avait une conscience aiguë de la chaleur animale qu'ils dégageaient. Elle prit la décision de s'asseoir sur la banquette arrière au retour.

M. Hoggatt avait raconté son enfance dans l'Oklahoma, sa carrière de boxeur, d'avocat, de prospecteur en Alaska et son retour dans l'Oklahoma par amour pour sa femme. Il parlait de tout cela avec l'ironie courtoise qu'il avait montrée quand il s'était penché sur la main d'Helen, et sa cuisse poussait parfois celle d'Helen, apparemment dans un esprit de complicité. Elle s'était légèrement écartée du côté de Hi.

Il leur avait raconté qu'il était allé à Denver comme garde du corps de M. Bonfils, l'un des propriétaires du *Denver Post*, véritable et puissant ami des « petites gens ». Helen aurait souhaité l'entendre moins souvent mentionner les petites gens. Elle se sentait rabaissée car Hi et elle appartenaient indubitablement à la classe des paysans pauvres. Et elle estimait injuste que les gens ordinaires, comme Hi, aient autant de peine à trouver une occupation alors que Volney Hoggatt en avait eu tellement et les avait toutes rejetées.

Ils avaient passé la journée à circuler d'un lotissement à un autre. Les alouettes à touffe noire couraient devant eux sur la route et ne s'envolaient qu'à la dernière seconde. Ils avaient parcouru à pied des hectares de terrain plat parfaitement identiques aux yeux d'Helen. Vers trois heures, ils s'étaient arrêtés et reposés à l'ombre de la voiture. Hoggatt avait retiré du coffre un panier ruisselant où il y avait trois pommes, des glaces en train de fondre, six bouteilles de bière et deux de sarsaparilla. Hoggatt et Hi avaient bu deux bouteilles de bière chacun. Helen s'était éloignée de la voiture pour se soulager loin des regards ; en revenant, elle avait vu que les deux hommes, debout côte à côte, mais distants de deux ou trois mètres, par politesse, en faisaient autant.

« Ecoutez-moi bien – Volney Hoggatt parlait à Hi sur un ton de confidence comme si la bière et le fait d'uriner ensemble avaient créé entre eux une nouvelle intimité –, il y a un site spécial que j'ai réservé pour des gens spéciaux, des gens à part, et ces gens, je pense que c'est vous. Il a une caractéristique très intéressante. Attendez, vous allez voir. »

Helen avait trouvé que le site était en tous points semblable aux autres et elle était restée dans la voiture, mais Hoggatt avait conduit Hi à une petite ravine où la végétation semblait différente. Des oiseaux s'étaient envolés à leur approche, et on voyait les empreintes de sabots de chevaux sauvages sur le sol humide.

« Là, avait dit Hoggatt, que dites-vous de *ça*? »

Ça, c'était, en haut de la ravine, un endroit humide où l'eau suintait, rien de plus qu'un pli de terrain en pente dans le sol plat. « Une jolie petite source, jamais à sec. Creusez pour bien la dégager, installez un abri par-dessus et vous êtes tranquille pour la vie. »

A cet instant, Helen, qui l'observait de la voiture, vit que la décision de Hi était prise. Leur maison serait ici. Il avait secoué la tête, le geste qu'il faisait toujours quand il se décidait.

« Tu ne m'avais pas dit que nous aurions des arbres? » Sa voix était légère : on aurait dit qu'elle avait aspiré un ruban de nuage et qu'elle laissait les mots flotter sur des filaments vaporeux. Mais elle avait les traits tirés, le teint jaune, et gardait ses mains sous la couverture de buffle. Il lui trouva l'air un peu chinois.

« Tu as vu l'endroit au printemps. Tu pensais que

La Ligne de partage

des arbres auraient le temps de pousser ? Nous devons les planter. Je le ferai, c'est promis, dès que le sol aura dégelé. Je vais venir ici avec un gros chargement de matériaux et j'apporterai des arbres et des rosiers. Ça te va ? » L'âpreté de sa voix aurait laissé penser qu'elle lui réclamait une allée pavée et un jet d'eau perpétuel.

Helen fit oui de la tête. Elle ne voulait pas gâcher la paix de cette journée.

La voix de Hi s'adoucit. « Très bien. Allez, sors de la voiture, que je te montre ce qu'il y a de plus beau ici. »

Lentement, car ses articulations étaient engourdies par le froid, Helen sortit de la voiture en époussetant ses manches, et fit quelques pas dans l'air mordant. Elle avait très froid et regrettait de ne pas avoir mis sa jupe marron en laine de mérinos. Elle suivit Hi qui marchait à grands pas ; tous deux se hâtaient car les premiers flocons de neige atterrissaient en douceur. Au printemps, la terre avait été d'un vert luxuriant constellé de fleurs des champs car Volney Hoggatt leur avait astucieusement fait visiter les lieux dans la saison la plus prometteuse ; quand, à la fin de l'été, ils étaient venus pour le pique-nique, cela s'était passé de l'autre côté, du côté oriental. Le paysage était flétri, l'herbe brune couleur de tache de café, et elle avait été heureuse de penser qu'ils allaient vivre sur le flanc fleuri à l'ouest. Ce n'était pour l'heure qu'une terre en friche.

« Quel froid ! », lâcha-t-elle d'une voix entrecoupée en tâtonnant pour trouver le bouton du col de sa jaquette légère ; elle regrettait de ne pas avoir emporté une écharpe de laine, de ne pas avoir une grosse blouse, ou un manteau.

« Mais regarde donc ça ! », s'écria Hi d'une voix joyeuse. Il écartait les bras pour embrasser les deux hectares de terre qu'il avait retournés puis ameublis grâce au concours dûment payé d'un fermier de Craig. « Il faudra encore retourner la terre au printemps et on pourra planter. Et que dis-tu de ceci ? » Il désignait l'abri au-dessus de la source, que quelques semaines plus tôt il avait construit. Il avait nettoyé la source boueuse, l'avait entourée d'une sorte de coffrage en cèdre, en avait couvert le fond de gravier propre de rivière et de galets polis par les eaux, puis avait édifié une petite structure pour la mettre à l'abri des chevaux sauvages, du bétail et du sable charrié par le vent. Il ouvrit la petite porte et Helen put voir l'eau sombre où se reflétait le carré de lumière qui tombait dessus.

Elle fit une grimace qui n'échappa pas à Hi.

« Qu'est-ce qui ne va pas ?

— Rien ! C'est épatant. C'est seulement le bébé qui vient de me donner un coup de pied. » Helen posa sa main sur son ventre, comme le font les actrices quand elles veulent indiquer qu'elles sont enceintes.

« Eh bien ! c'est merveilleux. N'est-ce pas, chérie ?

— Oui.

— C'est drôlement bien, ces choses nouvelles, la terre, la grande maison qui va s'élever, le bébé qui va naître. On va l'appeler Joe. C'est un bon prénom pour un garçon.

— Oui. Ou Jim, ou Frank. » C'était une vieille

histoire. Elle connaissait son horreur pour les prénoms encombrants. Les trois frères Alcorn, Hiawatha, Hamilcar et Seneca en avaient souffert ; dès leur premier jour d'école, ces prénoms s'étaient abrégés en Hi, Ham et Sen. Helen taquinait parfois son mari en chantonnant à mi-voix, comme elle pensait qu'un récitant indien l'aurait fait, les vers de Longfellow :

> Sur le rivage de Gitchee Gumee
> Près de l'étincelante grande mer
> Se dressait le tipi de Nokomis
> Où vivait le jeune Hiawatha...

« Non, ce n'est pas ça. » La voix de Hi était tendue, car il ne supportait pas qu'on le taquine. Il prit la tasse en étain attachée au coffrage de cèdre par une lanière de cuir, la plongea dans la source et la tendit, ruisselante, à Helen.

« Tu as fait un boulot fantastique, lui dit celle-ci pour l'apaiser.

— Ça, tu peux le dire, ma petite. »

Elle but l'eau glacée, pure et douce, où l'on distinguait un très léger goût de cèdre, et se dit : c'est notre eau, c'est *mon* eau, car son père leur avait donné cent dollars pour l'achat de cet endroit. Les années de guerre avaient été fastes pour les fermiers. Le maïs avait atteint deux dollars le boisseau et l'on avait l'impression que les prix continueraient à monter. L'argent leur avait rendu service : chaque famille s'installant dans le lotissement agricole, leur avait dit

M. Hoggatt, devait disposer de deux mille dollars, six vaches et trois chevaux. En se rendant au pique-nique où les fermiers déjà établis avaient fait étalage de leurs courges et de leur maïs, Hi avait expliqué à Helen que la colonie de la Ligne de partage n'était pas destinée à des gens complètement fauchés, mais plutôt à des gens qui avaient un petit quelque chose et voulaient retourner à la terre.

Plus tard, dans la bousculade, il lui avait dit : « Tous ces gens – il indiquait du geste la foule qui suivait le déroulement du concours de beauté en maillot de bain – ont de l'argent, ce qui fait que le succès de la colonie est garanti. » Helen et Hi n'avaient que six cents dollars et une vache, mais Hi était confiant : en cinq ans ils rattraperaient leur retard. Il avait réussi à acheter trois chevaux à bon marché, des chevaux à demi sauvages qui venaient tout droit du Désert rouge au nord-ouest.

« Je vais les mettre au pas en vitesse », avait-il dit. Mais il n'avait pas la manière avec les chevaux ; au bout de quelques mois il les avait revendus, et l'argent lui avait servi à payer un premier acompte sur un tracteur. Il comptait planter du maïs et du blé.

« On paiera le tracteur avec ce que nous rapporteront les récoltes. »

Et maintenant, debout en manches de chemise dans le vent d'automne glacial, il remarqua : « Il y a déjà pas mal de maisons dans le lotissement de l'est. Si le temps n'était pas à la neige, nous pourrions faire un saut là-bas, comme ça tu pourrais voir. » Hi observait l'agitation violente des nuages et les quelques flocons qui descendaient en tourbillonnant. Frissonnante, Helen le regardait sans rien dire.

« J'ai une meilleure idée. Rentrer en vitesse à Craig et se mettre au chaud. On sautera dans notre lit et on se réchauffera. » Hi haussa et baissa rapidement les sourcils d'un air polisson. Ce tortillement de sourcils parut à Helen d'un comique vulgaire.

Ils venaient tous deux de Tabletop dans l'Iowa. Le père de Hi était un fermier au caractère volontaire ; les parents d'Helen, Rolfe et Netitia Short, étaient des petits producteurs de lait. Elle était d'une famille de neuf enfants. Ses frères avaient adopté la même activité que leurs parents mais Helen, qui éprouvait une vive antipathie pour les vaches laitières et les soins constants qu'elles exigeaient, s'était mariée un peu pour leur échapper. Elle s'était mariée aussi pour fuir l'obsédante passion familiale : les œufs d'oiseaux. Partout, sur toutes les surfaces planes, on rencontrait les coquilles d'œufs collectionnés par Rolfe Short et ses fils, toujours prêts à partir pour de longues excursions en des lieux éloignés afin d'en recueillir de nouveaux. L'équipement de grimpeur de son père était suspendu à des crochets dans la laiterie et même là, dans la poussière, au milieu des plumes de poules, des œufs d'oiseaux roulaient, dessinant des arcs de cercle, quand on ouvrait la porte. Trois des frères d'Helen étaient collectionneurs comme leur père ; à la table familiale, on évoquait interminablement d'aventureuses escalades d'arbres et de périlleux raids à flanc de falaise pour s'emparer de couvées convoitées.

Le retour à Craig fut terrifiant : la tempête tomba soudain sur eux. Hi jurait, il luttait pour garder le contrôle de sa voiture sur les ornières glissantes et pour ne pas s'écarter de la piste dans la neige qui l'aveuglait. Il lui fallut cinq heures pour parcourir un peu moins de quarante kilomètres. Qu'ils aient survécu était un miracle, se dit Helen. Hi était blême et épuisé mais déclara que l'Essex était un bijou.

Elle avait rencontré Hi à l'enterrement de Ned, son frère aîné. La journée était étouffante. Pas un souffle, pas la moindre couverture de nuages. Dans le cortège, on agitait de petits éventails ronds au nom de l'entrepreneur de pompes funèbres, Farrow. Sen, le frère de Hi, avait participé avec Ned à la funeste expédition de collecte d'œufs. Pour atteindre l'œuf d'un grand héron bleu, Ned avait escaladé une souche d'arbre creuse dans un marécage d'eau noire, tandis que Sen attendait en bas dans le bateau. Au moment où Ned redescendait avec le nid, la femelle, qui défendait avec véhémence son œuf, lui avait, d'un coup de bec, percé l'œil et la cervelle.

Les premiers mots que Hi avait dits à Helen, alors qu'entourés du cortège transpirant, ils s'éloignaient de la tombe, étaient : « Si on empilait devant moi tous les œufs d'oiseaux qu'il y a au monde, je regarderais de l'autre côté. » C'était clair et net. Par hasard, la mère d'Helen avait entendu la remarque ; elle y avait vu un blâme indirect pour la mort de son fils. Depuis cet instant, Hi lui était antipathique.

Il avait neuf ans de plus qu'Helen, avait fait la Grande Guerre, été gazé et blessé à la cuisse droite. A son retour, il boitait et ne voulait plus travailler à la ferme avec son père et ses frères. La famille se demandait ce qu'on allait faire de lui. Il arrivait à son père de fredonner ironiquement la rengaine des fermiers du pays : « Comment faire pour les garder à la ferme après qu'ils ont vu Paris ? »

Mais bien sûr, il n'avait jamais mis les pieds à Paris.

« C'est une satisfaction que je n'ai pas voulu leur donner », disait-il, comme si son refus de visiter la Ville Lumière était une punition infligée aux Français que d'ailleurs, sur un ton enjoué mais insultant, il n'appelait que les « Grenouilles ». Sa vie, maintenant que tant de ses camarades étaient morts dans la boue des tranchées pour des raisons qu'il ne comprenait toujours pas, lui paraissait un don trop précieux pour être gaspillée. Il devait, il le savait, prendre le large, s'en aller loin de sa famille, loin de Tabletop et de ses interminables champs de maïs qui se perdaient à l'horizon. Il lui fallait une frontière à conquérir – mais, semblait-il, depuis l'époque de son grand-père il ne restait plus de frontières. Sans le savoir, Hi était en quête d'un but, d'un objectif que pourrait mener à bien son corps épargné par le destin. Helen, avec ses dix-neuf ans et ses longs cheveux bruns de la couleur du bois, lui était apparue comme l'île que découvre enfin le naufragé. Ensemble, ils inventeraient leur frontière.

Hi avait la conviction que les prix du maïs et du blé se maintiendraient. Quand le maïs chuta à quarante-deux cents et que le blé plongea de trois dollars cinquante à un dollar, il fut anéanti.

« Je ne comprends pas comment les prix ont pu dégringoler à ce point », dit-il. Car depuis des mois il était trop occupé pour lire *La Ligne de partage*. Helen lui mit sous les yeux un article qui signalait que les besoins du temps de guerre n'existaient plus et que trop de fermiers, comptant sur le maintien de prix élevés, avaient trop planté.

« C'est absurde, dit Hi. Il y a toujours autant de gens dans le monde et ces gens ont besoin de manger. »

Même si les prix étaient restés stables, ils durent reconnaître que leur maïs et leur blé donnaient de piètres récoltes. Seules les pommes de terre avaient prospéré. Mais ça ne rapportait pas lourd. N'importe qui pouvait en faire pousser. En novembre 1921, Hi retourna dans l'Iowa voir son père. Ce n'était pas le sentiment filial qui le motivait, mais le désir d'apprendre comment produire du whisky à base de pommes de terre.

Il leur fallut, bien entendu, rendre visite à la famille d'Helen. Ils ne passèrent qu'une demi-heure dans la lugubre maison puis prirent la fuite.

« Je vois que tu es de nouveau enceinte », avait dit seulement la mère d'Helen d'un ton glacial.

« Comment peuvent-ils vivre ainsi ? », dit Helen tristement dans la voiture, sur le chemin du retour.

La Ligne de partage

William s'était remis à collectionner des œufs ; cette fois-ci, ce n'était pas pour les aligner derrière une vitrine ou les ranger sur des tables, mais pour les vendre à des collectionneurs de la ville qui n'avaient pas le temps de se livrer à la chasse aux œufs et qui n'auraient pas su où les chercher. La passion des amateurs de New York et de Philadelphie pour les œufs d'aigle, de sturnelle et de cygne trompette était si vive qu'il avait vite gagné plus que n'importe quel petit producteur de lait. Pour que rien ne lui rappelle la tragédie du pauvre Ned, sa mère l'avait obligé à déménager tout son attirail dans le vieux poulailler désormais vide. Plutôt que de supporter la haine froide de sa mère pour l'activité qui était la sienne, William s'était installé lui-même dans le poulailler ; il avait arraché les pondoirs de leurs appuis, et avait jeté à la place sa literie douteuse. Bientôt, avec ses vêtements festonnés de plumes, il se mit à ressembler à un poulet, à en dégager l'odeur.

« Mon pauvre frère, dit Helen en soupirant.

— Bah ! dit Hi, c'est un simple d'esprit, rien qu'un crasseux amateur de poulets aux jarrets tendineux. »

Le whisky à base de pommes de terre ne donna rien. Hi était de ces hommes qui ne peuvent pas faire les choses discrètement ; au bout de six mois, les agents du fisc lui tombèrent dessus. Pour fabriquer son breuvage, il avait jeté son dévolu sur une vieille grotte indienne, sous un rebord de falaise, dont il avait préalablement expulsé l'occupant, un cadavre d'Indien en-

C'est très bien comme ça

veloppé de peaux de cerf et de verroterie. Un jour que, sous un ciel de nuages bousculés par le vent, il cuisait de la pulpe pour obtenir du moût, le shérif se présenta. Le juge voulut faire un exemple : six mois de prison ferme plus deux cents dollars d'amende. Helen dut emprunter de l'argent à William pour payer l'amende. Elle mentit à Hi : elle lui expliqua qu'elle avait réuni la somme en vendant le tracteur. Elle le vendit effectivement mais n'en obtint que cinquante dollars.

Quand Hi sortit de prison, ils franchirent la frontière de l'État et s'installèrent, au Wyoming, dans une région de collines pointues séparées par de vastes gorges. A l'ouest s'étendaient des espaces désertiques tandis qu'à l'est la Sierra Madre s'élevait telle une grande vague noire. Verla, la sœur aux cheveux bouclés d'Helen, habitait avec son mari, Fenk Fipps, dans l'une des fermes les plus haut perchées. C'était Volney Hoggatt qui la leur avait montrée et vendue.

« Encore lui », avait dit Helen. Il lui semblait que M. Hoggatt avait manipulé la vie de beaucoup de personnes : sans doute à ses yeux de petites gens dont il se voyait le marionnettiste. Tous les colons rêvaient d'un retour prochain des prix du temps de guerre et cultivaient du blé au sommet des collines. Les éleveurs locaux leur étaient hostiles : le bruit courait que deux familles avaient eu leurs fermes incendiées en leur absence : elles étaient parties acheter des provisions à Rawlins. Un pays et des habitants durs, se disait Helen, qui regrettait maintenant leur ferme de la Ligne de partage, qu'elle avait été pourtant contente d'abandonner.

1932

Les enfants faisaient un tapage terrible — d'après le bruit ils devaient sauter sur les lits. Un fracas particulièrement violent retentit, suivi aussitôt d'un silence de mort, puis de chuchotements. Helen alla vers la porte qu'elle ouvrit pour regarder. Un des lits s'était effondré à une de ses extrémités et ressemblait maintenant à une vache qui essaie de se relever.

« De grâce, votre père va rentrer d'un instant à l'autre et vous, que faites-vous ? Vous cassez les meubles ! » Helen jetait des regards farouches de tous côtés, l'air de chercher un bâton pour les battre.

« Écoutez ! C'est papa ! », s'écria Mina, onze ans, grande et forte fille dans le genre de Hi. Henry et Buster, les jumeaux, étaient minces et de petite taille. Hi les taquinait souvent à ce sujet ; il les encourageait à manger abondamment, à empiler de la chair sur leurs os. La petite Riffie était le bébé gâté, le chouchou.

Ils entendirent le halètement du moteur de la voiture qui approchait du porche. Puis ce furent les pas de Hi gravissant les marches et la porte qui s'ouvrit.

Les enfants se précipitèrent sur lui. Sans perdre une seconde, Henry demanda s'il leur rapportait quelque chose.

« J'ai pu trouver qu'un rouleau de Lifesavers. Faudra vous le partager. » Hi ouvrit sa main tendue.

Buster saisit le rouleau et fonça vers la porte, les autres se cramponnant à sa chemise.

Helen regarda son mari. Il secoua la tête : « Suis allé voir Sharpe, je lui ai dit : paraît que t'as besoin de quelqu'un. Il m'a rien répondu, seulement fait un geste dans la direction de ce grand abruti de Church Davis qui lançait des sacs de blé sur un fourgon. C'était sa manière de me dire qu'il avait déjà engagé Church. Ça fiche le cafard de penser qu'un demeuré vous fauche du boulot. »

Helen avait mal au cœur. Que pouvaient-ils faire ? Elle ne comprenait pas pourquoi la Dépression devait frapper des hommes qui ne voulaient que travailler. Il devait bien y avoir un moyen de gagner de l'argent.

De la fenêtre, Mina apercevait le panache vibrant de poussière qui, dans la chaleur, gravissait la pente. Elle le vit ralentir, sut qu'il allait se diriger vers la maison.

« Maman ! Y a une voiture qui vient ici. »

Helen essuya ses mains sur son tablier, le dénoua, et s'approcha de la porte. Une grosse berline gravissait l'allée. Elle était tellement couverte de poussière qu'on ne pouvait distinguer la couleur de la carrosserie. Bordeaux, pensa-t-elle. Le véhicule se gara sous le peuplier, au seul endroit où il y avait de l'ombre. La vitre du passager s'abaissa et un visage apparut.

« Verla ! » Helen se précipita au bas des marches en criant aux enfants : « C'est votre tante Verla ! » Pieds nus sur le gravier, à petits pas, les filles s'avancèrent,

La Ligne de partage

suivies par un chiot qui mordillait le bas de leurs robes. Henry et Buster étaient partis tirer au lance-pierres sur des chiens de prairie à deux kilomètres de la maison. Verla et son mari, Fenk Fipps, baissèrent les vitres sans bouger de leurs sièges. Le visage aux mâchoires serrées de Fink était couvert de points noirs et de poils de barbe. Il avait un petit sourire et des yeux sombres au regard immobile comme une marionnette. Helen savait qu'il corrigeait ses enfants à coups de lanière et qu'il avait battu Verla à plusieurs reprises. L'idée de ces yeux de bois fixant leur regard méchant sur sa sœur la fit frissonner.

« On était dans les parages et on s'est dit qu'on passerait voir si vous étiez à la maison », chuchota Fenk, dont la voix déréglée avait des intonations aiguës, féminines. Il se contentait de chuchoter et laissait en général Verla parler à sa place. On disait qu'il avait essayé de se pendre quand il était gosse et endommagé ainsi ses cordes vocales. Pour expliquer son geste, sa mère avait dit alors : « A cet âge ils sont terriblement lunatiques. » Mais le vieux père de Fenk avait subodoré qu'il fallait chercher ailleurs, de l'autre côté de la ligne de partage entre hommes et femmes en matière de connaissance des réalités sexuelles. Il avait entendu une fin de commentaire sarcastique, des allusions à la jouissance, alors qu'il entrait dans l'atelier du forgeron, rendez-vous habituel des fermiers du coin, dont le patron, Ray Gapes, tenait en permanence une grande cafetière remplie d'un liquide noir d'encre à la disposition de quiconque avait l'estomac assez solide.

Les bras sur le métal brûlant, Helen se pencha à la portière. La brise autour du peuplier agitait le bas de sa robe à motifs.

« D'où vient cette belle voiture ? », demanda-t-elle. En refroidissant, le moteur cliquetait. Les filles s'approchèrent pour écouter la conversation, Mina les bras croisés sur sa poitrine plate, Riffie se balançant à la poignée de la portière. Elles portaient, elles aussi, des robes de coton imprimé, mais avec des manches bouffantes. Riffie avait une collerette à bordure de dentelle confectionnée avec des bouts d'étoffe. Leurs jambes pâles faisaient penser à des branches de saule dépouillées de leur écorce.

« Fenk attrape des chevaux et gagne bien sa vie, dit Verla. C'est pour ça qu'on vous rend visite. » Elle regardait non pas sa sœur mais Fenk : elle attendait un signe d'assentiment.

Hi surgit de derrière la maison : il était en train d'arracher les buissons de sauge. Helen voulait un potager, et préparer le sol exigeait un gros travail. Il se plaça à côté de la vitre de Fenk.

Verla parlait toujours au nom de son mari : « Fenk voudrait que Hi vienne avec lui. Les chevaux rapportent cinq ou même huit dollars et il en a ramassé de bons paquets. »

Hi secoua la tête. Ses grandes mains de travailleur couvertes d'une croûte de terre pendaient contre ses cuisses. « J'ai jamais fait ça. »

Il fallait que Fenk intervienne. Il chuchota : « C'est un bon boulot. Y en a qui, comme les Tolbert, les font courir, d'autres les acculent dans des canyons sans issue mais nous, on établit des pièges la nuit autour des points d'eau. Comme ça on a moins de pertes : ils sont pas nombreux à s'échapper. Tu suis ? Ça paie bien. Je travaille avec Wacky Lipe.

— Wacky Lipe ! Merde alors, avec sa jambe de bois ! »

Verla éleva la voix : « Oui, et sa jambe l'a lâché la nuit dernière. Tous les chevaux ont pu s'échapper et maintenant ils sont avertis. »

Fenk ajouta, d'une voix, grave pour lui, de contralto : « Il sautillait comme un beau diable mais ça n'a servi à rien. Wacky, c'est le type prêt à tout tenter qu'a pas de chance. » Il regarda Hi.

Celui-ci répondit seulement qu'il réfléchirait. Henry et Buster apparurent au coin d'un champ de blé brûlé par la sécheresse. Ils traînassaient. Quand ils reconnurent les passagers de la voiture, ils se mirent à courir, espérant voir leurs cousins mâles. Ils manifestèrent leur déception en frappant leurs sœurs et repartirent en courant.

« Arrêtez, les garçons », cria Helen.

Dix jours plus tard, la vieille Essex noire rendit l'âme. Hi l'avait réparée des centaines de fois au fil des années ; il avait réparé les réparations... mais cette fois le moteur était totalement paralysé, et il savait qu'un ultime rafistolage n'en valait pas la peine. D'ailleurs il n'avait pas de quoi le payer. Il alla donc à pied chez Fenk et lui dit qu'il marchait dans sa combine.

« Je savais que tu y viendrais, murmura Fenk. Demain on prépare un nouveau piège. On ne fait pas courir les chevaux, ça demande beaucoup de temps et il faut une troupe de cavaliers. Je laisse ça aux Tolbert. Le vieux Jim et ses sept garçons n'ont même pas besoin de se parler, ils savent si bien ce qu'ils pensent les uns et les autres. Moi et Wacky, on préfère les pièges près d'un point d'eau, tu me suis? Le mois dernier, on a découvert une source dans un coin impossible, avec des traces de chevaux venant de toutes les directions. La semaine dernière, on a accroché le fourgon à ma nouvelle voiture et on a remorqué là-bas les pieux et le câble; il nous reste à construire le corral. La route est drôlement dure! J'ai failli fiche en l'air la voiture; Verla était furieuse. Tu roules dans des lits profonds de torrents et les pierres sont infernales pour les pneus. Je pense à me procurer un train de pneus ultrarésistants comme les patrouilleurs en ont sur leurs camions. Je pense aussi à scier les extrémités de l'essieu et à introduire un matelas, tu me suis? Tu n'as plus de cheval, j'imagine? »

Hi secoua la tête. « J'ai que Old Bonnet. C'est les gosses qui montent dessus le plus souvent. Il est quasi centenaire.

— Tu n'as qu'à prendre Big Nose ou Crabby. »

Hi hocha la tête.

C'était une très belle journée, un temps frais, sans vent, et lumineux. Fenk et Wacky avaient établi leur campement à cinq kilomètres de la source où ils se proposaient de construire le piège. Ballottée sur le terrain marécageux comme dans les lits de torrent, la berline de Fenk remorqua le van jusqu'au camp où ils arrivèrent en fin d'après-midi. Le pays était sauvage, une succession d'escarpements et d'arroyos, et Hi était heureux de se trouver là. La tente de toile, au pied d'une sorte de promontoire de grès, était tachée de rouge à cause de la poussière du désert. L'intérieur était encombré : des sacs de couchage, un fourneau, une table bancale, des cartons de nourriture. Le fourneau dégageait des ondes de chaleur. Il jeta son barda au fond de la tente. Fenk fit descendre du van Big Nose et Crabby et les conduisit au corral avec les autres chevaux. Wacky, qui avait passé la semaine au camp, avait préparé le repas : du café frais filtrait du percolateur, des steaks d'antilope étaient à frire et il y avait une marmite de pommes de terre bouillies. Ils mangèrent dehors près du feu de camp allumé par Fenk et se couchèrent avant même la tombée de la nuit.

« C'est l'aube. » Fenk secouait Hi. Wacky s'activait déjà au fourneau, cuisait du bacon et remuait la pâte à pain. Ils burent toute la cafetière, sellèrent les chevaux et partirent. On voyait à des centaines de kilomètres ; Hi en oubliait ses soucis d'argent.

Quand ils arrivèrent à la source, le soleil était levé. Il y avait des traces de sabots en quantité et des tas de crottin.

« Ils viennent s'abreuver une fois l'obscurité tombée, la langue pendante tant ils ont soif, dit Fenk de sa voix de femme. Tu me suis ? Ils ne viennent jamais quand il fait jour. »

A trois, il leur fallut une journée entière pour creuser les trous, placer les pieux — de vieux poteaux télégraphiques sciés à la base — et tendre le câble et les fils. Wacky et Fenk construisirent les rabattants pendant que Hi rapportait des genévriers et des buissons de sauge pour les dissimuler.

Ils terminèrent en fin d'après-midi, trois heures avant la tombée de la nuit, au moment où le ciel se remplissait de nuages entrelacés dont on ne savait où ils se dirigeaient. Ils retournèrent au camp plier bagage. Fenk chuchota qu'ils allaient repartir car la pluie menaçait et il ne voulait pas que sa voiture s'embourbe : il fallait laisser aux chevaux une semaine ou deux pour s'habituer à la transformation du paysage. Passé ce délai, ils reviendraient sur les lieux, prendraient position avant le crépuscule, attendraient que la nuit tombe et que les chevaux viennent boire ; alors ils bondiraient et refermeraient la trappe. Ils laisseraient les chevaux passer toute la nuit à s'abreuver. Les bêtes seraient plus dociles le lendemain matin quand il faudrait leur passer un licou, leur entraver les jambes et les conduire jusqu'à la gare de Wamsutter à cinquante kilomètres.

« Et de là, ils vont où ? », demanda Hi, qui s'imaginait qu'on devait employer ces chevaux dans les rodéos.

Fenk ricana. « Des fermes à vison, des usines d'aliments pour animaux domestiques en Californie, de la nourriture pour volailles. Tu suis ? »

Dix jours plus tard, ils capturaient dix-sept chevaux. Fenk déclara que la trappe était bonne — pas moyen de dire combien de temps ils pourraient en tirer parti, des mois peut-être. Le plus dur, c'était de conduire les chevaux jusqu'au chemin de fer et de les faire monter dans un fourgon étouffant, privé d'air. Il y avait une odeur de mort dans ces wagons qui soulevait le cœur de Hi. Les chevaux continuaient à venir se faire capturer ; quand ils avaient une journée de battement, les trois hommes partaient à la recherche d'autres sources.

Quand les chevaux s'affolaient pendant le parcours jusqu'à la gare, Fenk connaissait des tas de trucs pour ralentir leur allure. Par exemple il saisissait un cheval, fendait un des naseaux, et l'obturait en insérant dans la chair une fine lanière de cuir brut qu'il serrait d'un nœud – ce qui réduisait l'adduction d'oxygène. Parfois il attachait deux chevaux ensemble, ou encore attachait l'animal incontrôlable à un cheval de selle bien dressé. Ou encore il entortillait un gros écrou de métal dans les crins du toupet de la bête ; le martèlement constant de l'écrou aux angles acérés sur le chanfrein était suffisamment douloureux pour ralentir l'allure du cheval. Si ce n'était pas assez efficace, il ajoutait des chaînes sur les côtés. Quant aux chevaux rebelles qui, en dépit de tout, continuaient à se débattre, il leur tirait une balle dans le ventre.

« Mais qu'est-ce que tu fais, bon Dieu ? », s'était écrié Hi la première fois que Fenk avait épaulé son fusil et tiré sur un étalon insoumis. Pendant deux jours l'animal apathique avait marché pesamment derrière les autres chevaux. Il était encore debout quand ils étaient parvenus à la voie de chemin de fer.

C'est très bien comme ça

« Il vivra bien assez longtemps, avait rétorqué Fenk d'une voix neutre. Ces bêtes vont servir à nourrir les poules de toute façon, tu me suis ? Quelle différence ? Tel quel, il vaut toujours cinq ou six dollars. »

Mais Hi se dit que c'était un sale boulot, et le jour où Fenk lui donna l'ordre de tirer sur deux chevaux qui se débattaient, il flanqua sa démission. Il dit la chose comme elle lui venait, sans réfléchir.

« Bon, tu continueras à pied dans ces conditions. Va-t'en donc, j'ai pas l'intention de piquer une crise à ton sujet. » Les sourcils de Fenk s'étaient rejoints, formaient une barre sombre et poilue. Sa voix chuchotante grinçait comme une lime. « Dès le début tu n'étais pas dans le coup, je me trompe ? Tu as tellement les foies que ça te fera pas de mal de te taper une longue marche. Tu pourras réfléchir.

— C'est tout réfléchi. » Hi marcha jusqu'au campement, ramassa son sac de couchage et ses affaires et partit dans la nuit en direction de la vieille route de la diligence. Au petit matin, Isidore, le colporteur juif, le fit monter à l'arrière de son fourgon et il fit le voyage en regardant des pies tracer dans l'air des zébrures blanches et noires.

Helen badigeonna ses ampoules avec du mercurochrome et banda ses pieds à vif.

« Je ne comprends pas que tu aies tout plaqué comme ça. Qu'est-ce qu'on va faire maintenant ?

— Fiche le camp de ce trou infernal. En ce qui concerne Fenk, les promenades dans la sauge, c'est fini pour moi. De toute façon je ne gagnais pas assez pour rembourser l'emprunt. Autant que tu le saches, la banque nous reprend la maison. On va s'installer à Rock Springs ou à Superior et on louera quelque chose. Je trouverai du travail dans les mines de charbon. On a un salaire régulier et je n'aurai à tirer dans le ventre de personne. » Il lui raconta comment Fenk procédait avec les chevaux rebelles.

« Pauvres bêtes, dit Helen, qui avait le cœur tendre. Fenk a vraiment un côté moche.

— C'est l'argent, je suppose. Il ferait n'importe quoi pour en avoir. Tu devrais voir la façon dont il a abîmé sa voiture neuve. Il s'imagine qu'il pourra facilement s'en acheter une autre.

— C'est possible. » Pour Helen, Fenk était maintenant un monstre de cruauté. Elle se promit de ne jamais plus lui adresser la parole.

On n'embauchait pas à Superior mais Hi trouva du travail dans les mines de l'Union Pacific à Rock Springs. Même si le logement fourni par la compagnie tenait plutôt de la baraque, Helen appréciait les avantages de la ville : l'électricité, l'eau courante. Les gosses pouvaient aller à l'école à pied. On était entouré de voisins, on pouvait cancaner, avoir des conversations, une vie sociale, s'approvisionner facilement. Le plaisir diminua sensiblement quand la petite Riffie contracta la polio et dut être placée dans un poumon d'acier. Le docteur expliqua à Helen que la cause du mal, c'était vivre à la ville et aller à l'école avec d'autres enfants, car la polio était contagieuse ; dans leur ancienne maison en bordure du désert, l'enfant aurait probablement échappé au fléau. Helen n'en voulut pas à la ville, mais au docteur.

1940

L'existence de mineur était dure pour un homme qui avait possédé sa ferme et travaillé toute sa vie au grand air. Hi eut la surprise de constater qu'il regrettait le temps où avec Fenk il capturait des chevaux, galopait sur les plateaux désertiques dans l'air vif, à travers les buissons de la sauge gris-vert où s'abritaient des poules sauvages, des antilopes et parfois même un élan, gravissait à cheval les crêtes ou les plates-formes pierreuses pour reconnaître au loin les bandes de chevaux sauvages, ou crapahutait sur les dunes de sable, découvrant en chemin de petits hiboux diurnes dans une ville de chiens de prairie, des faucons et des aigles tournoyant dans le ciel, une pie solitaire fuyant à travers l'édredon des nuages, pareille à une aiguille qu'on enfile, et parfois un crotale, ruban qui se faufilait dans le sable. La quête si difficile des eaux courantes ou ruisselantes lui avait procuré un plaisir qu'il savourait en solitaire, et ne pouvait partager avec personne. Helen elle-même ne pouvait comprendre l'attirance que le désert exerçait. Malgré le mépris que lui inspiraient les méthodes de Fenk, celui-ci aimait ce pays sauvage et cela créait un lien entre eux. Maintenant il lui fallait descendre dans une cage de métal avec des hommes vêtus de tenues malodorantes qu'ils ne changeaient qu'au bout de longues semaines, et ensuite travailler courbé en deux dans un espace exigu ; c'était une véritable souffrance pour lui. Il rentrait tard le soir, couvert de poussière de charbon. Helen lui préparait un tub d'eau bouillante, luxe considérable. A cause de la nouvelle guerre en Europe – on parlait de la Seconde Guerre mondiale, la Grande Guerre n'étant plus que la Première Guerre mondiale –, les emplois étaient stables. Hi parlait moins et allait tous les jours à son travail comme un automate. Deux années passèrent péniblement ainsi.

Helen déplorait d'être séparée de sa sœur mais la pensée de Fenk lui restait insupportable. Les enfants pleurnichaient et ronchonnaient : ils voulaient revoir leurs cousins. Verla écrivait des lettres où elle plaidait la cause de son mari ; elle décrivait un Fenk inconnu d'Helen, un être sensible, le Fenk « profond ». Cela prit du temps mais finalement Verla vint à bout de la résistance d'Helen ; celle-ci céda et persuada Hi que, dans l'intérêt des enfants et de Verla, ils devaient faire amende honorable. Thanksgiving serait le jour de la réconciliation et des réjouissances.

Le matin de Thanksgiving, Verla, Fenk et leurs quatre enfants arrivèrent en ville dans leur Crossley 1939. En dépit de sa rudesse, Fenk lui-même, sans rancune, ne cachait pas son excitation. Verla tenait sur ses genoux un panier rempli de victuailles, et les filles serraient dans leurs bras des boîtes de gâteaux et des pots de confiture. Aussitôt, la bande de cousins courut vers les voies du chemin de fer lancer des pierres sur les vagabonds qui rôdaient aux abords des grandes locomotives entourées de jets de vapeur. Les brillants rails d'acier, sans conteste les objets les plus lisses au monde, firent une profonde impression sur les cousins Fipps.

« Vous avez un penny ? », demanda Buster aux cousins, qui secouèrent leurs têtes de petits paysans arriérés.

« Dommage. Vous posez un penny sur le rail ; le train arrive, et l'écrase : la pièce aplatie est bien plus grande et fine comme une peau.

— Ouais, dit Henry, mais il y a autre chose. Un gosse à l'école, Warren McGee, a eu les deux jambes sectionnées. Il courait sur les traverses et un train arrivait ; sa sœur lui a hurlé de dégager mais il a trébuché et le train l'a attrapé.

— Il est mort ?

— Non. Il suit l'école à la maison. Le professeur vient chez lui. Il a un fauteuil roulant et sa sœur le promène dedans.

— Est-ce qu'il dit que ça lui a fait mal ?

— Qu'est-ce que tu crois ? Bien sûr. »

L'odeur des tartes et de la sauce aux abats qui mijotait sur le feu remplissait la maison. Helen avait élevé deux dindes dans le minuscule jardinet et deux jours plus tôt elle les avait tuées et plumées. Elles étaient au four depuis sept heures du matin et devaient être cuites vers deux ou trois heures. Verla avait apporté de quoi accompagner le plat principal et des condiments

— noix en conserve, poivre rouge, pâté au vinaigre, et un plat de Hattie Bailey qui figurait au menu de Thanksgiving chez leur grand-mère paternelle et dont Helen et sa sœur gardaient le souvenir.

« Où as-tu trouvé du gombo ? », s'étonna Helen. Après quelques sourires entendus, Verla avoua qu'un cousin éloigné lui en avait envoyé par la poste et que les cosses étaient arrivées en bon état. Les filles et les femmes se mirent au travail dans la cuisine : elles pétrissaient la pâte du pain, râpaient les carottes et les choux pour la salade de légumes crus, découpaient des rosaces de radis et des boucles de céleri, disposaient des olives sur une assiette en tournant leur petit œil rouge vers l'extérieur, et pendant ce temps jacassaient à perdre haleine pour rattraper le temps perdu. Hi et Fenk parlèrent d'abord de politique : tous deux haïssaient Roosevelt qui les avait entraînés dans la guerre contre Hitler. Puis Fenk fanfaronna à propos de sa Crossley : il affirma qu'elle consommait moins d'un gallon pour parcourir quatre-vingts kilomètres. Hi dit que la mine se transformait.

« Ils installent des machines pour ce qu'ils appellent l'extraction à ciel ouvert, ça va nous mettre au chômage, nous les vieux.

— Aujourd'hui, dit Fenk, il faut regarder du côté du pétrole. Un type que je connais s'y est intéressé il y a deux ans et maintenant il se la coule douce.

— Tu captures toujours des chevaux ?

— Oui. Pas tout à fait comme avant. Je me suis associé avec Tolbert pendant un temps après le départ de

Wacky pour le Montana. Ce qui fait qu'aujourd'hui je fais courir les chevaux. On s'amuse bien et ça n'endommage pas les bêtes. On doit faire gaffe aux géologues qui cherchent le pétrole. Le désert grouille de ces salopards. Tu devrais venir en expédition avec nous, sortir un moment de ton trou dans la terre. Tu savais te servir d'un lasso dans le temps. Ça te ferait du bien. »

Hi reconnut qu'une virée au grand air lui ferait sûrement du bien. Il détestait le sous-sol. Quand les femmes les appelèrent pour le déjeuner, il avait accepté de partir en expédition avec Fenk le week-end suivant.

« S'il n'y a pas de blizzard bien sûr. A partir de maintenant on pourrait en avoir n'importe quand.

— En septembre on a eu ces petites rafales.

— J'ai un bon cheval que tu pourrais monter. Un petit louvet qui nous est venu des lacs il y a deux ans. Il redresse la tête d'un air hautain, ce qui fait qu'on l'appelle "Sénateur Warren". »

Hi se mit à rire.

La poursuite fut grisante. Hi retrouva le vent vif, les plaines désertiques, les falaises sauvages, l'odeur des chevaux, la lointaine antilope en sentinelle, les hennissements qui s'élèvent au loin d'un nuage de poussière. Fenk leva le bras brusquement. La poursuite commença ; ils s'élancèrent derrière le troupeau en déviant légèrement au nord-est pour forcer les bêtes à se rabattre, mais ils restèrent à trois kilomètres de distance environ et derrière les collines afin de ne pas être vus. Les deux fils aînés de Tolbert les accompagnaient ; Hi était monté sur Sénateur Warren, avec son vieux lasso bien enroulé à la main. Fenk avait établi le piège en plein cœur des badlands : il avait entrelacé des buissons de sauge de façon à former un couloir qui orienterait le troupeau vers un canyon en cul-de-sac aux parois pierreuses presque verticales. Malgré sa joie de se retrouver dans ce pays sauvage, Hi observa les changements survenus depuis deux ans qu'il travaillait à la mine. Il y avait des clôtures là où on n'en avait jamais vues et la vieille piste de White Moon était devenue une route régionale en règle, avec des caniveaux et des rigoles. On voyait des brins de laine sur la sauge, ce qui lui fit supposer que les éleveurs de moutons faisaient hiverner leurs bêtes dans le désert.

Une fois qu'ils eurent pénétré dans le piège, Fenk et les Tolbert sautèrent à terre, et se hâtèrent de clore l'ouverture en tendant trois lourds câbles. Ils entendaient les chevaux qui, à l'autre bout du canyon, arrivaient nez à nez contre les parois pierreuses. Le vieil étalon hennissait de rage et, même d'où ils étaient, à l'entrée, ils voyaient le nuage de poussière soulevé par les efforts frénétiques des chevaux pour escalader les infranchissables parois. Un événement incroyable se produisit pourtant : un cheval réussit à grimper jusqu'en haut et à partir au galop vers l'ouest.

Hi n'avait pas pénétré dans le canyon et il était le seul du groupe à être resté sur son cheval. Par réflexe, avec la complicité de Sénateur Warren qui comprenait le jeu, il se lança à la poursuite du fugitif, un jeune cheval bai mal en point et épuisé. Escalader une paroi de dix mètres presque à la verticale l'avait vidé d'une bonne partie de son énergie. A moins de deux kilomètres de la souricière, Hi parvint à prendre au lasso le fuyard ; puisant dans ses dernières ressources, le cheval terrifié et furieux entraîna Sénateur Warren dans sa course. Le coin d'une des nouvelles clôtures se présenta soudain. Pour l'esquiver, l'animal sauvage fit un écart brutal qui cassa la corde déjà vieille. Le bai fit deux ou trois pas en titubant puis s'enfuit au galop. Le bout de la corde que tenait Hi revint en arrière comme un ressort et s'enroula autour des chevilles de Sénateur Warren, qui se mit à ruer. Voyant la clôture se rapprocher dangereusement, plutôt que d'aller se fracasser contre celle-ci, Hi sauta de sa selle et roula à terre. Tandis qu'il roulait, une détente de sabot l'atteignit à la cuisse.

Une minute plus tard, un des fils Tolbert saisissait les rênes de Sénateur Warren. Fenk et l'autre fils Tolbert arrivèrent au galop.

« Ça va, dit Hi. Pas de problème. J'ai juste la jambe un peu abîmée. Je crois que je prendrai un petit congé. » Il rit et Fenk, rassuré de voir qu'il n'était pas sérieusement blessé, rit avec lui. Les Tolbert, encore étourdis et couverts de poussière, s'étaient assis et ne disaient rien.

« Très bien, tu restes allongé pendant que je vais chercher la Crossley et on va te ramener à la ville pour qu'on arrange ta jambe.

— Je peux pas faire autre chose que rester allongé. Je te promets que je vais pas filer. »

Fenk alla chercher sa Crossley ; les jeunes Tolbert s'accroupirent à côté de Hi et fumèrent des cigarettes. Ils en allumèrent une pour Hi. L'aîné sortit de sa poche une petite bouteille de whisky à moitié vide et l'offrit à Hi qui avala une grosse gorgée.

« Joli coup de lasso. Tu crois que la corde était vieille ?

— Bien sûr. Il y avait deux ans que je ne m'en servais pas. On dit que chaque année passée sans qu'on se serve d'une corde, elle perd la moitié de sa force. Vous avez vu ce cheval escalader la paroi ! »

Fenk revint avec la Crossley au bout d'une bonne heure. Ils installèrent Hi sur la banquette arrière. Il n'y avait pas de place pour les Tolbert qui repartirent à cheval vers le piège. Les affaires étaient les affaires.

Pendant tout le voyage de retour à Rock Springs, Hi rit et plaisanta ; il dit qu'il avait passé une belle journée et qu'il avait envie de quitter la mine sans attendre le nouveau procédé d'extraction — et de recommencer à capturer des chevaux avec Fenk.

« Arrête-toi d'abord à la maison. Je veux prévenir Helen que je vais bien. Autrement elle accourra à l'hôpital et empoisonnera tout le monde. »

Helen sortit sur le perron au moment où Fenk freina devant la maison. Elle avait un visage de femme apeurée. Elle se pencha à la portière ; elle n'avait pas vu Hi et regardait fixement Fenk.

C'est très bien comme ça

« Qu'est-ce qu'il s'est passé ? » Si Fenk était seul, c'était mauvais signe. Sa vieille antipathie pour cet homme qui faisait du mal à tous ceux qui l'entouraient se réveillait brutalement.

De sa banquette arrière, Hi lui cria qu'il allait bien. Helen pleura un peu et dit qu'ils l'avaient fait marcher pendant une bonne minute.

« On va me soigner la jambe à l'hôpital puis Fenk me ramènera. Qu'est-ce qu'on mange ce soir ? », dit Hi en riant.

Fenk gara sa voiture près de la porte des urgences et entra dans l'hôpital. Il lui fallut dix minutes pour trouver quelqu'un. Il revint avec Doc Plumworth — dont la bouche était si petite qu'on ne voyait que deux dents quand il souriait —, une infirmière qui louchait et un lit à roulettes. Le docteur ouvrit la portière arrière de la Crossley et tira le bras de Hi.

« Ça va, mon vieux, on va vous arranger ça. » Le docteur parlait de sa voix grinçante. Il tira de nouveau, se tourna vers Fenk. « Je croyais que vous m'aviez dit qu'il était en bon état, qu'il était conscient.

— Mais, bon Dieu, il est conscient. Un cheval lui a décoché une ruade à la jambe, c'est tout. Moi-même j'en ai reçu des centaines. Il a plaisanté et bavardé tout le long du chemin. On s'est arrêtés chez lui y a pas deux minutes pour voir sa femme. »

Le docteur Plumworth avait le corps à moitié dans la voiture et examinait Hi.

« Eh bien ! Il ne plaisante plus maintenant. Il est mort. Une ruade de cheval ? Ben mon vieux… »

Helen entendit la Crossley de Fenk s'arrêter de nouveau à sa porte. Ç'a été drôlement rapide, pensa-t-elle. Le café était en train de passer, elle réchauffait le ragoût d'agneau. Elle ouvrit la porte à Fenk. Debout en face d'elle, il remua la bouche – un chuchotement pâteux où on distinguait vaguement le mot caillot – puis la regarda de ses grands yeux fixes. L'esprit d'Helen ne fut plus que confusion : une boîte de cordes de violon jetées au rebut. Le langage civilisé la déserta et elle s'exprima avec des gestes primaires : muscles tendus, respiration haletante, gosier serré, doigts contractés. Elle avait compris ce que Fenk n'avait pas encore dit et qu'il n'avait pas besoin de dire.

Elle lui claqua la porte au nez.

La Grande Coupe Grasse de Sang

Lors de la construction de notre maison, les maçons déterrèrent un four en forme de puits que le carbone 14 permit de dater : il remontait à 2500 ans, donc des siècles avant que les Indiens n'aient disposé de chevaux, d'arcs et de flèches. Dans les environs, d'autres fours identiques, des anneaux de tipi, des pointes de projectiles et une carrière de silex noir attestent que depuis fort longtemps les Indiens sont présents sur ce site. En face de la maison se dresse une falaise de calcaire ; qu'il y a longtemps, des bisons poursuivis par ces chasseurs se soient précipités de cette falaise est fort possible. Imaginer cette chasse de jadis m'a conduit à écrire cette petite histoire.

Peu à peu, les bruits familiers de la nuit s'estompèrent. Quelques hommes se réveillèrent soudain, se soulevèrent sur le coude, à l'écoute. L'air froid était annonciateur de l'automne. Dans le ravin bleuâtre, des coyotes semblaient se disputer. Un hibou rassasié ululait sur l'île et la rivière s'étranglait sourdement entre les pierres cuites par le soleil. Mais ces bruits familiers n'avaient pas réveillé les hommes. C'était le silence qui avait troublé leur sommeil, une voix qui s'était tue. Le chaman avait cessé de chanter. Nuit après nuit, ses prières et ses invocations monotones avaient formé le solennel arrière-plan des rêves du clan. Sa voix, appel, séduction et caresse, était devenue un élément naturel, à l'égal de la vibration sonore émise par les ailes de la sauterelle, des cris crépitants des grues. Le vieil homme, à qui il était interdit de manger pendant la cérémonie de l'invocation, s'était émacié et sa voix affaiblie, tremblotante, était devenue presque inaudible. Maintenant il était silencieux, sa tâche était accomplie. Ce silence fit naître une grande excitation.

Les hommes – des chasseurs –, qui s'étaient immédiatement réveillés, tendirent l'oreille vers le point où s'étaient évanouis les sons, trop éloignés d'ailleurs pour être perçus autrement que par l'oreille interne. Le besoin de graisses, le besoin de constituer des réserves de nourriture en prévision des rigueurs d'un hiver qui approchait sournoisement les avait rendus d'une sensibilité prodigieuse à toutes les nuances du monde naturel : nuages frottant le ciel comme un doigt traîne sur de la soie, frisson d'un brin d'herbe dans l'air calme indiquant un mouvement souterrain. Certains d'entre eux pouvaient humer les effluves salés des algues, annoncer la progression de tempêtes venues du lointain océan. Quelques branches de tilleul portaient déjà des feuilles jaune vif; les premières gelées étaient suspendues sur leurs têtes comme ces voiles de pluie fine qui n'ont pas encore touché le sol.

La Grande Coupe Grasse de Sang

Au-dessous d'eux, dans les profondeurs de la terre, ils décelaient le rugissement de bisons ; le frémissement des roches promettait qu'un événement longtemps attendu allait enfin se produire. Le silence du chaman les encourageait dans leur attente fiévreuse de sang et de viande – oui, des bisons, errants perpétuels, étaient sûrement en train d'approcher.

Les hommes se levèrent, allèrent se soulager dans les buissons d'armoise et regardèrent le ciel pour interpréter son message. Il était plat et sans couleur en cette heure qui précédait l'aurore ; on aurait dit qu'il avait été poli à la main. Il ne disait rien ; ce serait sans doute une journée chaude sans un souffle de vent – l'été était toujours sur eux comme un loup sur son os rouge.

Les chasseurs s'interrogeaient l'un l'autre : combien étaient-ils ? Il était crucial de savoir leur nombre.

Depuis des années, aucun troupeau ne s'était approché suffisamment pour qu'on le dirige vers la falaise mais comme cela s'était produit une fois à la fin de l'été, le clan avait continué à camper au pied de la falaise, convaincu que la chose se reproduirait. La rivière coulait entre leur camp et la pâle muraille de calcaire. On était à la fin de l'été ; le brûlant soleil avait calciné tous les nuages porteurs de pluie si bien que le niveau de la rivière dépassait à peine les ondulations transversales de gravier. A la base des falaises, un ruban de sol broussailleux bordait les talus en pente abrupte constitués par l'accumulation sur des millénaires des débris de ces roches friables. La dernière fois, les bêtes avaient plongé dans cette cheminée terrifiante ; certaines avaient roulé jusqu'au bas du talus, d'autres s'étaient empilées sur la pente en une masse enchevêtrée de pattes gigotant dans tous les sens. Les femmes déléguées au travail de boucherie s'étaient ruées avec leurs couteaux de silex, qui leur servaient à écorcher et à découper les animaux, et avaient jeté abats et déchets dans la rivière qui avait tout englouti.

Du camp de tipis du côté sud de la rivière, on pouvait saisir tous les détails de la falaise et suivre la vie des animaux qui vivaient dessus et des oiseaux qui y nichaient. Une petite troupe de moutons de montagne évoluait presque tout en haut, hors de portée ; parfois ils regardaient avec dédain les hommes en bas ; parfois ils s'immobilisaient et se pelotonnaient tels des poings pâles, décolorés. Un couple d'aigles avec leurs aiglons déjà grands jouaient dans les courants ascendants au-dessus de la falaise ; la cascade de leurs appels fluides semblait une invitation à la prière. Comme toujours les jeunes Indiens, s'ils se proposaient de capturer ces aigles dont les plumes leur faisaient envie, les conjuraient aussi de communiquer aux esprits leurs vœux d'une chasse pleinement réussie. Ce fut un moment de grande émotion, et qui les fit frissonner, quand ils virent les aigles se séparer dans l'air et s'envoler dans les quatre directions sacrées. Jamais ils n'avaient observé de meilleur augure.

Au printemps un des chasseurs, désormais d'âge mûr, mais qui n'était qu'un enfant la dernière fois qu'on avait réussi à entraîner les bisons vers le précipice, avait rêvé qu'ils reviendraient. Ils arriveraient par le défilé de l'est. Ils étaient en chemin, il le savait ; la masse noire avait surgi de sa profonde retraite et s'était élancée dans le soleil en soulevant des nuages de poussière. Il avait rêvé de jets de sang brillant et fortifiant ruisselant sur le menton de ses enfants, rêvé de la chair juteuse du foie encore chaud d'une bête expirante. Il s'était réveillé avec le goût du foie et de la bile épicée dans la bouche. Le chaman se souvenait, lui aussi, de la chasse antérieure ; il déclara que le rêve était prémonitoire.

Cette grande tuerie qui avait eu lieu tant d'années auparavant, le chasseur l'avait évoquée avec une telle intensité que les autres y avaient prêté une grande attention. Les peaux de leurs tipis n'étaient-elles pas vieilles et rapiécées ? Au début de l'été, ils s'étaient donc rendus à l'endroit du grand saut. Les bisons n'étaient pas la seule raison du voyage : d'innombrables lis poussaient dans un certain ravin et, au printemps, les femmes en déterraient les bulbes avec des pointes de cornes de cerf. A côté poussaient l'ansérine et des racines comestibles. Il y avait de l'herbe à riz autour des dunes de sable, du poisson, des castors et des visons dans la rivière, des antilopes et des cerfs qui venaient se nourrir près du cours d'eau et des moutons de montagne sur la falaise. D'innombrables oiseaux et des milliers de petits animaux vivaient également dans ce riche habitat près de la rivière.

Sur la grande pente qui précédait la falaise, les hommes et les adolescents renforcèrent les rangées de pierres qui devaient orienter la course des bêtes, y ajoutèrent de gros morceaux de calcaire visibles même au crépuscule. A côté du cairn qui signalait le bord de la falaise, les chasseurs creusèrent une fosse pour le chaman qui, par ses incantations et les sons envoûtants de sa flûte, devait attirer les bisons vers l'abîme. Quand ils eurent fini leur travail, les tas de pierres formaient une double haie qui s'étendait du sommet de la falaise jusqu'au défilé lointain. C'est de là que viendraient les bisons, car il n'y avait pas d'autre possibilité. Près du sommet un ravin broussailleux, extrémité supérieure de la pente couverte de lis, s'orientait vers le point où la haie de pierres faisait un crochet vers l'intérieur qui aurait pour effet de tasser le troupeau. Au moment où les bêtes graviraient la pente les conduisant au grand saut, les rabatteurs de flanc, cachés dans des creux ou dans les buissons d'armoise, se lèveraient et provoqueraient la panique. Si le troupeau virait et fonçait vers l'abri du ravin, les garçons et les jeunes gens dissimulés dans ce pli de terrain se dresseraient en criant et les aiguilleraient irrévocablement vers le bord de la falaise. C'était dangereux et beau, cette course à la mort avec les bisons. C'était ainsi que cela s'était passé la première fois et c'était ainsi que cette fois encore ils sauraient mener l'affaire. Cette chasse, ils l'avaient dans leur sang.

Quelques-uns des hommes se rendirent à la veine de silex qui courait le long d'une corniche au-delà des dunes de sable ; ils s'acharnèrent sur les précieux

La Grande Coupe Grasse de Sang

nodules recouverts d'une couche blanche de calcaire. Ils comptaient en rapporter au camp le plus grand nombre possible, les enterrer dans la terre et construire un feu par-dessus : le silex soumis longtemps à la chaleur prenait de l'éclat et devenait facile à travailler. Plus tard ils pourraient, en frappant sur les nodules, dégager les noyaux utiles qui serviraient à confectionner des grattoirs, des projectiles et des lames de couteau.

Le chasseur qui avait assisté enfant à la chasse de jadis parla de nouveau — comme il l'avait fait maintes fois — des dunes de sable, à la base de la grande montée, où les rabatteurs devaient tirer parti du vent et ne pas se laisser voir : c'était par leur odeur d'humains qu'ils devaient guider ces bêtes à l'odorat si fin, les engager sur la voie préparée. Les autres avaient déjà entendu cette histoire, ils avaient vu le terrain au cours de toutes ces années infructueuses où nul bison ne se montrait ou bien quand le troupeau était trop petit pour qu'on pût le rabattre. Le chasseur reparla des hommes chargés de créer la panique qui, cachés à plat ventre derrière les buissons d'armoise, les tumulus des castors, les monticules édifiés par les chiens de prairie, bondissaient au moment décisif et défiaient les bisons. Alors les animaux terrifiés devenaient des créatures en folie qui se ruaient en aveugles, faisaient voler en l'air les pierres et les mottes de laîche aux feuilles filiformes dont les racines sombres ressemblaient à la chevelure emmêlée des noyés, piétinaient serpents et sauterelles, trébuchaient parfois ou passaient sur le corps de bisons qui tentaient en vain de se relever. Ce n'étaient plus des bisons, c'était de la viande. Voilà comment les choses s'étaient passées jadis.

De nouveau les chasseurs s'interrogèrent : combien étaient-ils ? Il était crucial de le savoir.

Deux jeunes gens annoncèrent qu'ils partaient reconnaître le troupeau, déterminer sa taille, la direction de sa course et sa vitesse. Un jeune garçon de dix étés plaida pour les accompagner. Dans sa petite enfance, il avait eu les oreilles gelées ; les moignons lui donnaient un aspect animal ; on l'appelait Petite Marmotte. Les trois se dirigèrent vers la montagne qui était au nord du défilé ; ils couraient au petit trot qui permet de couvrir de bonnes distances. Le troupeau était-il assez grand pour qu'on puisse y semer la panique ? Des groupes de petite taille ne cèdent pas à l'hystérie collective. Et les peaux des tipis étaient vieilles.

Il était tard quand revinrent les jeunes gens. Ils avaient fait un détour, étaient retournés par le nord, où la pente était moins raide et l'on descendait facilement jusqu'au gué de la rivière pour rejoindre le camp sur l'autre rive. Alors qu'ils se trouvaient encore sur la hauteur, ils s'arrêtèrent pour regarder à leurs pieds le camp écrasé par la stupéfiante masse de lumière qui martelait la mince couche terrestre. Cette lumière semblait exercer une attraction physique sur les tipis, les détacher du sol, les exhausser dans un frémissement de particules lumineuses. Le flot éclatant offrait une vision d'une clarté, d'une netteté impitoyable. Dans

La Grande Coupe Grasse de Sang

quelques semaines la fumée des feux de forêt de l'automne allait estomper et comme effacer les montagnes, le vent s'épaissirait de cendres et de poussière, mais maintenant l'air immobile était comme une eau pure et tout apparaissait aussi distinctement que les cailloux au fond du bassin d'une source. Ils entendirent un son fluide qui s'élevait en frémissant comme le faucon quand il va plonger sur sa proie. Le vieux chaman avait mangé et dormi ; il avait regagné assez de forces pour jouer de sa flûte, dont les sons, en cet instant même, attiraient irrésistiblement les bisons vers eux.

Le garçon aux moignons d'oreilles contemplait le camp en contrebas ; il pouvait voir la frange de poils brillants qui se découpait sur les oreilles d'un chiot. Tandis que son regard s'attardait dessus, le tipi du chaman sembla trembler, perdre son contour solide et devenir aussi transparent que la glace fraîche, lui découvrant ce qu'il y avait à l'intérieur. Il put voir ainsi le trésor sacré du clan, la grande coupe de pierre entrée en sa possession dans un lointain passé. Elle était d'un gris doux et lumineux veiné de raies pâles et de raies sombres ; les hommes disaient qu'au toucher, elle donnait l'impression d'être graisseuse. Quand la chasse au bison avait été fructueuse, on la frottait de graisse et la pierre s'assombrissait. Cette coupe était un pouvoir. Elle réclamait du sang, elle avait besoin de graisse. Elle était très lourde et il fallait deux hommes pour la soulever, même quand elle était vide. Comme c'était un trésor spirituel et qu'elle détenait un grand pouvoir, lors de leurs voyages on l'enveloppait dans des peaux de cerf blanches avec des herbes magiques, et on la transportait sur un travois tiré par des chiens. Petite Marmotte croyait sentir l'attraction exercée sur les bisons par cette puissante coupe grise, avide de goûter au sang qui allait la remplir à ras bord.

Les jeunes gens et le garçon apprirent aux chasseurs que les bisons approchaient lentement de la pente. C'était un troupeau de bonne dimension. Les trois ouvrirent six fois leurs doigts pour indiquer le nombre des bêtes. La flûte du chaman faisait son office : elle attirait les bisons. Ils ne pouvaient résister à son appel. Ils arrivaient. Le lendemain matin, ils seraient sur la pente.

Maintenant le temps était venu de se rassembler, de faire masse comme les bisons, de revêtir leur couleur. Le reste était sans importance. Les femmes examinèrent les peaux des tipis, calculèrent le nombre de peaux neuves dont elles avaient besoin. Les hommes détachèrent de longues et fines baguettes de silex des nodules refroidis. Quelqu'un apporta un beau morceau d'obsidienne ; entre les mains de l'homme, la brillante pierre noire semblait comme un enfant entre les bras de son père. On finit de réparer les piques ; quelques éclats détachés avivèrent le tranchant des couteaux et des racloirs. Les jeunes gens, dont l'excitation était si extrême qu'elle en devenait douloureuse, voulaient prendre place le long du parcours avant même la tombée de la nuit. Les chasseurs leur expliquèrent qu'il serait temps au matin, que les bisons n'arriveraient pas au bas de la grande pente avant que le soleil ne soit haut dans le ciel. La patience était essentielle dans une chasse de cette nature. Cela n'empêcha pas nombre d'entre eux de rester éveillés toute la nuit et d'attendre avec fièvre le matin. Avant de se rendre au sommet de la falaise, les chasseurs, précédés par le chaman, portèrent la Grande Coupe Grasse de Sang au site de l'abattage, le lieu où se produirait la dégringolade des bisons. Ils l'installèrent avec soin sur une large pierre plate que signalait une plume d'aigle.

Quand ils furent au sommet de la falaise, ils purent voir le troupeau près du bas de la pente. La veille au soir, les bisons étaient allés à la rivière et y avaient bu abondamment; ils récupéraient maintenant de la léthargie provoquée par cette copieuse consommation. Le vent venait du nord-ouest. Le chaman s'installa dans la déclivité proche du cairn et commença à appeler le troupeau en jouant de la flûte. Les hommes et les adolescents prirent leurs places, le long des haies de pierre, dans les dunes de sable, derrière les terriers d'animaux, dans le ravin aux lis. Tandis que le soleil progressait sans hâte dans le ciel brûlant, les bisons commencèrent à gravir la pente lentement et avec nonchalance. Ils dépassèrent les dunes de sable d'où leur parvenait l'odeur des chasseurs cachés – mais faiblement, juste assez pour que certains éprouvent un peu d'inquiétude. Plusieurs des bisons dressèrent la tête comme pour mieux sentir, mais le troupeau continua à monter en paissant paisiblement.

Quand les dunes de sable furent derrière eux et

qu'ils se trouvèrent à la distance critique du bord du précipice, les hommes et les adolescents postés derrière les haies de pierre se levèrent en criant et en agitant des peaux de cerfs, et coururent harceler les bisons sur leurs flancs. Effarouché, le troupeau, changeant de direction, se tourna vers l'ouest ; vingt hommes se dressèrent devant lui en vociférant. Les animaux qui étaient en tête se mirent à courir ; du coup, tous partirent à la course. Le troupeau fusionna, se souda en une masse, tandis que hommes et adolescents couraient sur ses flancs en poussant des cris assourdissants ; les bisons accélérèrent leur allure ; ils montaient au galop, les yeux grands ouverts mais sans voir, métamorphosés en un grand animal unique doté de centaines et de centaines de pattes.

Près du sommet, le dernier groupe de chasseurs caché dans le ravin broussailleux, à l'endroit où le parcours faisait un crochet, se leva d'un bond et força le troupeau à serrer encore plus les rangs ; ce ne fut plus qu'une foule démente, emportée dans un galop effréné, dont il était impossible de s'échapper. Un des jeunes de la tribu s'étant élancé trop près des bêtes fut happé par l'irrésistible avalanche de sabots. Les premières bêtes passèrent par-dessus le bord de la falaise en mugissant ; des morceaux de calcaire partaient dans tous les sens, les bêtes tombaient en chute libre, volaient, agitant les pattes comme si elles couraient encore dans cette gigantesque dégringolade de corps. Des rocs accompagnaient les bisons dans leur chute de sorte que l'impact évoquait un tremblement de terre.

Des nuages irrespirables de poussière s'élevaient. Les chasseurs entendaient les cris perçants et les vociférations farouches des femmes en bas mêlés aux derniers mugissements des bisons fracassés. Quand la dernière bête du troupeau eut plongé dans l'abîme, les chasseurs osèrent s'approcher du bord.

Certains animaux, tombés sur une roche en saillie, essayaient de se relever malgré leurs pattes cassées et leur pelvis pulvérisé. Déjà des pies enfonçaient leur bec dans les plaies ouvertes, des corbeaux descendaient en spirale. La plupart des bisons avaient chuté ou roulé jusqu'au bas du talus et l'impact les avait tués ; les femmes en éventraient déjà certains et leur arrachaient les viscères. Tout en bas, des hommes armés de piques et de haches de pierre tuaient les survivants car il ne fallait pas qu'il y en eût pour révéler à d'autres bisons le secret de la falaise invisible.

En haut, les chasseurs découvrirent les restes piétinés du jeune homme qui s'était trop approché du troupeau lancé au galop et n'était plus maintenant que boue sanglante. Sa femme ne se réjouirait pas du grand massacre quand elle saurait, mais pour l'instant, la nouvelle ne lui étant pas connue, elle était avec les autres femmes en train de trancher et de déchirer, de couper des gorges encore pantelantes et de recueillir le sang dans des outres en peau de cerf et des pots d'argile. Avides de goûter eux aussi à la précieuse et riche viande des bisons, les chasseurs s'engagèrent précautionneusement sur un sentier escarpé qui descendait de la falaise.

C'est très bien comme ça

La Grande Coupe Grasse de Sang trônait sur la pierre marquée de la plume d'aigle. Son niveau ne cessait de monter tandis que les femmes y versaient le sang encore fumant qu'elles avaient recueilli dans de modestes récipients. Debout à côté le garçon aux moignons d'oreilles regardait le spectacle. Puis la coupe se trouva si pleine que la surface convexe du liquide surplombait légèrement les bords. Une petite brise dessina de fines nervures sur cette surface. Ce sang qui montait si haut et le rituel qui eut lieu alors devaient rester associés sa vie durant dans l'esprit de l'enfant. Les aigles poussaient des cris mélodieux et tendres au-dessus des têtes, le couple des aînés glissait sur l'aile jusqu'à la saillie rocheuse pour se nourrir de la chair d'un animal fracassé. Nul n'en doutait, les nobles oiseaux se souvenaient de la précédente chasse, et les assisteraient quand la prochaine aurait lieu.

La farce du marais

C'était un beau matin d'été – la journée promettait de battre tous les records de chaleur. Assis devant son bureau en métal ignifugé, le Diable fumait un havane avec son triple *espresso* et lisait le *New York Times*, le *Guardian* et le *Survivor* du Botswana (éditions sur papier amiante). Il demanda à son secrétaire, le démon Duane Fork, d'ouvrir les fenêtres pour lui permettre de respirer les flots de vapeur soufrée dégorgés par les fosses infernales et de jouir de la vue incomparable qu'offraient les milliers de raffineries, de chantiers navals de démantèlement, de puits de pétrole, de stations de pompage de gaz qui s'étendaient jusqu'à l'horizon. Au mur était accrochée une plaque d'acier représentant l'explosion du Krakatoa vue à l'envers. Quand il eut terminé son cigare, bu son café et lu ses journaux, il vérifia ses mails. Comme d'habitude rien à Devil@hell.org, que des spams promettant un pénis plus long, des actions qui rapportent gros, des fournitures de bureau à prix réduit et l'infaillible moyen de perdre du poids.

« Duane !

— Monsieur ? » Insolent et obséquieux à la fois, Duane Fork, mi-secrétaire mi-valet de chambre, était un type lourd aux yeux de raton laveur dont les revers de pantalon fumaient (quand il portait un pantalon). Il marchait comme s'il gravissait les marches d'une guillotine. Comme beaucoup de gens brouillons, il avait une orthographe déplorable, et il était si maladroit que souvent il s'asseyait à côté de sa chaise.

« Va me chercher des mails », lui dit le Seigneur des Ténèbres. Même s'il recevait rarement de messages personnels, le Diable avait ordonné à certains des pirates de la toile rôtissant dans les flammes éternelles de récupérer les mails échangés sur terre par des inconnus. Pendant des centaines d'années, il s'était morfondu dans une quasi-inaction — il ne faisait qu'attendre depuis le jour où il avait mis dans la tête d'un jeune inventeur écossais certaines observations sur des chaudières à vapeur. L'apparition de la chaudière avait précipité soudain une certaine espèce — il s'agissait en vérité de créatures égoïstes et ingénieuses, assez peu capables de maîtriser leurs instincts, faites pour chasser, cueillir, bricoler un peu d'agriculture — dans une civilisation frénétiquement technologique qui avait vite échappé à tout contrôle, et qui de bévue en bévue conduisait cette espèce vers son extinction.

« Dans quelques centaines d'années, ils seront tous ici avec moi », murmura-t-il. En attendant cette récolte qui se préparait toute seule, il s'amusait à manipuler les humains. Il adorait la mode et assistait à tous les défilés possibles des grands couturiers. C'était lui qui avait inspiré les pagnes des Algonquins gelant leur arrière-train, le casque trop lourd des Vikings, le corset à baleines qui ratatinait l'intestin et tout récemment les pantalons transparents pour hommes en nylon. Il éprouvait une chaleureuse admiration pour Manolo Blahnik et avait ordonné qu'en prévision de sa venue, on aménage une suite où il y aurait des tapis en peau de tigre, des appliques en argent, des couvertures en duvet de pingouin, des carafes en cristal. La suite de luxe était équipée d'un plancher chauffé à cent degrés et les seules chaussures rangées dans la vaste penderie étaient pour hommes et créations du maître. Si tout se passait comme prévu, il se proposait de donner à Manolo une formation de démon.

L'un des passe-temps préférés du Diable était la lecture de mails auxquels il donnait suite comme s'ils lui étaient adressés : dévastation et confusion se diffusaient ainsi en vagues plaisantes. Pour récompense de leurs services, les pirates de l'informatique obtenaient une brève dispense de leurs séances de barbecue, et le Diable goûtait la sensation de s'occuper d'affaires importantes.

« Mails de quelle catégorie, monsieur ? Correspondance ordinaire, messages de la Banque mondiale, correspondance gouvernementale ? Et dans ce dernier cas, de quel gouvernement ? »

Le Diable choisit la catégorie en ouvrant au hasard

l'un de ses nombreux dictionnaires et en posant le doigt sur une page, les yeux fermés. Son doigt s'arrêta sur le mot *ornithologue*.

« Merveilleux ! Procure-moi des mails d'ornithologues en Islande et en Amérique.

— Canada compris ?

— Non, je ne suis pas d'humeur à goûter leur soi-disant civilité. Trouve-moi quelque chose en provenance des États de l'Ouest. » Le Diable avait l'impression d'être un homme de l'Ouest depuis qu'il avait remarqué que les cow-boys emprisonnaient leurs pieds dans d'étroites bottes à hauts talons. Cette mode convenait parfaitement au Grand Saboté et il avait une collection de bottes décorées de fourches avec des langues de flammes qui montaient de la cambrure ; cet assortiment complétait la série des cordelettes qu'il portait en guise de cravates (les lecteurs qui contesteraient les affinités du Diable avec l'Ouest n'ont qu'à regarder les cartes : au Montana le « Tire-bouchon du Diable », le « Lit du Diable » en Idaho, au Colorado le « Fauteuil du Diable » et en Californie, bien entendu, la « Cuisine du Diable ». Quant à sa baignoire, remplie de sable urticant, on la trouvera en Arizona.

Il était, d'ailleurs, soucieux d'élégance vestimentaire. Après la Chute, le Diable, qui avait été le plus beau des Anges, avait changé au point d'être méconnaissable. Son teint d'un rose délicat s'était métamorphosé en une sorte de peau de requin grisâtre sujette à de constantes modifications – épaisse chevelure jaune, écailles, lourde peau rouge ou bleu pâle tachetée de plaies. Il avait la coquetterie de se manifester parfois à des peintres de condition mortelle et il ne lui déplaisait pas que sur les murs des musées, de par le monde, fussent accrochées des œuvres d'art le représentant avec des ramures de cerf, des défenses d'éléphant, des griffes ou des serres, une chevelure de serpents, des lèvres rouges couvertes de bave, et des yeux de bouc. Il y avait des tiroirs d'ailes déplumées, dont beaucoup étaient des ailes de chauves-souris élargies en acier inoxydable, en vinyle ou en toile de sac durcie à la glu pliées soigneusement. Tout en bas, dans un tiroir dont il avait seul la clé, reposait, couverte d'un voile de gaze, l'unique relique de son passé céleste : une paire de ravissantes ailes de papillon. Deux peintres, Jérôme Bosch et Brueghel l'Ancien, sans les avoir vues, les avaient rêvées et peintes. Jackson Pollock avait aussi vu en rêve les ailes du Diable mais son tableau s'est perdu.

Dans le paquet d'e-mails, il n'y avait que peu de correspondance entre des ornithologues islandais mais une riche moisson en provenance de l'Ouest américain. La plupart des messages se rapportaient à un symposium prochain sur le thème de l'évolution de la maturation retardée du plumage des oiseaux. Les yeux du Diable brillèrent car, tout autant que les défilés de mode, les concerts de rock et les parcs d'attractions (c'était lui qui avait inspiré à Viliumas Malinauskas l'idée d'un « Stalinland »), les symposiums l'enchantaient.

Un message d'un biologiste affecté à un parc national — c'était signé Argos — retint son attention. Le

Diable se rappelait Argos, le chien d'Ulysse, le seul être qui l'avait reconnu à son retour à Ithaque après d'exténuants voyages. Il savait d'ailleurs ce que la plupart des historiens ignoraient — à savoir qu'Argos, qui n'avait jamais aimé Ulysse, ne l'avait pas accueilli en remuant joyeusement la queue mais en grondant hargneusement, babines retroussées.

L'ornithologue Argos écrivait à un certain James Tolbert :

« Mon vieux Jim, comment ça va ? Ici c'est moche. Y a des moments où je voudrais passer Burton au taille-crayon. Encore un maudit conseil d'administration qui a duré trois heures. Tout le monde me traite comme si j'étais le concierge. Burton fait des courbettes au spécialiste des loups, au spécialiste des guépards, au spécialiste des ours. Et moi ? Moi, je suis juste le type des oiseaux, j'ai pas de pouvoir, pas de poids. Les types qui comptent sont ceux qui s'occupent des gros animaux qui peuvent tuer du monde. Ce qu'il me faudrait, c'est un gros oiseau dangereux. Je vendrais mon âme pour un ptérodactyle. Alors, tu peux en être sûr, on ferait attention à moi, surtout quand il aurait emporté dans les airs un ou deux touristes. »

« *Carpe diem !* dit le Diable. Duane !
— Monsieur ?
— Que sais-tu des ptérodactyles ? » Il prononce le « p » de façon très distincte.

« Je crois, monsieur, que c'est une espèce de dinosaure volant qui vivait dans le jurassique.

La farce du marais

— Pour sûr ! Belle époque, le jurassique. Procure-moi des informations. Est-ce que, au début, nous n'avions pas garni de plumes le ptérodactyle ?

— Je n'en sais rien, monsieur. Ça s'est passé avant mon temps. »

Le département des recherches envoya une épaisse enveloppe. Le Diable fourragea dans le tas de photographies de squelettes et de reconstitutions.

« Celui-ci me ressemble comme un cousin. » Il jeta un bref coup d'œil sur son reflet dans le cendrier poli comme un miroir. « Bon, voyons. Je vais peut-être fournir à cet Argos quelques ptérodactyles. Disons quatre pour commencer. Va me chercher une des femmes qui faisaient des films scientifiques pour la BBC ; ça nous permettra de savoir ce que mangeaient les ptérodactyles. Nous aurons peut-être à réarranger l'habitat du parc d'Argos. »

La dame de la télévision, Malvina Sprout, arriva au petit trot. Elle dégageait une odeur de cheveux carbonisés, et avait les mains et les bras noirs de suie.

« Monsieur ?

— Vous savez ce que mangent les ptérodactyles ?

— Les ptérodactyles ? C'est un examen ou quoi ? Si je réponds bien, mon temps d'exposition au lance-flammes sera raccourci ? »

Le Diable fronça les sourcils d'une façon terrible et la femme recula craintivement.

« Ce qu'ils mangent ? Je ne sais plus trop bien. Des fougères ? Des cycadales ? Oui, je crois, des cycadales.

— Ils ne mangent pas de viande ?

— Je ne sais pas trop. Ça remonte à longtemps. Et puis je n'ai pas ici mes dossiers. Nous n'avons jamais beaucoup travaillé sur les ptérodactyles.

— OK. Retour au lance-flammes, ma sœur. » Ses doigts tambourinent sur la table. Il ajuste sa cravate-chaînette. « Duane !

— Monsieur ?

— Regarde si nous avons des spécialistes des dinosaures. Fais venir un expert. Et vérifie au bestiaire si nous avons un ptérodactyle sous la main. » Il suça le bout de sa queue pour se remonter un peu. (L'iconographie de l'Enfer représente souvent le Diable avec une sorte de lame de harpon à l'extrémité de sa queue, c'est une erreur diffusée par les historiens ecclésiastiques du passé. En fait la queue du Diable porte à son extrémité un bouchon en ivoire, car cette queue, comme la canne de Toulouse-Lautrec, est creuse, ce qui permet d'y introduire des liquides variés. Le Diable remplit sa queue d'un excellent cognac espagnol.)

L'expert convoqué, le professeur Bracelet Quean, n'était pas une autorité vraiment sûre, car sa place dans la fosse infernale de goudron en ébullition, il la devait à ses activités de plagiaire et de faussaire. Il n'avait que de rares notions sur les ptérodactyles ou toute autre créature disparue. Mais les vieilles habitudes d'un rhéteur ne meurent jamais et le professeur se pavana, prit un air d'importance comme s'il connaissait intimement le sujet.

« Ce qu'ils mangeaient ? Voyons – il marqua une

La farce du marais

pause pour l'effet –, je dirais des poissons; ils mangeaient des poissons. » Une nouvelle pause.

« Des serpents aussi. » Le professeur resta silencieux pendant presque une minute. « Et des canards et des oiseaux. Des insectes – les gigantesques libellules de l'âge jurassique, vous savez. Et probablement des plantes. Des cycadales.

— Des cycadales?

— Oui. Les cycadales sont des sortes de carottes géantes.

— Prends note, Duane. »

Duane écrivit « cigales ».

« Et quelle sorte d'habitat?

— Des marais, de vastes marais bien humides et des mers peu profondes. Un climat très chaud et très humide. » Le professeur improvisait maintenant. « Ils rasaient la surface de ces mers et happaient les canards et les poissons volants. Il devait y avoir des palmiers en quantité et aussi des prêles géantes. Et puis les carottes géantes. »

Le Diable faisait grise mine. C'était une chose de jeter pêle-mêle quelques cactus et une poignée de scorpions, c'en était une autre de créer une mer intérieure et d'immenses marais; cela exigeait des moyens considérables, des machines compliquées, et entraînerait presque certainement une refonte de son budget annuel. Évidemment, il disposait d'ingénieurs des autoroutes et pouvait les mettre au travail. Il était peut-être possible de faire l'économie de la mer intérieure et de se contenter du marais. Au pire il recourrait au plan B, mais alors ses pouvoirs en souffriraient.

« *El visible universo era une ilusión* », dit-il, citant Borges. OK professeur, et maintenant retour à la section des tripatouilleurs de livres. Et que ça saute ! » De son index partit un rayon vert cuisant qui cingla la fesse gauche de l'universitaire.

Le premier à remarquer quelque chose d'anormal fut un éleveur de porcs du Missouri en retraite. Il sortait du parc national quand il vit un ranger qui raclait une crotte de chien de la semelle de sa botte, et s'arrêta pour lui parler.

« Vous savez, j'ai cru un moment que j'étais dans le Missouri – à cause de toutes ces cigales. C'est tout à fait comme chez nous, dans la forêt nationale Mark Twain. Je n'imaginais pas que vous aviez des cigales ici.

— Nous n'en avons pas. Où les avez-vous vues ?

— Je ne les ai pas vues. Je les ai entendues. Des milliers et des milliers. Dans le marais là-bas. Chez nous, elles ne vivent pas dans les marais.

— Marais ?

— Oui, je vais vous montrer sur la carte. » Il désigna, au coin nord, l'endroit où un petit cours d'eau faisait la jonction entre les deux lacs – Big Gramaphone et Little Gramaphone.

« J'avais dans l'idée de faire une petite pêche dans ces lacs, et j'ai marché jusque-là. Mais y a pas de lacs, rien qu'un marais. J'ai vu un cow-boy là-bas, et je lui

La farce du marais

ai posé la question mais il a filé sans répondre. J'imagine que vous avez une drôle de sécheresse.

— C'est vrai, il a fait un peu sec », dit le ranger qui songeait que, seulement deux semaines auparavant, le niveau des lacs paraissait élevé. Peut-être le type avait-il manqué le sentier qui y conduisait. Il essaya de se souvenir s'il existait une zone marécageuse à proximité des lacs.

« On peut dire que vous avez des cigales drôlement vigoureuses. J'espère que la pluie viendra remplir vos lacs. Ça doit être ce réchauffement globulaire. Salut.

— *Vaya con Dios* », répondit le ranger, qui se disait qu'il pourrait aller jeter un coup d'œil sur les Gramaphones.

Grande agitation en Enfer. Il n'y avait pas de ptérodactyles ; on avait dû se rabattre sur une sélection de moineaux, omniprésents en Enfer, qu'on avait biologiquement modifiés et surdimensionnés. Mais ces faux ptérodactyles avaient dû être rappelés quand quelqu'un s'était avisé que leur dentition était très insuffisante.

« Vous appelez ça des ptérodactyles ? rageait le Diable qui avait une affection particulière pour les horreurs à gueules de requin qu'on voit voler dans les tableaux de Frank Frazetta. Ils ont plutôt l'air de pélicans. Qu'on leur plante des dents. »

Le gérant du bestiaire, qui sur terre dirigeait un zoo d'animaux de compagnie, déclara qu'à son avis ces créatures étaient bien comme cela.

« Ils n'avaient pas grand-chose en fait de dents, monsieur.

— Je m'en fiche. Nous leur ferons faire des implants par nos dentistes. Je veux leur voir des dents avant de les envoyer en mission. Argos, l'ornithologue, a l'air de penser qu'ils avaient des dents formidables. Arrangez-les-moi. »

La plupart des dentistes présents devaient leur séjour dans les régions infernales à leurs multiples passades avec des réceptionnistes, des assistants, des hygiénistes, des radiologues. La doctoresse Mavis Brooms s'était offert tous ces délices vénériens ; la cerise sur le gâteau avait été le coursier d'UPS. Cela ne l'empêchait pas d'avoir été une excellente dentiste ; elle savoura la chance qui se présentait : équiper de dents des ptérodactyles. Elle aurait aimé prendre des photos de l'opération, les commenter et envoyer le tout à *Orthodontie expérimentale* – ce souhait était irréalisable car en Enfer le courrier reçu ne consistait qu'en factures adressées à ses occupants et aucune missive ne partait vers le monde extérieur. Il y avait bien des ordinateurs mais ils étaient programmés pour se dérégler cinq fois par minute.

Elle dut consacrer un temps considérable à élaborer son plan. Comme il n'y avait pas de laboratoire de dentisterie, il lui fallut persuader un maréchal-ferrant de lui confectionner les implants. Le maréchal-ferrant était un pauvre crétin né en Bessarabie, et mort en 1842 d'empoisonnement par l'alcool. Elle eut du mal à lui faire comprendre ce dont elle avait besoin : il était

La farce du marais

dépassé dès qu'il ne s'agissait pas de fers à cheval. Finalement, l'homme lui bricola à coups de marteau des implants passables, et la doctoresse confia à un carrossier le soin d'en affiner la forme. Elle eut plus de succès avec les dents, des dents fossiles de requin volées au musée d'Histoire naturelle de Valparaiso.

Les ptérodactyles se révélèrent des patients difficiles ; on dut les attacher à la chaise ; ils se débattirent terriblement et comme il n'y avait pas d'anesthésiques en Enfer, ils gémirent bruyamment – mais la doctoresse était habituée aux gémissements ; en Enfer il s'en élevait dans tous les coins. Les résultats ne furent pas bons. Les ptérodactyles ne savaient pas se servir des dents de requin et se mordaient les lèvres constamment. Les brindilles et les feuilles se coinçaient dans les interstices des dents. Le Diable leur retira les végétaux, et ordonna d'aiguiser leur appétit et leurs dents sur de la viande.

« Donnez-leur vingt-quatre heures d'entraînement – qu'on leur apprenne à capturer des proies – puis qu'on les lâche dans le parc ! cria le Diable, tant qu'ils peuvent encore mâcher. »

La surintendante, Amelia McPherson, sept biologistes (dont l'ornithologue Argos), le ranger et un type inconnu, très hâlé, chaussé de bottes de cow-boy et cravaté d'une cordelette – sans doute un gars des relations publiques –, se trouvaient réunis au bord du marais. Le tintamarre des cigales était extraordinaire.

« Qu'est-ce que c'est que ces cigales ? s'écria Fong

C'est très bien comme ça

Saucer, le spécialiste des loups, grand gaillard hirsute avec un nez comme un kumquat et une barbe jaune électrique. Que fichent-elles là?

— On a dû les réintroduire ici, dit l'ornithologue en lui jetant un regard venimeux, comme vos loups.

— Quel horrible marais, soupira la surintendante McPherson. Où sont passés mes lacs? » Un relevé aérien avait, en effet, établi la présence d'un immense marais mais non de lacs.

« Et ça, c'est quoi? », demanda l'homme des loups qui venait d'apercevoir un ptérodactyle, dont l'envergure des ailes atteignait les dix mètres, au plumage cramoisi et vert, les rémiges bordées de noir, la poitrine tachetée de violet, qui planait dans leur direction à travers les arbres morts.

« *Hilfe!* » hurla Warwick, le spécialiste des ours (il avait grandi en Allemagne où son père était en poste), tandis que le ptérodactyle plongeait sur lui. On entendit claquer d'effroyables dents en même temps que, d'un cloaque surdimensionné, se déversait un flot d'excréments de ptérodactyle. L'oiseau fit demi-tour et revint sur l'homme, ses grandes griffes recourbées, pour saisir sa proie. En quelques secondes le spécialiste des ours filait en rase-mottes au-dessus du marais. Le tintamarre des cigales était assourdissant.

« Au secours, *Gott! Gott, Hilfe*, au secours! », mugissait l'homme. Le ptérodactyle le laissa choir comme une grosse pomme de terre brûlante. Il tomba la tête la première dans le marais en faisant jaillir de la boue et des brindilles.

La farce du marais

La créature disparut à tire-d'aile dans le fouillis d'arbres morts au bout du marais ; tous entendirent le craquement lointain de branches comme si un objet lourd s'était posé sur des rameaux morts. L'homme des relations publiques s'éloigna un peu du groupe. La ligne d'horizon miroitante sembla s'incliner légèrement comme si, dans la tête de chacun des spectateurs, le cube imaginaire selon lequel l'espace s'équilibre avait légèrement glissé.

« Je crois que nous venons de voir un ptérodactyle », dit Argos calmement. Il sentait dans sa poitrine une sorte de pincement bizarre, comme si quelqu'un avait fixé un trombone sur une partie mal déterminée et secondaire de son intimité. Puis il se mit à vociférer : « Nous venons de voir un *ptérodactyle* ! C'est quand même autre chose que le pic à bec ivoire ! » Il se mit à gambader en agitant les bras ; il balançait sa tête, sifflait entre ses dents, bref il gesticulait comme un homme confronté à de fabuleuses impossibilités. Un éclair de doute scientifique l'empêchait de parler.

« Il faut sortir Reggie de là », dit la surintendante Amelia dont les yeux ne quittaient pas les jambes du spécialiste des ours qu'on voyait s'agiter en l'air. L'eau noire s'interrompait pour laisser place à de grosses touffes d'une herbe aux bords en dents de scie. Dessous, on voyait des troncs immergés que des algues vertes rendaient glissants. Au loin, quelque chose bougea. La surintendante prit son portable.

« Allô ! La sécurité ? Je suis au marais – là où il y avait les lacs. Oui, je dis bien au marais. Le bruit ? Ce sont les cigales. Des cigales ! Peu importe, envoyez un hélicoptère, nous avons ici un homme qui se noie dans un creux de boue et nous ne pouvons pas parvenir jusqu'à lui. »

Mais le spécialiste des ours ne se noyait pas. Sa tête et la partie supérieure de son torse étaient coincées dans ce qui restait d'un barrage de castors. Ce n'était évidemment pas un séjour d'agrément, mais il y avait très peu d'eau.

« C'est le Jugement Dernier », geignait-il, et il priait, en allemand et en anglais, car c'était un homme religieux, membre d'un groupe de croyants enthousiastes, les Pentecôtistes de la Société scientifique du Grizzly, qui se réunissaient une fois par mois dans l'arrière-boutique d'un empailleur. En l'occurrence il était en train de vider son compte en banque spirituel et il lui semblait qu'à chacune de ses prières, le barrage de castors cédait davantage. Au bout de dix minutes, il fut capable de se dégager du réseau de branches entrelacées. Autour de lui le marais s'était décanté, sur une largeur de deux mètres environ une voie d'eau scintillante s'étendait jusqu'au rivage. Il s'accrochait à une bûche d'une largeur inhabituelle pour un barrage de castors – en fait elle pouvait servir d'embarcation.

« C'est un miracle, balbutiait-il. Merci, ô mon Dieu. » Et il bafouillait des prières tout en se propulsant d'une vigoureuse détente des pieds pour regagner la terre.

Sur le rivage, Argos avait les yeux fixés au loin. Il espérait voir revenir le ptérodactyle. Comme il regret-

La farce du marais

tait de ne pas avoir emporté d'appareil photo ! Il devait absolument consigner ce qu'il voyait. Il le devait à la science. Il se promit de s'acheter un portable équipé d'un appareil photo à la première occasion. Ses mains anxieuses fouillèrent ses poches, y trouvèrent son chèque du mois plié et un stylo bic qui bavait. Il se mit à tracer une esquisse maladroite de la chose qu'il avait vue ou cru voir.

La surintendante avait repris son téléphone.

« La sécurité ? Annulez l'hélicoptère. Notre homme s'est tiré d'affaire tout seul. Mais les oiseaux reviennent ! » Le type des relations publiques fit quelques pas en arrière.

Les quatre ptérodactyles, en formation de vol, arrivaient à toute vitesse du fond du marais qui se décomposait. Le personnel du parc se regroupa.

« Je n'y crois pas, disait Argos. Cela n'a pas lieu, cela ne peut pas avoir lieu.

— *Lieber Gott*, notre Père céleste, sauve-nous », marmonna le spécialiste des ours, qui pataugeait le long du rivage. Il pouvait voir ses collègues groupés au loin, et l'homme des relations publiques qui fuyait en se faufilant entre les arbres morts. Quelques instants plus tard, à cet endroit, s'éleva une colonne de vapeur, signe de la présence d'une source d'eau chaude.

Soudain tout changea. Il y eut une averse de dents de requins. Quatre moineaux s'envolèrent au-dessus du lac. L'homme aux ours leva les yeux au ciel et pleura. Argos l'ornithologue regarda, accablé, le chèque qu'il tenait dans sa main ; au dos on voyait un dessin sommaire représentant une langouste ailée ; la pointe de son stylo avait crevé en plusieurs endroits la feuille.

« Je n'y ai jamais cru », dit Argos. Mais c'est Warwick, le spécialiste des ours, qui saisit la fulgurante vérité : il avait compris au plus profond de lui-même que, comme les croûtons dans une salade, les démons étaient partout épars dans l'univers.

De retour devant sa table de bureau, le Vieux Griffu jeta dans un tiroir un jeton de métal comme ceux dont se servaient jadis dans les bordels les clients disposant d'un compte. Sur ce jeton, on lisait le nom d'Argos et une date.

« Maintenir une illusion, c'est un satané boulot, dit-il. Je suis crevé. » Il tapota distraitement ses ongles effilés, puis sortit un paquet de cartes et se distribua des donnes de poker.

« Il faut savoir quand les remballer », reprit-il. Il battit les cartes ; cela fit un bruissement d'ailes d'insecte.

« Les cigales m'ont fait perdre le fil, conclut-il.

— Oui, monsieur », dit Duane.

Le témoignage de l'âne

> « Voyageur, il n'y a pas de chemin. C'est en marchant qu'on trace les chemins. »
>
> Antonio Machado (1875-1939)

Marc avait quatorze ans de plus que Catlin, parlait trois langues, avait des goûts épicuriens, faisait de l'escalade, était un skieur expérimenté, un violoncelliste passable, un homme qui se sentait chez lui en Europe plutôt que dans l'Ouest américain, mais Catlin, qui n'était sortie que deux fois de son État natal, qui parlait seulement l'américain et ne jouait d'aucun instrument, jugeait ces différences sans importance. Ils s'étaient rencontrés dans l'Idaho où Marc était venu en volontaire pour combattre les incendies, tandis que Catlin servait les lasagnes à la cafétéria de la caserne des pompiers. Quelques mois plus tard, ils s'installaient ensemble.

Marc avait remarqué les jambes musclées de Catlin alors qu'elle se déplaçait à grands pas le long du comptoir pour rafler les plats vides de macaronis au fromage ; plus tard il lui demanda si elle aimerait partir en randonnée. Au cours des deux étés précédents Catlin, contre l'avis de ses parents, avait travaillé aux champs, fait les foins avec une équipe exclusivement féminine ; depuis l'enfance elle était adepte des randonnées en montagne dans l'Idaho. Elle était vigoureuse et expérimentée. Marc connaissait, disait-il, une piste épatante. Elle répondit qu'elle était d'accord — sauf qu'elle doutait qu'il pût lui montrer une piste qu'elle n'aurait pas déjà parcourue.

Il vint la chercher en voiture un dimanche à quatre heures du matin et prit la route du Nord. Au lever du soleil, elle avait deviné leur destination : « Les Seven Devils ? » Il fit oui de la tête. Il avait raison : elle n'avait jamais emprunté ce sentier, le Dice Roll. Il avait la réputation d'attirer les touristes et elle se l'était toujours imaginé encombré de randonneurs jetant partout leurs papiers de bonbons.

Tandis qu'ils avançaient dans la quiétude odorante des pins, elle se sentait pénétrée d'un sentiment d'euphorie, cette exaltation que les sentiers de montagne lui inspiraient toujours. Son plus ancien souvenir, c'était quand, juchée sur le dos de son père dans le porte-bébé, elle essayait de saisir les rayons de soleil denses de pollen qui filtraient à travers les épines des pins. Le dais de feuillage d'un vert profond, la rugueuse écorce rouge étaient pour elle synonymes de bien-être. Marc lui adressa un petit sourire : il savait qu'elle aimerait ce sentier. Ils progressaient dans une entente harmonieuse. Au milieu de l'après-midi, alors que l'estomac de Catlin grondait, ils parvinrent à un endroit d'où l'on dominait le chaos de Hell's Canyon ; la vue était superbe. L'idée d'un déjeuner pour Marc, c'était deux carottes, du pain au fromage, et une pâte de poisson que l'on extrayait de la boîte avec les bouts de carotte. C'était sans importance. Ils s'étaient découvert l'un à l'autre leurs goûts ataviques, encore qu'intermittents, le besoin qu'ils avaient de la forêt, de la difficulté et de la solitude – ce que le père de Catlin appelait « les vérités éternelles », lesquelles n'étaient peut-être, se disait-elle, que d'éphémères vérités. Pourtant Catlin éprouvait une légère appréhension. Elle n'avait jamais espéré rencontrer un être pareil. Où était donc le revers de la médaille ?

Leur vie commune durait depuis quatre ans. Catlin divertissait Marc avec les histoires de sa famille : sa grand-mère noctambule, le cousin alcoolique qui était tombé d'une grande roue, son père toujours plus en retrait de la vie familiale, le tempérament généreux de sa mère. Elle lui parla du seul amant qu'elle avait eu avant lui, un bon à rien qui faisait des études de météorologie mais se trouvait maintenant en Irak. Leur liaison avait été quasi inexistante, disait-elle. Ils avaient couché ensemble deux fois avant de s'avouer une croissante antipathie réciproque. Marc, lui, ne disait rien de son passé, et Catlin, amoureuse, n'en demandait pas davantage. Il avait de fins cheveux noirs (trop longs au goût des gens du pays) qui, lorsque le vent soufflait, se dressaient, créant autour de sa tête une aura méphistophélique. Avec son nez busqué d'Espagnol, ses yeux étroits et ses épais sourcils, son visage ne manquait pas d'une certaine beauté sombre – en revanche il était court de taille, avait de gros bras et de petites mains. Marc avait l'air légèrement vicieux d'un vieil artiste dont le regard ne tolère pas les croûtes contemporaines.

Catlin avait été un bébé potelé dont le visage évoquait une sorte de grosse crêpe. A l'âge adulte, son visage était resté rond avec des joues bien en chair ; les cicatrices d'une acné ancienne lui donnaient l'air d'une fille dégourdie qui n'avait pas froid aux yeux. Les travaux des champs l'avaient musclée ; elle était plus grande et plus lourde que Marc et ses pieds d'homme n'avaient jamais chaussé de souliers à hauts talons. Elle devait sa molle chevelure blonde à ses visites aux salons de coiffure, aux permanentes et aux décolorations leurs ondulations platinées qui contrastaient avec sa peau rêche. Avec ses yeux bleus et sa bouche entrouverte, elle visait le genre de beauté popularisée par les vedettes de cinéma des années 1930. Elle ne pouvait pas deviner qu'elle ressemblait à sa mère.

A la fin de la saison des incendies, ils quittèrent l'Idaho et partirent pour Lander dans le Wyoming, où l'on avait promis à Marc du travail dans une école d'escalade. Il était difficile de se loger et ils échouèrent finalement dans une caravane grisâtre. Catlin prétendit qu'elle manquait de couleur. Elle peignit les cloisons en rouge cerise, pourpre et orange. Dans un bric-à-brac, elle trouva une vieille table ronde qu'elle peignit en bleu cobalt à la bombe. Un poste de télévision des années 1960 découvert dans le hangar derrière la caravane devint un des autels qu'elle consacrait à des dieux ou fétiches vaudous de son invention : l'autel de Jamais de Chute et l'autel de l'Aventure.

Le témoignage de l'âne

« Très oriental », dit Marc, sur un ton qui ne signifiait rien – il pensait au Tibet. Au bout de quelques mois, Marc quitta son travail à l'école d'escalade ; la seule explication qu'il donna fut qu'il en avait assez d'avoir affaire à tant d'ego exacerbés, ne voulait pas faire carrière et n'aimait plus grimper. Cela ne l'empêcha pas de continuer l'escalade avec Ed Glide, son seul ami dans les environs. Il en revint à l'activité professionnelle qui était la sienne avant ses campagnes de pompier volontaire : la mise à jour de guides de voyage consacrés aux pays d'Afrique, qu'il s'agisse d'informations concernant les insurrections récentes, les nouvelles tendances musicales ou les lubies des dictateurs locaux. Enfant, il avait vécu en Côte-d'Ivoire et au Zaïre, puis, autant que Catlin avait pu comprendre, il avait passé ses années d'adulte dans quatre ou cinq pays méditerranéens. Quand elle l'interrogeait sur ces années-là, il parlait de l'usage du plantain dans la cuisine locale. Catlin substitua à l'autel Jamais de Chute un autel de l'Information pour les Voyageurs.

Biff, leur propriétaire, était un vieux cow-boy dégingandé. Sur son chapeau se dessinait une tache de sueur qui évoquait les fortifications de Jéricho. Biff croyait avoir trouvé le secret de la richesse en louant l'ancienne caravane de sa femme décédée. Il n'aimait pas les bariolages de Catlin.

« Comment diable louer ça maintenant ? On se croirait au carnaval. » Biff était si mince qu'il devait acheter des jeans d'adolescent. Ceux-ci étaient toujours trop courts : il fourrait le bas dans ses vieilles bottes de travail.

« Mais vous la louez, votre caravane ! A nous !

— Et après votre départ ? » Biff roulait une cigarette avec ses doigts jaunis et abîmés ; à cause de la fumée, il plissait ses yeux en forme de triangle.

A cela elle n'avait rien à répondre : la veille encore elle avait demandé à Marc ce qu'il pensait de l'idée de construire une cabane. Elle n'avait pas voulu prononcer le mot « maison », vu la connotation de permanence. Marc s'était contenté de hausser les épaules, ce qui pouvait signifier n'importe quoi. Éluder les questions était une caractéristique de Marc qui la tracassait. Elle lui avait demandé un jour pourquoi il était venu dans l'Idaho et il avait répondu qu'il avait toujours voulu être cow-boy. Or elle ne l'avait jamais vu près d'un cheval ou d'un ranch. Était-ce une plaisanterie ?

Catlin était née et avait grandi à Boise ; son grand-père était un berger basque des Pyrénées. Elle disait parfois à Marc que cela faisait d'elle une Européenne, même si elle n'avait jamais été plus loin que Salt Lake City et le parc de Yellowstone.

L'ancêtre basque avait de hautes ambitions. Il s'intéressa aux travaux de Bertillon et Galton sur la physionomie des criminels ; il crut possible de réaliser une photographie composite de l'Honnête Homme universel en superposant les photos d'hommes respectables appartenant à toutes les races connues. Le projet tourna court : pour cette photo fusionnelle, il ne put trouver dans l'Idaho l'Inuit, le Papou, le Boshiman, ou

Le témoignage de l'âne

les représentants d'autres ethnies rares qui lui étaient indispensables. Devenu cynique, il renonça à œuvrer pour le bien de ses semblables et se consacra à l'argent : il ouvrit à Boise un magasin de vêtements ; l'affaire ayant prospéré, il avait ouvert trois boutiques, source de la modeste richesse familiale.

Catlin recevait une pension de ses parents ; elle aurait pu vivoter sans travailler, mais elle pensait que cela démoraliserait Marc. Dans le Wyoming, elle trouva un emploi à mi-temps à l'office du tourisme local. On lui demanda d'imaginer de pittoresques circuits automobiles pour gros camping-cars et autres caravanes. D'où l'apparition d'un nouvel autel : celui des Routes Larges sans Circulation ni Fortes Pentes.

Chacun possédait son propre véhicule, ce qui préservait la fiction de leur indépendance personnelle. Le centre de leur vie n'était pas plus le travail que la passion amoureuse — c'était de parcourir des régions sauvages. Tous leurs jours ou semaines disponibles, ils les consacraient à des randonnées dans les Big Horns et les Wind Rivers, ou encore à explorer les vieilles routes des bûcherons, à creuser près des anciennes concessions minières. Marc avait des centaines de projets. Il voulait faire du canoë sur les Boundary Waters au Nevada, descendre la côte du Labrador en kayak, pêcher au Pérou. Ils pratiquèrent le snow-board sur le Wasatch, suivirent des meutes de loups dans une zone non fréquentée du comté de Yellowstone. Ils passèrent de longs week-ends dans la région des Canyons de l'Utah, et dans les Red Desert Haystacks du

Wyoming, à la recherche de fossiles. Ce qui exaltait leurs émotions, c'était la nature dans toute son âpreté.

Ce n'était pas forcément une partie de plaisir ; parfois leurs aventures tournaient à l'aigre. Une fois, la neige étant tombée à la mi-octobre, il y eut plus d'un mètre d'une poudreuse si légère que leurs skis s'y enfoncèrent complètement et raclèrent la roche.

« Cette poudreuse, donnons-lui quelques jours pour qu'elle se tasse et se stabilise », dit Marc. Mais elle resta très froide, ne s'aggloméra pas, ne se tassa pas. Le vent la dispersa peu à peu. Il ne neigea pas en novembre, non plus qu'en décembre et pendant la première moitié du mois de janvier. Enfermés dans la cabane, le désir éperdu de neige les rendait fous. Biff, quand il se présenta à la porte de la caravane pour toucher le loyer, mâchant du tabac à pleine bouche, prédit une sécheresse qui durerait mille ans.

« Ça s'est déjà produit. Demandez aux Anasazis. »

Puis un front de tempête s'avança, venant du Pacifique. Une neige abondante et des torrents de vent amoncelèrent des congères de près de deux mètres de haut. Quand ils coururent dehors charger les skis sur la voiture et tester la neige, ils sentirent la tension du revêtement ; des sons étouffés indiquaient que la neige remuait encore dessous.

« Aujourd'hui pas de hors-piste, dit Marc. Et nous ne nous risquerons même pas sur les pistes, la vieille route de glisse des troncs est probablement assez sûre. »

Pendant le trajet en voiture, il se remit à neiger ; ils dépassèrent un groupe d'hommes en train de pousser

Le témoignage de l'âne

un camion tombé dans le fossé. La visibilité était nulle et ils roulaient au pas.

Ils s'engagèrent sur la route des bûcherons mais, moins de vingt minutes plus tard, se trouvèrent bloqués par un océan de neige fragmentée. Sur la pente orientale de la colline ils purent distinguer le parcours de l'avalanche – sa forme de sac qui évoquait les boyaux d'un cerf.

« Mauvais, dit Marc. Aller plus loin n'a pas de sens. Après le pont, le terrain en déclivité nous piégera. » Ils retournèrent chez eux ; Marc disait qu'on les appellerait sans doute au secours des victimes d'avalanches.

Pendant une bonne partie de la nuit, un vent violent s'acharna contre la caravane ; l'éclairage vacillait. Mais le lendemain matin, le ciel était d'un bleu laiteux. Marc jeta un coup d'œil et soupira. Vers onze heures, la fine peau de nuages s'épaissit. Une reprise de la tempête s'abattit sur eux avec la brutalité d'un projectile. La sonnerie improbable du portable de Marc retentit soudain.

« Oui, oui. Nous partons à l'instant. » Le service des secours les réclamait. Il rappela à Catlin de mettre dans la poche à fermeture éclair de sa veste son émetteur-récepteur radio.

« Histoire de ne pas poser nous aussi un problème. » En chemin, il dit qu'Ed Glide avait remarqué que la tempête avait fait sortir sur les routes des centaines de gens. Qui savait pourquoi ? Sans doute parce que l'hiver avait été sec.

Catlin savait pourquoi. Ce n'était pas seulement

l'hiver sec. Skier dans la tempête, cela emballait certains : ceux qui escaladaient la nuit des rochers périlleux, pagayaient en kayak sur les torrents encombrés de glace, ne résistaient pas au désir de partir en randonnée dans le vent violent et la grêle.

Au départ de la piste, les gens étaient excités et s'agitaient en tous sens dans la neige qui tombait : des adolescents braillards avec leurs snow-boards et d'énormes sacs à dos, des parents beuglant à leurs enfants de revenir immédiatement, des skieurs se faufilant entre les arbres ; tous disparaissaient dans l'aveuglante blancheur.

Barbe drue comme le rembourrage de vieux sièges, narines noires rappelant les portes ouvertes d'un garage à deux places, Ed Glide, l'ami de Marc, se tenait devant le panneau affichant la carte des pistes, son bâton de ski à la main. Tapant du pied pour se réchauffer, l'équipe de secours l'écoutait. Ed parlait du type de la motoneige qui s'était perdu et qu'on avait retrouvé à l'aube, pelotonné nu sous un arbre.

« Y a une quantité de neige de merde dans l'arrière-pays, disait Ed. Et y a six satanés gosses sur la piste du Mineur. En raquettes. Ils sont partis ce matin avec le père de l'un d'eux pour se faire un barbecue d'hiver à Horse Lake. Là-bas, il y a la grande corniche en balcon au-dessus de la pente à découvert. Je me demande si l'un d'entre eux a eu assez de bon sens pour... » Il n'avait pas terminé sa phrase que tous entendirent un lourd grondement au sud-ouest. Malgré le voile de neige, ils purent voir un grand nuage s'élever.

Le témoignage de l'âne

« Saloperie, s'écria Ed. Cette fois-ci, ça y est. Allons-y ! »

Sur la piste, à moins de deux kilomètres, ils rencontrèrent deux des gosses. Ils avançaient en trébuchant, ne cessaient de tomber et leurs visages rouges étaient couverts de neige coagulée et de larmes gelées. D'une voix hoquetante, ils racontèrent que le groupe avait presque atteint Lake Horse quand M. Shelman avait déclaré que la neige était trop profonde pour un barbecue ; ils retournaient sur leurs pas et avaient juste retraversé le bas de la pente découverte lorsque l'avalanche était survenue. Les autres avaient été ensevelis sous la neige.

L'équipe de secours passa le reste de la journée à sonder et à déblayer le site à la recherche de survivants. Pas un des enfants ni M. Shelman n'avaient emporté d'émetteur-récepteur radio. On vit apparaître des parents affolés qui enfonçaient des pieux au hasard ; certains amenèrent leur chien. Une moufle fut ainsi retrouvée. Les recherches se poursuivirent toute la nuit ; il fallut deux jours pour découvrir et récupérer les corps – il faudrait toute une vie pour surmonter le sentiment d'échec et de deuil qui les accablait.

« Un barbecue ! Quel fiasco ! dit Marc. Pauvres gosses. » Il pensait aux deux survivants, déjà accablés par la culpabilité d'avoir survécu.

Leurs meilleurs moments ensemble, c'était quand ils exploraient les derniers vestiges d'une nature sauvage. Découvrir une région inconnue, voilà ce qu'ils aimaient. Catlin avait l'impression qu'ils voyaient la fin du monde ancien et savait que Marc partageait ce sentiment. L'harmonie qui régnait entre eux était telle qu'ils ne s'étaient jamais disputés – jusqu'au jour de la querelle à propos de la salade.

Ils partaient le lendemain matin pour une randonnée de dix jours dans le massif d'Old Bison. La piste Jade était fermée depuis des années mais Marc se plaisait à l'idée de contourner les règlements du service des Forêts. C'était leur habitude de faire un bon dîner la veille de leur départ pour l'aventure, et de manger frugalement quand ils étaient dans la nature : en somme, de célébrer le carnaval avant le carême. Avoir un peu faim, disait Marc, stimule l'esprit. Catlin avait acheté au marché des tomates, une laitue et des filets de flétan. C'était au tour de Marc de préparer le dîner, et il cuisinait un plat africain, l'aloko, des bananes cuites à l'huile de palme avec du chili pour accompagner les filets de flétan frits. Bien entendu, il s'occuperait de la salade de Catlin.

Avant de se mettre aux fourneaux, Marc avait retiré sa chemise, ce qui, expliqua-t-il, était mieux que d'enfiler un tablier. Catlin savait qu'en réalité il n'aimait pas le seul tablier de la maison, un tablier rouge pompier, cadeau ridicule offert par la mère de Catlin. Elle fit observer que la graisse l'éclabousserait et le brûlerait, et qu'elle ne voulait pas trouver de poils collés aux feuilles de sa laitue.

« Tu te fais trop de bile », dit Marc. L'odeur des bananes frites se répandit dans la caravane.

Le témoignage de l'âne

Catlin triait leurs affaires pour la randonnée. Pourquoi Marc tenait-il à emporter ces antiques et primitives bottes à clous ? « Tu veux une bière pendant que tu prépares la salade ?

— Il ne reste pas de vin blanc ? Je ne sais plus ce que c'était. » Il était en train de couper un oignon rouge. Les tranches étaient trop épaisses. S'il était tellement européen, pourquoi ne savait-il pas couper convenablement un oignon ? Elle trouva dans le réfrigérateur une bouteille de vin ouverte, lui en versa un verre et resta debout à l'observer. L'oignon terminé, Marc brandit le couteau dans un grand geste et passa à la laitue qu'il se mit à hacher.

« Tu ne l'as pas lavée, dit Catlin. Et il faut arracher les feuilles, pas les couper.

— Chérie, cette laitue est propre ; il n'y a pas de terre. Pourquoi la laver ? Bien sûr je préférerais une bonne petite endive, avec du mesclun, mais nous n'avons que cette grosse laitue dure et sans goût qui ressemble à un boulet de canon. La couper, c'est tout ce qu'elle mérite. » A n'en pas douter, Marc méprisait la laitue iceberg.

« Écoute, ils n'avaient rien d'autre. Cette laitue vient de Californie. Qui sait quel produit on a pulvérisé sur ses feuilles, ou si la personne qui l'a ramassée n'avait pas une maladie ou la tuberculose ou n'a pas pissé dessus ? » La voix de Catlin montait peu à peu. Elle avait un penchant marqué pour un régime végétarien, penchant affirmé quand elle était adolescente pour embêter ses parents plutôt steak-frites. Or il était particulièrement difficile de suivre ce régime au Wyoming, pays du bœuf et de la patate. Avant de rencontrer Marc, Catlin se considérait comme une personne raffinée en matière de choix alimentaires. Maintenant, même si, pour le plat principal, elle s'inclinait en général, elle insistait sur la salade.

« Pourquoi faut-il que tout soit aseptisé ? Pourquoi faut-il que tout soit préparé comme tu l'entends ? Ce n'est qu'une salade, d'accord, et ce n'est pas une très bonne salade, vu que nous avons des produits minables, mais cette salade, je te la prépare et tu la mangeras. » Lui, bien entendu, dédaignerait la salade, et s'empiffrerait de bananes et de poisson généreusement arrosé de chili.

« Non, je ne mangerai pas cette salade probablement pleine de poils. »

Exaspéré, Marc jeta le couteau.

Ils se lancèrent encore quelques piques de ce genre, puis soudain tout dégénéra en un concert de cris à propos de bananes frites, de l'Afrique, du Mexique, de la politique d'immigration, du travail dans les fermes, des oliviers, de la Californie. Elle lui dit qu'il n'était pas seulement un ignoble bonhomme qui ne lavait pas les laitues, mais un sale étranger qui bouffait des chenilles, un parasite (il lui arrivait de ne pas payer complètement sa part du loyer) incapable de préparer une simple salade ou de couper un oignon. Pourquoi d'ailleurs portait-il ces stupides bottes cloutées qui le faisaient ressembler à un guide du Cervin au XIXe siècle ? Peut-être aimerait-il recevoir pour son anniversaire une paire de *lederhosen* ? Marc répondit qu'il avait mangé des chenilles en Afrique, qu'elles étaient bourrées de protéines et savoureuses, que les bottes avaient appartenu à son grand-père, lequel avait participé à d'importantes expéditions dans l'Himalaya, après la Seconde Guerre mondiale, et que Catlin était devenue dominatrice, têtue, égoïste, provinciale et désagréable. Puis vinrent des accusations de fiascos sexuels et d'habitudes répugnantes, d'anciennes amours, de tricheries et de mensonges. Il lui reprocha l'ignoble mélange de céréales à la graine de lin qu'elle affectionnait, elle lui jeta à la tête sa passion pour les fromages puants, et pour un pain introuvable dans le commerce qu'il fallait fabriquer soi-même, et toujours les minables bottes cloutées. Il s'agissait moins d'une dispute que d'une sorte d'amer témoignage, comme dans certains villages de la campagne espagnole, en Galice, la dernière nuit du Carnaval, quand un homme présente le *testamento*, frénétique catalogue rimé des péchés commis au village au cours de l'année précédente, puis attribue symboliquement aux pécheurs – selon l'importance des délits – les différentes parties du corps d'un âne. Ce soir-là, Marc, qui avait parlé de cette coutume à Catlin, lui attribua les boyaux flatulents de l'âne : parfaite image selon lui de son état délirant.

C'était une éruption de leurs ego outragés : par centaines, griefs et doléances inavoués jaillirent au grand jour. Marc lança par terre le saladier et les épaisses tranches d'oignon roulèrent sur le sol. Catlin jeta la chemise de Marc dans la salade et l'arrosa d'huile d'olive en disant que puisqu'il aimait tant l'huile d'olive, voilà qui lui plairait. Elle courut vers le fourneau, saisit la poêle à frire et renversa dans l'évier le mélange de bananes et de chili. Quand Marc essaya de l'arrêter, elle lui flanqua une claque retentissante, en hurlant des imprécations. Marc devint soudain très calme, son visage prit une expression curieuse et pourtant familière : on y lisait de la colère mais aussi — oui, du plaisir.

Il se reprit. Comme pour la provoquer de nouveau, il dit à Catlin : « Tu es une vraie garce américaine ! » — son ton était celui de la conversation mais sa voix devenait plus cinglante à chaque mot. « Toi et toute cette ville constipée de Républicains blancs à l'esprit étriqué, vous avez tous les mêmes opinions de droite. Aucune diversité, pas de nourriture décente, pas de conversation, pas d'idées, non, il n'y a rien d'autre ici que le paysage. Et dans les Alpes le paysage est plus beau que dans les Rocheuses. » Puis Marc croisa les bras et attendit la réaction.

« Ça fait plaisir de t'entendre dire enfin ce que tu penses vraiment. Tu n'as qu'à débarrasser le plancher. Va donc baiser la vieille Julia aux grosses jambes ! » Malgré ses cris d'une stridence presque diabolique, Catlin avait honte du caractère outrageusement théâtral de la scène. Marc, lui, s'étonnait de ce nom de Julia dans sa bouche. Il ne l'avait jamais mentionnée Julia était sa mère.

Les lèvres serrées, il parcourut les pièces, ramassant

ce qui lui restait de vêtements, ses livres, ses bottes cloutées tant calomniées, son GPS, son matériel d'escalade, ses skis, sa collection de masques africains, puis rangea posément le tout dans sa malle. Elle continuait à lui lancer des remarques caustiques mais Marc ne répondait rien. Dans la cuisine, il glissa sur l'huile d'olive renversée et faillit tomber. Il se sentit humilié et sa colère s'accrût. Catlin remarqua que le bandage qu'il avait à la main gauche était taché de pus et de sang. Quelques jours plus tôt, en essayant de détacher au marteau des éclats d'un bloc d'obsidienne brillante qu'Ed Glide lui avait donné, il s'était enfoncé une lamelle de pierre dans la main. Ça doit s'être infecté, pensa-t-elle avec une joie méchante.

Le dernier geste de Marc fut de déchirer le poster de Big Train Johnson, qui trônait au centre de l'autel au Base-Ball de l'Idaho et représentait le joueur juste après un lancer, les doigts de la main droite encore arqués, une expression de légère curiosité sur son banal visage. Marc s'arrêta devant Catlin en lui lançant un regard furibond; elle eut l'impression qu'il lui offrait son visage pour une seconde gifle. Elle ne fit pas un geste; brusquement, Marc partit.

Par la fenêtre, elle le vit monter dans sa camionnette et démarrer en direction du sud. Vers Denver où, comme Marc l'avait dit, il y avait toutes les couleurs de peaux, un mélange de cultures et un aéroport international.

Elle ramassa la salade avec la chemise ruinée de Marc et fourra le tout dans un sac-poubelle. Elle se calmait lentement. Une idée brillante lui vint : elle ferait sans lui la randonnée de la piste Jade. Elle n'avait pas besoin de lui.

Elle dormit peu. Deux fois elle se réveilla en pensant à leur rupture. Elle se leva aux premiers rayons du jour, fit bouillir une douzaine d'œufs durs – aliment idéal pour une randonnée – et chargea la Jeep. Le téléphone sonna au moment où elle sortait avec le dernier bagage.

La voix de Marc était calme. « Catlin, j'ai deux billets d'avion pour Athènes demain matin. Je vais combattre les incendies en Grèce. Tu veux venir ?

— J'ai d'autres plans. » Catlin raccrocha, puis débrancha la prise du téléphone. Elle jeta sa montre et son portable dans le tiroir de l'argenterie avant de sortir en toute hâte. Se débarrasser de la technologie, elle l'avait appris quelque part (mais pas de Marc), aiguisait vos sens, vous ouvrait l'esprit.

Sur la route, Catlin eut l'impression de vivre de nouveau pour elle-même. Pendant des kilomètres, avec un sentiment exaltant de libération, elle écouta la musique de groupes que Marc méprisait : sur les longs parcours il avait une préférence pour Alpha Blondy ou la monotone musique des rappeurs. Catlin ne pouvait pas s'empêcher de penser à leur rupture ; au bout de quelque temps il lui sembla, même à l'arrière-plan de ses airs favoris, entendre des cadences de rap. Plutôt le silence ! Elle se souvint de la curieuse expression de satisfaction sur le visage de Marc quand elle l'avait

Le témoignage de l'âne

frappé – une expression familière mais qu'elle n'arrivait pas à situer.

Le crépuscule était tombé quand elle parvint à la petite ville en bordure du parc national de Big Bison Forest. Elle trouva un motel. Elle ne voulait pas, dans l'obscurité du soir, manquer la piste qu'aucune pancarte ne signalait. Le vent se leva dans la nuit et la réveilla à plusieurs reprises. Chaque fois, en s'étirant, elle se répétait que c'était merveilleux d'avoir le lit pour elle seule. Ce ne fut qu'au matin qu'elle s'aperçut que, dans sa hâte, elle avait oublié la carte topographique dans la caravane. A la quincaillerie locale, elle en trouva une autre réalisée à partir de photos aériennes prises en 1958. Elle était meilleure que la carte oubliée car la piste Jade y figurait clairement.

Dans la boîte à gants, elle dénicha un morceau de papier – le reçu de la dernière vidange d'huile – et avec un vieux bout de crayon qui avait roulé sur le tableau de bord pendant un an elle griffonna son nom, « piste de Jade », la date, et le laissa sur le siège.

Même en plein jour, elle eut de la peine à découvrir la piste abandonnée. Des années auparavant, le service des Forêts avait fait arracher le poteau de signalisation et bloquer l'entrée avec des troncs de pins et de grosses pierres. De jeunes pins avaient poussé et atteignaient son épaule. La carte montrait qu'à une dizaine de kilomètres plus au nord, la piste longeait une montagne anonyme puis contournait une demi-douzaine de lacs de glacier. Marc avait projeté de pêcher dans ces lacs. Soudain une idée la préoccupa : il se pouvait que Marc renonce à s'envoler pour Athènes, retourne à la caravane, découvre qu'elle était partie et que son matériel de camping avait disparu. Il en conclurait aussitôt qu'elle avait décidé de faire la randonnée sans lui et la suivrait. Elle devait rester sur le qui-vive.

Les deux premiers kilomètres ne furent pas agréables : la piste était rocailleuse et le sol s'émiettait en une fine poussière de deux centimètres d'épaisseur. Il était clair que beaucoup de randonneurs ne tenaient pas compte de l'indication « Piste fermée » qui figurait sur la carte et s'y aventuraient sur quelques kilomètres avant de retourner sur leurs pas. Les branches cassées qui signalaient leur passage lui griffaient les bras.

Peu à peu, les jeunes arbres disparurent ; la piste s'enfonçait dans la vieille forêt. Elle marchait sans bruit sur un épais tapis d'aiguilles. La piste s'incurva et lui offrit la vue de pentes couvertes de forêts, des milliers d'arbres d'un rouge orangé tués par la sécheresse et l'invasion des scarabées du pin. Dans les clairières, la piste disparaissait sous les plants qui reprenaient possession du sol. Les arbres verdoyants semblaient sains ; les scarabées ne les avaient pas encore attaqués. Catlin se demanda si le monde assistait à la fin des forêts de ce type de pins. Si Marc avait été près d'elle, ils en auraient discuté. Le souvenir du bandage souillé lui revint à l'esprit. Marc avait décidé d'apprendre à confectionner des pointes de projectile en pierre. Ils avaient parlé des instruments préhistoriques et quand il lui avait révélé que le tranchant de ces pointes n'avait

Le témoignage de l'âne

que quelques microns d'épaisseur et coupait mieux qu'un rasoir, elle s'était demandé rêveusement pourquoi les terroristes ne s'armaient pas de couteaux en silex, que les aéroports ne seraient pas en mesure de détecter.

« C'est idiot », avait dit Marc.

Après quelques kilomètres en terrain plat, la piste commença à grimper en tournant, sorte d'escalier escarpé de racines et de rochers. La fonte des neiges avait raclé et lissé le sol bourré de silex anguleux. Vers midi, la piste se perdit dans une véritable explosion de fleurs sauvages — ancolies, penstémons, clarkies, mourons, castillèles. Cette prairie alpestre et les quelques banquettes de neige encastrées dans les fentes des pentes exposées au nord charmèrent Catlin qui regarda le petit lac qu'elle surplombait. La scène avait un caractère enchanteur. Mais même ici il faisait moins frais qu'elle ne s'y attendait. Le soleil cognait et un nuage de moucherons et de moustiques dessinait une ellipse autour d'elle. Elle s'assit à l'ombre d'une énorme pierre pour manger son déjeuner. Marc ne lui manquait pas.

Son regard se tourna vers Buffalo Hunter, le point le plus élevé de la chaîne. Le pic avait perdu son revêtement de neiges éternelles et paraissait d'une nudité obscène, son sommet gris pâle frémissant dans le rayonnement de chaleur. La roche qui n'avait pas vu le soleil depuis des centaines d'années se trouvait exposée aux regards. Cette année encore l'été était brûlant et sec; le ciel se remplissait bien parfois de nuages déchirés par le vent et d'éclairs, mais la pluie ne tombait pas, sauf quelques gouttes occasionnelles dispersées dans l'air avant d'être emportées par les nuages. Le mois prochain, la mousson de l'Arizona arriverait, apportant une pluie bénie, mais maintenant la plaine était desséchée, les prairies dépérissaient et l'herbe n'y était plus que de fragiles fils bruns qui craquaient sous le pied. La chaleur était presque aussi intense en montagne qu'en bas, et la terre était une sorte de gravier sans vie.

Vers la fin de l'après-midi, elle se sentit fatiguée et calcula qu'elle avait parcouru une vingtaine de kilomètres. La piste Jade se poursuivait encore sur près de cent kilomètres ; elle se terminait sur un départ de piste abandonné à côté d'une ville fantôme de mineurs. Des ruines jusqu'à la grande route, il devait y avoir encore huit kilomètres. Dix jours lui suffiraient, elle en était sûre, pour arriver au bout. Catlin dressa sa petite tente près d'un lac anonyme né de la fonte des neiges. En mangeant sa soupe de tomates, elle observa les truites qui montaient à la surface pour le frai du soir. Des cercles parfaits s'élargissaient et fusionnaient avec des cercles identiques. Le soleil couchant enveloppait de ses rayons les millions d'insectes qui formaient une brume lumineuse au-dessus du lac. Marc aurait observé cela de près – mais il était probablement en Grèce maintenant. Se souvenant du bon vieux temps où les randonneurs jonchaient les pistes de croûtes de pain et de chips, un geai gris la surveillait patiemment. A son intention elle émietta un biscuit, et le baptisa Johnson, en hommage à Big Train Johnson. Le jour s'effaça, laissant un ciel perlé de rose contre lequel se dessinait une crête noire dentelée de cimes de pins pareils à des pointes de pique en obsidienne. Catlin n'avait pas peur de l'obscurité ; elle resta assise à écouter les bruits de la nuit jusqu'au moment où la dernière tache de lumière à l'occident eut disparu. Il n'y avait pas de lune.

 Comme elle avait dormi contre une pierre, elle se réveilla avec des courbatures. Dès l'aube, la chaleur se fit sentir en montagne. Les rares congères subsistantes se mirent à fondre pour alimenter les ruisseaux qui serpentaient à travers les prairies. Les plaques de neige prenaient des formes fantastiques, cartes d'archipels lointains, éclaboussures de yaourt renversé, jambes sales, ailes de cygne. Il n'y avait pas de vent et les moucherons et moustiques étaient agressifs ; elle s'enduisit d'une crème insecticide. Après quelques flexions et extensions pour assouplir ses membres, elle fit bouillir de l'eau pour le thé, mangea deux œufs durs et repartit. L'insecticide resté sur ses doigts avait poissé les œufs et le goût déplaisant et âcre lui brûla la bouche un long moment.

 Elle passa à côté d'une demi-douzaine de petits lacs ridés par les truites remontant à la surface, et songea à Marc. Elle entendit, sans le voir, un torrent sous les saules qui descendait en cascade de banquettes de neige en altitude. Partout où il y avait un filet d'eau, les saules sombres de montagne poussaient en épais bouquets. Les lacs peu profonds couleur kaki et jean bleu reflétaient les pics et les champs de neige des hauteurs. Certains étaient d'un bleu profond qui s'assombrissait progressivement depuis les rochers fauves du bord jusqu'aux profondeurs où, dans une eau plus fraîche, séjournaient les gros poissons. La trace laissée par l'eau sur les rochers du bord indiquait que le niveau des lacs avait été plus haut d'environ un mètre ou un mètre cinquante.

La piste s'élevait peu à peu de façon régulière. La végétation la recouvrait si abondamment que, sur de longues sections, elle se confondait avec la montagne. Catlin la perdit à deux reprises ; pour la retrouver, elle dut grimper assez haut. Elle était parvenue à l'altitude où la piste se poursuivait pendant une quinzaine de kilomètres au-dessus de la ligne des arbres avant d'amorcer la descente par le versant ouest. C'était une zone où de grands éperons rocheux, des masses de roche ombragée étalaient de véritables mondes de lichens d'une grande beauté. Elle savait que le lichen, usine de transformation chimique, fragmentait la roche et en faisait de la terre. Mark avait un jour fait la remarque que les lichens étaient peut-être les premières plantes qu'il y ait eu sur terre, ajoutant que, sur des millions d'années, c'étaient les lichens qui avaient transformé le revêtement rocheux de la terre en un sol fertile et permis à la vie de prendre son essor. Les lichens qu'ils voyaient dévoraient encore les montagnes. Au cours de leurs randonnées, ils avaient aperçu des lichens de cent formes et couleurs : des flammes, des andouillers, des taches, des points ardents, des

Le témoignage de l'âne

chips, du caviar, des gouttes de gelée, des grains de blé, des cheveux verts, de petites mitaines de feutre, des maladies de peau, des tasses lilliputiennes au bord rose. Ils se disaient toujours qu'ils allaient étudier les lichens mais, de retour chez eux, ne le faisaient jamais.

Les rochers eux-mêmes, dont le bas était entièrement couvert de mousseuses guirlandes d'ancolies en fleur, étaient presque trop beaux pour qu'on les regarde longtemps. Un rocher rouge massif, grand comme trois maisons, était éclaboussé d'un lichen vert-feuille. Elle voulut gratter avec son ongle mais le lichen se révéla inattaquable. Sur de petits rebords et saillies de la roche des plantes fleurissaient. Couleurs et lieux atteignaient à une si rare perfection qu'elle en éprouva une grande tristesse. Pourquoi ? Elle n'en savait rien mais songea que la cause en était peut-être un sens du spirituel qui remontait à l'origine des temps. Dans cet endroit sauvage, il n'y avait aucun signe de l'homme sinon le bruit occasionnel et presque indistinct d'un jet volant très haut. La solitude provoquait des réflexions existentielles. Elle regretta la discussion avec Mark ; elle perdait toute importance, n'était rien de plus qu'un nuage de poussière : l'horizon. Mais Catlin n'était pas malheureuse d'être seule : « Ça met les choses en perspective, pas vrai, Johnson ? », lança-t-elle au geai gris qui la suivait toujours.

Le lendemain vers midi, elle parvint à un rocher grand comme une église à une trentaine de mètres d'un lac couleur fauve ; c'était en réalité plutôt une falaise qu'un rocher, un emboîtement de tronçons, de la taille d'une maison, d'un granit rose étincelant qui se fracturait en blocs et corniches si énormes que de jeunes pins y avaient trouvé assez de sol pour prospérer. Avec le temps, leurs racines forceraient la roche, la feraient éclater. Entre la falaise et le lac descendait un talus jonché de pierres parfois grosses comme des voitures. Quelques kilomètres plus loin, des pentes couvertes d'éboulis débordaient des arbres rabougris à la limite de la forêt et marquaient le point le plus haut de la piste. Elle ne voulait pas s'aventurer jusque-là en fin d'après-midi et se trouver forcée de camper dans la zone des orages, alors qu'elle voyait déjà des nuages gris effilochés glisser au-dessus des pics dénudés. D'après la carte, le plus élevé s'appelait la Talbert Mountain. Catlin décida de ne pas aller plus loin et de camper. Elle se débarrassa de son sac à dos qu'elle laissa tomber lourdement et bruyamment sur la piste qui, à cet endroit, coupait une couche de granit de près d'un kilomètre de large. Se libérer du fardeau familier était un luxe ; elle s'étira.

Sur la falaise rose, assez haut, elle crut voir des lettres – des initiales et une date ? Les mineurs et les voyageurs de jadis avaient laissé partout la marque de leur passage. Elle décida de grimper là-haut pour voir ce que c'était ; il s'agissait peut-être de Jim Bridger, de Fremont, de Jedediah Smith ou d'un personnage historique de ce genre. Elle éprouva une soudaine sensation de manque, comme un élancement, comme si une écharde s'enfonçait sous son ongle, à la pensée que Marc n'était pas avec elle. Il aurait poussé des cris de joie devant cette superbe piste, devant ces lacs restés dans leur état originel, et il aurait aussitôt grimpé jusqu'à l'inscription sur le rocher.

Le premier tiers de la falaise était fait de rocaille, de débris de pierre enserrés dans un tissu grumeleux de lichen gris. Puis venaient une quinzaine de mètres d'une roche granitique aisée à escalader qui cédait brusquement la place à un mur presque perpendiculaire d'une pierre étincelante hérissé de blocs en saillie. Elle était déterminée à s'approcher assez pour lire l'inscription, car elle était sûre que les marques là-haut étaient des lettres altérées par les intempéries.

L'escalade fut plus difficile qu'il n'y paraissait. Plusieurs pierres vers le bas branlèrent sous son pied mais le sol était si proche qu'elle ne s'en inquiéta pas. Plus haut, la pluie et les infiltrations de neige avaient tracé comme une ébauche de piste qui dévalait en serpentant d'un enchevêtrement de blocs brisés, et offrait juste prise à son pied. Centimètre par centimètre, elle progressa sur ce minuscule sentier jusqu'au premier bloc qu'elle réussit à contourner en s'accrochant à la pierre – elle évita de regarder en bas – et se trouva assez près pour distinguer les lettres barbouillées à la peinture noire : « José 1931 ». Non, il ne s'agissait pas d'un explorateur célèbre – mais d'un vieux berger mexicain. Bon, cette question était réglée.

La descente se révéla bien plus compliquée qu'elle ne l'imaginait. Des petites pierres se délogeaient et glissaient sous ses pieds. A un certain endroit, elle dut se laisser glisser sur une pente raboteuse, d'où de très désagréables plis de sa culotte à l'entrejambe. Elle voulait arriver en bas le plus vite possible et dresser sa tente. C'était le soir ou jamais pour déboucher son flacon de rhum et se préparer un cocktail avec le jus d'airelles dont elle trimbalait la bouteille depuis deux jours. Elle rêvait de la désaltérante acidité du breuvage.

Arrivée presque en bas, elle fit un saut de près de cinquante centimètres pour atterrir sur la roche au sommet du fouillis d'éboulis. La pierre bascula comme si elle était montée sur un roulement à billes et le pied de Catlin plongea dans la cavité qui s'ouvrait entre cette pierre et une autre, puis libérée de son poids, la lourde roche revint à sa position première et la jambe de Catlin fut emprisonnée. D'abord Catlin lutta pour se dégager sans prendre garde à la douleur : ce n'était qu'un obstacle temporaire. Mais ensuite, incapable de faire bouger la roche et de s'arracher à son étreinte, elle comprit qu'elle était prise au piège.

Elle était tellement furieuse qu'il lui fallut plusieurs minutes pour analyser la situation. A l'aller, le même bloc avait bougé légèrement avec une sorte de grincement rauque, comme s'il se raclait la gorge. Comme il n'était même pas à un mètre du sol, elle avait jugé que c'était sans importance et ne s'en était pas inquiétée. Si Marc avait été avec elle, il aurait dit : « Prends garde à cette pierre. » Et si Marc avait été là, il aurait pu la repousser ou faire levier pour la soulever le temps qu'elle retire sa jambe. Si Marc avait été là... Si n'importe qui avait été là. Elle savait qu'il était stupide de partir seule en randonnée. Elle avait grimpé là-haut parce que Marc l'aurait fait. De sorte que, en un certain sens il était là : comme la cause de ce qui était arrivé.

Elle continuait à essayer de libérer sa jambe qui enflait rapidement. La roche pressait contre son mollet et son genou. Elle pouvait bouger un peu sa cheville et son pied ; c'était la seule bonne nouvelle. Enfant, Catlin avait appris que si l'on ne lâchait pas prise, on vivait, tandis que si l'on capitulait, on mourait. Parfois pourtant, on mourait même si on ne lâchait pas prise. Quelles chances avait-elle de s'en tirer ? Si Marc revenait à la caravane, il trouverait la carte oubliée sur la table de la cuisine. Il verrait que son équipement de camping n'était plus là, il saurait qu'elle était sur la piste Jade, et il viendrait. A moins, lui soufflait une voix intérieure, une voix sombre, qu'il ne fût en Grèce ou ailleurs à combattre les incendies de forêt. Et s'il était en Grèce, le personnel du service des Forêts remarquerait-il la Jeep de Catlin abandonnée depuis six jours, lirait-il la note qu'elle avait laissée sur le siège avant et partirait-il à sa recherche ? Telles étaient donc ses chances de s'en tirer : qu'elle arrive à se délivrer toute seule ; que Marc parte à sa recherche ; que le service des Forêts organise une expédition de secours. Évidemment, il y avait encore une possibilité, bien faible : qu'un autre randonneur ou un amateur de pêche emprunte la piste. En attendant, elle mourait de soif. Son sac à dos était resté là où elle s'en était débarrassée. Dedans il y avait le jus d'airelles, la nourriture, le minuscule fourneau, les allumettes, le miroir de signalisation – tout, en somme. Dans sa frustration, elle essaya de soulever le roc mais celui-ci ne bougea pas.

Le crépuscule avançait ; Catlin pleurait de colère et de rage contre le faux pas qui risquait de lui coûter la vie. Sa langue collait à son palais ; sa bouche était sèche. Finalement, appuyée contre la pierre qui fraîchissait, elle tomba dans un demi-sommeil, dont elle se réveilla vingt fois. Sa jambe prisonnière s'était engourdie. La soif et l'air froid de la montagne s'agrippaient à elle comme des sangsues. Son cou lui faisait mal ; elle remonta ses épaules. Elle frissonnait ; elle essaya de s'envelopper de ses bras mais les frissons s'intensifièrent et devinrent des tremblements profonds, des contractions douloureuses. Des scénarios envisageables lui passèrent par la tête. Était-il possible que son corps se refroidisse au point que la jambe prisonnière rétrécisse et puisse être dégagée ? Elle fit une nouvelle tentative, la cinquantième, et sentit le bord de l'énorme pierre peser sur le sommet de sa rotule. Aurait-elle la force de tirer inexorablement sa jambe vers le haut même si le bord de la pierre sectionnait ou écrasait la rotule ? Elle essaya, s'acharna aussi longtemps qu'elle le put, mais fut vaincue par la souffrance. Pendant quelques minutes, l'effort avait diminué la violence de ses frissons, mais bientôt la crispation de ses muscles reparut, toujours aussi forte et douloureuse. Se souvenant combien il faisait chaud dans la journée, elle pria pour que vienne le matin. Elle se disait que si elle pouvait se réchauffer, elle reprendrait des forces, et que si elle avait de l'eau et pouvait boire elle arriverait sûrement à dégager sa jambe. Et puis si elle avait de l'eau, elle pourrait la laisser couler le long de sa jambe et peut-être agirait-elle comme un lubrifiant qui permettrait de la libérer. L'idée lui vint alors que son urine pourrait à la fois la réchauffer et lubrifier la jambe emprisonnée. Mais l'impression de chaleur fut fugitive, et la présence d'un lubrifiant passa inaperçue du roc – désormais une personne et non plus un objet inanimé. Une personne mal intentionnée.

Les spasmes de frissons étaient entrecoupés de sommes brefs qui ne duraient que quelques secondes. Enfin les étoiles pâlirent et le ciel prit la couleur d'une gelée de pommes.

« Viens donc, viens donc. » Catlin conjurait le soleil qui se levait avec une lenteur intolérable. Finalement, les rayons frappèrent la crête à l'ouest mais elle-même restait dans l'ombre et le froid. Une heure s'écoula. Elle pouvait entendre les oiseaux. L'un d'eux se percha au bord du roc malveillant, juste hors de portée. Si elle avait pu le saisir, elle lui aurait arraché la tête d'un coup de dents et aurait bu son sang. Même si les rayons du soleil ne la touchaient pas encore, l'air se réchauffait lentement. Catlin avait l'impression que sa jambe était une grosse colonne qui palpitait à grands coups. Enfin le soleil béni tomba sur elle, la pénétra de ses rayons et les frissons diminuèrent. La merveilleuse chaleur la détendait ; elle s'assoupit pendant de longues minutes. Mais à chacun de ses réveils soudains, sa soif lui revenait comme une maladie et enflammait tous les pores de sa peau, gonflait sa gorge. Elle sentait sa langue s'épaissir.

La chaleur du soleil, d'abord si plaisante et bienfaisante, devint ardeur : elle brûlait ses bras nus, son cou, son visage. Au-dessus d'elle, les aigles criaient. Vers midi sa peau cuisait tant, sa soif était si véhémente qu'elle en oublia sa jambe blessée. Ses yeux étaient irrités et brûlants, et elle devait cligner pour voir les cônes lointains d'éboulis qui paraissaient vibrer dans la chaleur. Au coucher du soleil, les pics dénudés se transformèrent en tas de copeaux métalliques étincelants. A plusieurs reprises au cours de la journée, elle imagina que Marc approchait et appela son nom. Un renard, qui tenait quelque chose dans sa gueule, courut vers la plaque de neige.

Elle regarda mieux le roc qui l'emprisonnait. C'était un bloc de granit de forme irrégulière d'environ un mètre de long et soixante-dix centimètres de haut, dont la partie supérieure formait une table en pente qui au centre s'évidait en un creux de trente centimètres de long et de cinq centimètres de profondeur. Elle pouvait atteindre ce creux du bout des doigts.

Le soleil descendait cran par cran tandis que les ombres des rochers changeaient. Une marmotte curieuse monta en courant sur le roc voisin pour la regarder, puis courut se cacher dessous et réapparut d'un autre côté. Johnson, le geai gris, était toujours là ; il pénétrait dans son champ de vision et en sortait si souvent que c'était comme si elle avait une mouche devant les yeux. Il n'y avait à voir que Johnson, la marmotte, les aigles dans le ciel. Il n'y avait qu'une seule chose à laquelle elle pouvait penser. Quand le soleil déclina, il y en eut une autre : la nuit, le froid.

Le roc perdit sa chaleur lentement, cruellement, inexorablement. Le soleil disparut soudain au-dessous de l'horizon et aussitôt un courant d'air froid descendit des pentes enneigées. D'abord, elle eut plaisir à sentir la fraîcheur sur sa peau brûlée, mais moins d'une heure plus tard elle frissonnait. Elle savait ce qui l'attendait ; son corps le savait aussi et semblait rassembler ses forces pour l'affronter. Elle entendit au loin le ronronnement du moteur d'un petit avion. Son esprit envisagea à toute allure la façon dont elle pourrait, le lendemain, signaler sa présence à un avion. Elle avait un miroir réfléchissant dans son sac à dos. Si seulement elle avait gardé sa montre, si seulement elle avait emporté son portable. Si seulement elle n'était pas partie en solitaire. Si seulement elle ne s'était pas querellée avec Marc. Si seulement Marc apparaissait. Maintenant. Elle se dit que les bruits d'approche de Marc imaginés au cours de la journée devaient être dus à un renard dévalisant son sac. La nuit traîna, interminable. Elle était dans un état de demi-conscience et somnolait maintenant plus longuement, des minutes entières et non plus des secondes ; elle avait le corps ployé contre le roc qui formait une sorte de table inclinée, comme un rang de pommes de terre à biner. Sa jambe tantôt était engourdie et tantôt l'élançait.

Le matin fut douloureusement familier. Elle avait l'impression d'être prisonnière ici depuis sa plus tendre enfance. Rien de ce qui s'était passé avant le roc n'avait de réalité. Elle était une souris prise au piège. Tout était identique : le ciel lumineux, son désir de la chaleur du soleil. Sa langue remplissait toute sa bouche et ses doigts étaient gourds. Le geai gris, Johnson, perché à moins d'un mètre d'elle sur le bord de la pierre, elle le prit pour un loup. Les pics là-haut ressemblaient à de monstrueuses vagues qu'elle voyait enfler et déferler. La surface du roc qui refermait son étreinte sur elle était d'un grain fin, d'un bel éclat, ponctuée de pointes d'aiguille de lichens. La courbure du ciel épousait le roc. Quelque chose sentait mauvais : sa jambe ou son jean imbibé d'urine ? Ses yeux desséchés remontèrent vers les vagues océaniques, puis se posèrent sur le roc, sur Johnson métamorphosé maintenant en manche de son peignoir en tissu chenille, sur la surface du roc, sur ses mains contractées, enfin se relevèrent de nouveau vers les pentes d'éboulis. Elle ne savait pas que mourir pouvait être si ennuyeux. Par moments, elle s'endormait et rêvait du piège de granit qu'avait bâti avec tant de soin un maçon inconnu. Elle rêva que son père s'était tiré une chaise tout près et lui disait que sa jambe allait se dessécher et se détacher mais qu'elle pourrait se fabriquer une bonne béquille avec un des jeunes pins qui poussaient près de la piste et sautiller ainsi jusqu'en bas. Elle rêva qu'un papillon très rare s'était posé sur le roc et qu'un entomologiste qui ressemblait à Marc, venu l'attraper, soulevait avec aisance le roc, libérait sa jambe et lui montrait le fauteuil roulant spécial qu'il avait apporté pour la ramener.

Quand elle reprit soudain conscience, le ciel s'accroupissait sur le roc, les pentes, les hautes plaques de neige suintaient et ployaient; elles ondulaient au même rythme que les protubérances chauves des monts. Le temps lui-même se ratatinait et palpitait. Johnson le geai émettait des sons épais, ronflants comme jamais oiseau n'en avait produit. C'était un tambour, un baril de pétrole vide sur lequel on tapait un message, un tambour doué de parole et elle le comprenait presque. Le soleil semblait monter et descendre comme un yo-yo, lui déchirer les yeux de ses rayons puis disparaître. Il se passait quelque chose. Elle arrivait à distinguer de petits lichens transparents, qui sautillaient sur la pierre, sur le dos de ses mains, sur sa tête et ses bras. Elle ouvrit la bouche et les lichens devinrent de la pluie qui tomba sur sa langue rôtie. Aussitôt, elle sentit monter un sentiment de satisfaction et de plaisir. Elle fit une coupe de ses mains pour recueillir la pluie mais ses mains étaient trop raides. La pluie coulait de ses cheveux, s'égouttait de la pointe de son nez, trempait sa chemise, remplissait la déclivité de la dalle rocheuse d'une eau bénie qu'elle ne pouvait pas tout à fait atteindre.

Pendant tout ce déluge, elle but et sentit sa force et sa raison revenir. Quand l'orage s'éloigna, sa tête était plus claire. Le dur ciel bleu reparut et le soleil commença à aspirer l'humidité comme on rembobine un tuyau d'arrosage. Elle réussit à enlever sa chemise et à la lancer sans grande force en direction de la déclivité remplie d'eau ; la manche atterrit dans la précieuse flaque qui contenait la valeur de plusieurs tasses de liquide. Elle la ramena à elle et suça la manche humide puis recommença jusqu'au moment où elle eut tout absorbé. Non loin, elle entendait un des petits torrents de la montagne dévalant bruyamment à travers la pierraille. Elle était assez lucide pour comprendre que la pluie n'avait fait que reporter l'inexorable échéance. Elle pouvait voir d'autres nuages d'orage à l'est mais rien à l'ouest, d'où venait le vent dominant. Le geai gris n'était plus dans son angle de vision.

Ayant complètement épongé le creux de roche avec sa chemise, elle l'enfila de nouveau pour se protéger du soleil brûlant. Le sol de gravier avait englouti la pluie. Contre l'agression du monde scintillant qui l'entourait, elle ne pouvait que plisser les yeux. Le cycle recommençait. Moins d'une heure plus tard, sa soif qui, avant l'orage, avait commencé à s'estomper, repartit avec férocité. Son corps entier, ses ongles, son oreille interne, les extrémités de ses cheveux graisseux réclamaient de l'eau : tout son corps hurlait. Ses yeux vrillaient le ciel dans l'attente de la pluie.

Dans la nuit il y eut des éclairs lointains, comme une provocation, une promesse non tenue ; la pluie ne tomba pas. La surface de la dalle rocheuse devint une plaine rayonnante sous un éclat de vieux clair de lune.

Le témoignage de l'âne

Au matin, le spasme de force et de lucidité était parti. Elle avait l'impression de décharges électriques qui, à travers la roche, pénétraient dans son torse, des aiguilles et des pointes d'épingle, et l'engourdissement qui suivit fut presque bienvenu, bien qu'elle eût vaguement conscience de ce que cela signifiait. Une nuée d'apparitions descendit des plaques de neige : des fontaines et des derviches, des robinets d'eau jaillissante, un hélicoptère avec un toboggan aquatique, une foule de gens vêtus de couleurs criardes qui lui tendaient une main secourable. Toute la journée un vent desséchant souffla, la rendant presque aveugle. Elle ne pouvait plus fermer les yeux. Le soleil était horrible, sa langue pendait dans sa bouche comme un battant métallique de cloche et claquait contre ses dents. Ses mains et ses bras s'étaient changés en un cuir noir et gris. Dans ses oreilles retentissaient des crépitements et des bourdonnements innombrables et sa chemise semblait faite d'un métal rigide qui frottait contre sa peau de lézard.

Pendant sa longue lutte pour se débarrasser de la douloureuse chemise, à travers le bourdonnement de ses oreilles, elle entendit Marc. Il était chaussé de ses bottes cloutées ; il gravissait la piste derrière elle. Ce n'était pas une illusion. Elle fit de son mieux pour retrouver ses sensations et entendit clairement le cliquetis des bottes cloutées sur le revêtement de granit de cette section de la piste. Elle essaya de l'appeler mais au lieu du nom « Marc », il y eut un rugissement guttural, « MAAA... », une sorte de son épais, inquiétant, primal, effrayant une biche et ses faons qui dévalèrent la piste de pierre dans un cliquetis de sabots noirs et disparurent, bientôt aussi invisibles qu'inaudibles.

Dans le fossé, les sabots en l'air

Sa mère avait été d'une beauté à couper le souffle, et une dévergondée, cela Dakotah l'entendait dire depuis le moment où elle avait commencé à reconnaître les mots. Les gens disaient que Shaina Lister, avec ses yeux aigue-marine et ses boucles couleur écorce de bouleau, avait gagné tous les concours de beauté, puis était devenue la putain du lycée; elle s'était trouvée enceinte à l'âge de quinze ans. Le lendemain de la naissance de Dakotah, dans sa tenue d'hôpital, le visage encore crispé de souffrance, elle avait filé par l'escalier de service de la maternité; dans la rue, un de ses copains loubards l'avait embarquée dans sa voiture et ils étaient partis vers Los Angeles. Le même jour, le télévangéliste Jim Bakker, adultère démasqué et avoué, avait démissionné de sa société Loué Soit le Seigneur, véritable planche à billets. Bonita Lister, la mère de Shaina, s'était affligée de sa chute; le mari de Bonita, Verl, tenait la télé pour responsable de l'inconscience de Shaina et de sa haine du ranch.

C'est très bien comme ça

« Elle a vu à la télé que c'était très bien de fuguer et elle l'a fait. » Il voulait même se débarrasser du poste, mais Bonita avait déclaré que ça n'avait pas de sens : on n'enferme pas son cheval quand l'écurie a brûlé. Bien qu'il déplorât l'influence corruptrice de la télévision, Verl dit alors que, puisqu'il payait l'éléctricité, autant en tirer parti. Il regardait des émissions où il était question de danger et de mystère, de secrets, d'humiliations.

Verl et Bonita, la trentaine avancée, étaient restés avec le bébé sur les bras. Si ç'avait été un garçon, disait Verl — les mots filtraient de sa bouche serrée sur sa cigarette roulée —, il aurait pu l'aider pour les corvées quand il aurait été plus grand. Et il aurait hérité du ranch : c'était la fin implicite de sa phrase. Verl avait donné à Dakotah le nom de son arrière-grand-mère ; née sur le territoire, celle-ci s'était mariée, était devenue veuve et s'était remariée seulement après avoir fait reconnaître ses droits sur la terre que lui avait allouée le gouvernement et en avoir fait dresser l'acte à son nom. Plus tard, elle avait été célèbre pour sa méthode d'élimination des puces dans la famille : elle faisait bouillir le linge dans un mélange d'insecticide pour moutons et de kérosène. A une époque où l'on portait le deuil d'un mari pendant deux ou trois ans (et six mois pour une épouse), elle n'avait pleuré le sien que six dérisoires semaines, puis avait présenté sa demande d'allocation de terres. Verl chérissait une photographie qui la montrait avec le précieux acte de propriété debout devant son impeccable maison en bardeaux, un chien d'un blanc douteux appuyé contre sa jupe à carreaux. Elle avait une main derrière le dos ; Verl disait que c'était parce qu'elle fumait sa pipe, et Dakotah croyait en effet voir s'élever une volute de fumée, mais, selon Bonita, il s'agissait de la poussière que soulevait le vent. Cela, c'était au temps des pionniers ; depuis, le pays avait changé : le paysage était rongé, entravé de mille manières, ponctué de troupeaux, de mines de charbon, de puits de pétrole, de stations de pompage de gaz, strié de pipelines. La route qui menait au ranch s'appelait Trente Kilomètres mais personne ne savait à quelle indication de distance cela correspondait.

Bonita la fausse blonde (son arrière-grand-père avait épousé une Indienne et les cheveux noirs faisaient partie de son héritage génétique) devint ainsi une jeune grand-mère. Dans l'esprit de cette femme élevée et formée sur un ranch, sa petite-fille était une difficulté de plus à laquelle il fallait faire face. Le travail ingrat, elle était habituée à y voir le vrai sens de l'existence et à en louer le Seigneur – mais comment ferait-elle maintenant, sans les exhortations et les encouragements de Jim Bakker, elle n'en savait rien. En plus d'un époux diminué, de tâches incessantes, de la bonne humeur (souvent forcée) qu'on attendait d'une femme, et d'une fille dévoyée, voilà qu'elle devait élever le bébé de cette fille. Comme si Verl Lister n'était pas déjà un assez lourd fardeau. Sans assistance, Verl ne pouvait pas gérer le ranch et ils devaient souvent demander à leurs voisins de venir en hâte leur donner un coup de main. Bien sûr c'était parce qu'il avait été un casse-cou dans sa jeunesse, courant d'un rodéo à l'autre, montant les chevaux à cru, faisant mille chutes, suivies de fractures et dislocations diverses, d'où l'arthrite et d'autres maux venus avec l'âge. Un cheval en le piétinant lui avait brisé le bassin et les jambes et maintenant il ne pouvait marcher qu'à demi accroupi comme un joueur de cornemuse. Bonita ne pouvait pas lui reprocher les blessures de sa jeunesse : elle se rappelait le jeune homme aux cheveux bouclés et aux beaux yeux, assis sur son cheval, le dos droit comme un piquet. Quand même, pensait-elle, un homme, c'était censé endurer la souffrance sans mot dire, en vrai cow-boy, et non gémir toute la sainte journée. Elle aussi souffrait d'arthrite à son genou gauche, mais elle souffrait en silence.

Au cours des années 1980, il y eut une énigme : où avaient donc disparu tous les travailleurs valides ? Pendant le boom énergétique, les compagnies pétrolières avaient littéralement absorbé tous les gars du Wyoming ; elles offraient des salaires qu'aucun propriétaire de ranch, même Wyatt Match, le plus riche, n'était en mesure de payer. Or, quand l'effondrement était survenu, la main-d'œuvre n'avait pas reparu. « On se serait attendu, disait Verl, quand toutes ces compagnies pétrolières se sont retirées, à trouver à tous les coins des gars en quête de boulots. » Mais la main-d'œuvre avait pris goût à l'argent et ils avaient suivi les dollars loin du Wyoming.

Ses yeux d'huître gris blanc nageant derrière des

lunettes cerclées d'or dont les verres noircissaient au soleil, Wyatt March répétait que Verl avait un ranch poubelle – non parce que le bétail venait paître sur ses terres, mais à cause des clôtures tombées, des barrières retenues par un seul gond, des bouts de ficelle qu'on voyait partout, des machines rouillées abandonnées dans les champs, et aussi parce que la table de la cuisine des Lister était recouverte d'une nappe en vinyle représentant la Cène. Dans une des rigoles d'irrigation gisait une vieille berline, le capot en l'air. Un fourneau électrique hors d'usage trônait sur le perron de l'entrée. Les vaches Lister erraient sur les routes ; elles étaient victimes d'accidents constants, se noyaient dans le ruisseau lors de la crue de printemps, s'enlisaient dans des bourbiers improbables.

Le pire moment de l'année, c'était le printemps, quand alternaient les blizzards et des poussées d'une chaleur saharienne. Un soir fouetté de neige, alors que Dakotah mettait la table, Verl dit qu'une vache avait tenté de gravir une pente raide et que le sol humide s'étant dérobé sous elle, elle avait atterri sur le dos dans la rigole.

« J'ai eu de la chance aujourd'hui. Une maudite vache s'est retrouvée dans le fossé, les sabots en l'air, y a deux jours. Elle était morte quand je l'ai vue. » Verl avait un ton curieusement satisfait en prononçant cette phrase ; derrière ses cils pâles, ses yeux bleu-vert comme ceux de l'incontrôlable Shaina se plissaient et clignaient.

« Tout le monde ne parlerait pas de chance », dit

C'est très bien comme ça

Bonita d'une voix lasse. Elle tira sur un fil qui sortait de la couture de la jambe de son pantalon rose – une couleur peu pratique mais Bonita était convaincue que les tons pastel irradiaient une image de fraîcheur et de jeunesse. Elle se dirigea vers l'évier en passant par-dessus Bum, le vieux chien de Verl estropié par les coups de sabots des vaches, et se mit à récurer la seule casserole assez grande pour faire bouillir une bonne quantité de pommes de terre ; cette casserole, elle s'en servait plusieurs fois par jour.

« C'est une chance, façon de parler. »

Bonita ne chercha pas à déchiffrer l'énigme – elle n'en avait pas le temps et n'aurait pas réussi même si elle l'avait eu. D'ailleurs avec Verl, c'était une catastrophe après l'autre. A chaque automne il allait couper du bois dans la forêt et elle savait qu'un jour il se sectionnerait à mi-corps avec sa vieille et imprévisible tronçonneuse. Elle l'espérait presque.

Pour Verl Lister, tout était question de chance et dans son expérience elle n'avait guère été de son côté. Son rêve secret d'enfant avait été de devenir un animateur de radio charismatique, qui aurait rencontré des personnalités de la chanson, donné les informations, programmé la musique, commenté le temps. A l'origine de ce rêve il y avait la radio bon marché que, gamin, il avait gagnée en vendant du baume « Rosebud » de ranch en ranch sur une vieille jument. Le soir, comme on lui interdisait de l'écouter après neuf heures, il la glissait sous ses draps et baissait le volume au point que ce n'était plus qu'un murmure ; il

Dans le fossé, les sabots en l'air

écoutait Paul Kalinger, et sa voix de miel, sur une station frontalière survoltée : petites annonces du courrier du cœur, boniments pour des toniques et des élixirs, refrains de cow-boys. Plus tard, à son adolescence, il y avait eu un autre animateur, Wolfman Jack, avec un répertoire de potins sexuels scandaleux et de halètements impudiques. Mais il n'avait jamais souhaité ressembler à Wolfman Jack. Paul Kalinger était son idéal.

Il ne savait pas comment se faire une place à la radio, telle qu'il l'imaginait, et le projet radiophonique s'était estompé quand, avec l'âge, il s'était mis à travailler dans le ranch familial. Pour le plaisir il avait monté des broncos, source de ses présentes misères. Aujourd'hui encore il avait toujours la radio allumée sur son camion et l'on trouvait une radio dans chacune des chambres de la maison malgré les médiocres conditions de réception. Le plus souvent, il écoutait les stations qui programmaient des chansons d'amour tristes et des chansons à boire, de la publicité pour les ventes de voitures d'occasion, des informations sur la vie des églises et sur les ventes aux enchères ; ces stations n'étaient qu'une pâle image des vieilles stations frontalières gueulardes de sa jeunesse. Quand, dans les années 60, la radio nationale avait pris pied dans le Wyoming, il l'avait jugée ennuyeuse et bêcheuse. La télévision lui parut toujours inférieure à la radio. Les images sur l'écran n'avaient pas la qualité de celles qu'il avait dans la tête.

C'est très bien comme ça

Dans sa jeunesse, Wyatt Match avait été privilégié. De bons chevaux depuis le moment où il avait fait ses premiers pas, des voyages à l'étranger, des bottes cousues main. Il avait préparé l'université dans une école de la côte Est, puis avait étudié à l'Université de Pennsylvanie. Après sa licence il était retourné au Wyoming avec une ou deux idées sur les progrès désirables en agriculture, et avait essayé, trop tôt, de se faire élire député de l'État : à l'époque on nommait à des responsabilités politiques des propriétaires de ranchs économes et conservateurs, plutôt que des hommes riches et dépensiers ; or cette étiquette de prodigalité collait à Wyatt, dans l'esprit d'une population envieuse, à cause du terrain de golf privé construit par son père. Avec les années, Wyatt était devenu d'un conservatisme à toute épreuve ; c'était un petit esprit dur aux idées arrêtées. Après son flirt de jeunesse avec les vaines idées progressistes qu'il devait à ses professeurs de la côte Est, il s'était consacré à la défense d'une conception romantique du ranch à la manière du XIXe siècle, l'âge d'or du Wyoming. Descendant d'une famille irlandaise, il avait une peau de lait que le soleil enflammait ; ses cheveux roux étaient devenus d'une vénérable blancheur. Sa grande fierté, c'était le panneau éclairé en bleu au néon MATCH RANCH qui brillait à côté du portail aussi monumental que le *torii* d'un sanctuaire Shinto. Après des années d'efforts, il avait réussi à entrer au parlement de l'État. Les gens du pays avaient pris l'habitude de voir la masse de sa Silverado poussiéreuse surgir sur la route et les dépasser sur la droite en soulevant une tempête de gravier.

Dans tous ses propos, même les plus insignifiants, perçait une nuance de supériorité. Quand il parlait du temps, Match semblait suggérer que les blizzards, les tempêtes de vent, les routes glacées, la grêle féroce ne concernaient que les autres ; il avait l'air de jouir d'un climat différent, qui l'enveloppait comme un nuage personnel et se déplaçait avec lui. A l'époque où il tentait de se faire élire à l'assemblée législative avec ses idées révolutionnaires, un vieux propriétaire de ranch fort respecté l'avait pris à part et lui avait dit, en soulignant chaque mot, qu'il n'y avait rien à changer au Wyoming : c'était *très bien comme ça*. Peu à peu, il comprit la vérité de cette affirmation.

Son mariage lui avait donné un poids politique accru : il avait épousé Debra Gale Sunchley, qui venait d'une famille d'éleveurs implantée depuis cinq générations dans le Wyoming ; c'était une grande travailleuse, qui avait une capacité innée d'endurance, portait des jeans bien repassés, des bottes et une vieille veste Carharrt. Le premier des Sunchley était venu au Wyoming avec le 11e régiment des Volontaires de l'Ohio pour combattre les Indiens après la guerre de Sécession. En garnison à Post Greasewood sur la North Platte, il avait déserté, s'était réfugié auprès d'une famille de mineurs finlandais à Carbon et avait épousé une des filles, Johanna Haapakoski.

Debra Gale Sunchley Match était secrétaire et trésorière de l'association féminine des Cow Belles et membre du cercle de lecture des Femmes chrétiennes, lequel, soucieux de moralité, goûtait de préférence les souvenirs de cow-boys ou d'éleveurs censés incarner le cran et l'endurance. Debra Gale, qui n'avait pas lu plus de dix livres dans sa vie, savait qu'elle avait autant le droit que quiconque de donner son opinion sur un ouvrage. Quand Wyatt divorça pour épouser Carol Shovel qu'il avait rencontrée sur un terrain de golf au cours de vacances en Californie, Debra Gale et son frère Tuffy Sunchley restèrent; ils furent chargés d'assurer conjointement la gestion du ranch. Match fit construire sur la propriété une maison pour son ex-femme, un bâtiment d'un seul niveau comportant une vaste remise pour les neuf chiens qu'elle avait. Il lui versa un salaire : c'était une excellente travailleuse qu'il n'avait pas l'intention de voir partir.

Tandis que Dakotah grandissait, le ranch Lister continuait à vivoter. On parvenait à joindre les deux bouts grâce à Bonita, toujours préoccupée par le manque d'argent et la santé de Verl. Le seul moment de liberté qu'elle se concédait dans la journée, c'était quand elle s'agenouillait près de son lit pour dire ses prières : elle demandait à Dieu de lui donner la force de poursuivre sa tâche et de préserver la santé de son mari.

« Ne te vieillis pas avant l'âge », répétait-elle impatiemment à Verl qui semblait aspirer à la vieillesse. Il lui fallait une demi-heure d'exercices le matin pour assouplir ses articulations. Bonita s'irritait aussi de voir que Dakotah n'aimait pas monter à cheval et participer aux rodéos, et qu'elle refusait d'assister aux réunions des pionnières. Elle avait toujours des corvées à lui donner : ramasser les œufs, cueillir les haricots, découvrir l'endroit où la clôture était cassée car les vaches s'échappaient de la propriété. La pire corvée pour Dakotah, c'était de gratter les toasts brûlés de Verl, qui tenait absolument à ses toasts mais refusait de débourser un sou pour acheter un grille-pain.

« Ma mère faisait de très bons toasts sur la plaque. Comme ça ils sont déjà beurrés. » Bonita brûlait souvent les toasts de Verl tandis qu'elle s'occupait des œufs et du hachis de viande. Dakotah devait racler la croûte charbonneuse au-dessus de l'évier avec un couteau de cuisine.

Un jour, sous l'effet d'un vague besoin d'affection, Dakotah essaya de serrer dans ses bras Bonita en train de nettoyer des pommes de terre dans l'évier. Bonita la repoussa vivement. Parfois Dakotah partait flâner à pied dans le ranch ; elle se dirigeait en général vers la pente abrupte plantée de pins où il y avait une petite source ; le sol était jonché d'ossements gris qui dataient du temps où un puma y avait établi sa tanière sous un tronc d'arbre. Bonita elle-même ne se promenait jamais : ç'aurait été un abandon de poste et une perte de temps. Au printemps, elle marquait les bêtes avec les hommes et trouvait encore moyen de préparer à manger pour tout le monde ; au moment de la vente de novembre, elle surveillait à cheval les vaches que l'on poussait dans les camions bariolés d'images de fromages suisses tandis que Verl allait couper du bois dans la forêt. Verl ne marchait jamais ; il était toujours ou dans son camion ou assis dans le fauteuil à bascule qu'il aimait. Il entrait dans la maison et soupirait :

« J'ai encore eu de la chance aujourd'hui. » Sa voix était plaintive.

Elle attendait. Encore une de ses histoires interminables qui ne conduisaient nulle part et lui faisaient perdre son temps.

« J'ai rempli le bidon d'essence, suis parti dans la forêt, et je veux bien être pendu si, quand je suis arrivé, le bidon n'était pas renversé et l'essence répandue partout. »

Bon, l'essence était perdue. Verl avait sa voix solennelle, sa voix qui signifiait « j'ai des nouvelles graves à t'apprendre ». Elle hochait la tête, grattait les carottes, faisait voler les copeaux orangés. Elle portait encore son pantalon rouge de pyjama, même si elle avait ramené les génisses qui étaient au pâturage de l'est, réparé une section abîmée de la clôture, ramassé le courrier, nourri les agneaux malades et se trouvait en train de préparer le déjeuner. Elle n'avait simplement pas eu le temps d'enfiler son jean. D'ailleurs elle ne comptait pas aller en ville aujourd'hui.

« Et puis je me suis mis au travail et la chaîne de la scie s'est cassée.

— Pour sûr tu as eu des problèmes. » Jadis, accablée par les jérémiades de Verl, elle avait envisagé de l'empoisonner. Mais ils n'étaient pas assurés et elle ne voyait pas comment elle pourrait s'occuper seule du ranch; elle avait renoncé à l'idée. Et puis elle n'avait jamais oublié le joyeux hiver de leurs fiançailles, les longs trajets glacés dans le camion du ranch, dont le chauffage ne fonctionnait pas, pour retrouver Verl au Double Arrow Café. Elle claquait des dents quand elle entrait dans le bar merveilleusement chaud et bruyant. Russ Eftink appuyait toujours sur la même touche de la machine qui rejouait sans cesse *Blue Bayou*. Verl, le beau cow-boy, le dur à cuire, traversait la salle d'un pas nonchalant pour la rejoindre et l'entraîner dans la danse. Bonita jeta les carottes dans la casserole et s'attaqua aux pommes de terre avec le vieil éplucheur qui datait de l'arrière-grand-mère de Verl et dont la poignée de bois avait disparu depuis des décennies. La plupart des ustensiles de cuisine étaient vieux et cassés – le fouet à œufs avec sa poignée dont la vis branlait et tombait dans la mayonnaise, la passoire ébréchée et rouillée, les poêles à frire tordues, les cuillers dont l'usure était pathétique.

La voix de Verl s'éleva : « Et j'ai moins mal à la poitrine aujourd'hui qu'hier.

— Ah! bon... » Bonita rinça les pommes de terre et les découpa en cubes pour les cuire plus vite.

« Je suis censé voir cette dame, la doctoresse, demain matin à huit heures moins dix. Je sais pas si je dois y aller. On dirait que j'ai pas mal aujourd'hui.

— Ça pourrait être une pure question de chance, tu ne crois pas ? Je veux dire le fait que tu n'aies pas eu mal alors que tu te fatigues tellement. »

Il la regarda de biais, se demandant si, par hasard,

elle faisait du sarcasme. « Tu sais que mon désir, c'est de ne pas t'abandonner, te laisser sans personne, si je meurs d'une crise cardiaque », dit-il d'un ton solennel.

Bonita ne répondit rien.

« J'imagine que je ferais mieux d'y aller. » C'était son intention depuis le début.

Wyatt Match pensait que la propriété délabrée de Verl Lister donnait aux éleveurs du Wyoming une fâcheuse réputation de ploucs. Grâce au ciel, Lister n'était pas sur la grande route ! Wyatt citait souvent le vers de Robert Frost : « Les bonnes clôtures font les bons voisins », sans d'ailleurs bien comprendre le poème ni saisir la différence entre ceux qui édifiaient des clôtures en pierre et ceux qui recouraient aux fils barbelés. Les Lister étaient sa cible favorite. Qu'il s'agisse des habitudes de travail de Verl, de sa façon de ne jamais vous regarder en face, sinon dans l'œil gauche, ou des tailleurs en rayonne verdâtre de Bonita, Wyatt se plaisait à les présenter comme les bouffons du pays. A la vérité, les vaches de Verl Lister étaient sauvages et indisciplinées, parce qu'on les faisait rarement travailler ; elles souffraient de parasites, de fourchet, de fièvre lactée, de descentes d'organes, de hernies ; on leur tirait dessus, on leur décochait des flèches ; elles trébuchaient contre les piquets des clôtures, bouffaient du fil barbelé, toussaient, chutaient dans les cours d'eau et se noyaient. Quand il mentionnait Match, Verl parlait de « lui et de sa clique, ces salauds qui font la loi ». Mais s'il rencontrait

Dans le fossé, les sabots en l'air

Match à une foire ou au magasin d'aliments pour le bétail, il le saluait avec le sourire et Match, à son tour, lui disait : « Comment va, Verl. » En revanche, s'ils se croisaient sur les routes de l'arrière-pays dans leurs camions respectifs, Verl levait trois doigts et Match, le visage enflammé par le soleil, regardait fixement devant lui. Pete Azkua, petit-fils d'un éleveur de moutons basque, exprimait cela à sa manière : « *Nahi bezala haundiak ahal bezala tripiak* », ce qui signifiait, disait-il, que les gros font ce qu'ils veulent et le menu fretin fait ce qu'il peut – ce qui expliquait les visages aigris qu'on voyait parfois en ville.

Si Verl en voulait à Match, c'était Carol Shovel, la seconde femme de Match, qu'il détestait cordialement. Cette Californienne aux sourcils roux, à la chevelure de renard, portait des robes très décolletées et se parait de quantité de bracelets sonores. Elle se considérait comme une autorité en tout domaine et avait la plus insolente liberté de parole. Personne ne comprenait pourquoi elle avait épousé Wyatt Match. Évidemment, disait-on, Match avait de l'argent – non pas grâce à son ranch mais grâce au Cow-Boy Slim Program, cure d'amaigrissement par correspondance qu'avait lancée son père. Des recettes pour faire progresser le Wyoming, Carol Match en avait à revendre : redonner leur place aux chemins de fer, créer des lignes de bus, favoriser l'implantation de Noirs et d'Asiatiques et améliorer ainsi la diversité ethnique, déplacer la capitale de l'État de Cheyenne à Cody, prendre des mesures pour attirer producteurs de cinéma et sociétés informatiques. Le bruit s'étant répandu que Carol fustigeait la paresse des gens du Wyoming, Verl fut indigné. Si lui-même évitait le travail autant que possible, c'était parce qu'il était à moitié infirme et que c'était mauvais pour son cœur. Le monde entier, sauf cette garce de Californienne, savait qu'il n'y avait pas sur terre de population aussi frugale, économe et travailleuse que celle du Wyoming. Le travail y était presque sacré – le bon travail manuel exécuté dans la joie, pour le plaisir ; c'était le centre de la journée, le cœur de la vie au Wyoming. Ça et tenir bon face à l'adversité, et accepter l'idée qu'attacher sa ceinture de sécurité était inutile – parce que quand votre heure était venue, elle était venue. Ne pas se laisser attacher à son siège, c'était l'esprit pionnier, l'esprit de liberté.

« J'ai bien envie de l'envoyer sur les roses, expliqua-t-il à Bonita, mais on ne peut rien dire à une personne comme ça ; elle est trop ignorante. Ça lui glisserait dessus comme l'eau sur le cul d'un canard. »

Un jour dans le magasin de pièces de rechange pour voiture où Carol Match vérifiait si on avait reçu sa commande – un pare-soleil pour une des vitres latérales de la Chevrolet 1948 qu'elle faisait restaurer –, Verl écouta sa conversation avec Chet Bree derrière son comptoir. Carol portait une jupe bleue très courte dont l'ourlet était juste au-dessous de ses fesses rebondies et un chemisier en soie qui découvrait ses seins robustes et bronzés.

« Il faut absolument installer des feux à ce croisement. Il y aura un mort un de ces jours. » Les bracelets de Carol cliquetaient.

« Ça a toujours fonctionné comme ça. Faut seulement faire un peu attention. Les gens n'ont jamais eu de problème à cet endroit. » Bree fixa la poitrine de Carol pendant quelques secondes, puis détourna les yeux, puis de nouveau son regard se coula dans l'ouverture du corsage. Verl voyait presque le cul de Carol.

« Nous avons besoin de nouveaux éléments », dit-elle.

Verl comprit ce qu'elle voulait dire : il ne s'agissait pas seulement d'importer des étrangers. Il s'agissait d'un troc. Pour chaque idiot, chaque ignorant de Californien qu'elle comptait faire venir, on écarterait un natif du Wyoming. Il était sûr qu'elle avait sa liste et qu'il y figurait. Bree n'avait rien répondu et son silence, songeait Verl, lui vaudrait probablement d'y figurer également.

« Le Wyoming est très bien comme ça, n'est-ce pas Bonita. Ces gens qui viennent ici... »

Le jardin d'enfants avait été une source de révélations pour Dakotah. Le premier jour, la maîtresse, une grosse dame dans un pull-over à poils roses, demanda la date de naissance de chaque enfant.

« Nous ferons une petite fête à chaque anniversaire », expliqua-t-elle avec une excitation factice. Chacun des enfants dit une date mais Dakotah, dont on n'avait jamais fêté l'anniversaire et qui n'avait jamais entendu parler de rien de ce genre, se trouva embarrassée. Son voisin, un garçon, annonça « le 9 décembre ».

La maîtresse regarda Dakotah, attendant qu'elle parle à son tour.

« Le 9 décembre, chuchota Dakotah.

— Oh ! Dites, la classe, vous avez entendu ? Dakotah a le même anniversaire que Billy ! C'est merveilleux. Nous allons avoir une double fête. Deux enfants ont le même anniversaire ! Nous aurons deux gâteaux ! »

En rentrant de l'école avec Bonita, Dakotah lui demanda si elle avait un anniversaire, et si c'était le 9 décembre.

« Bien sûr, tout le monde a un anniversaire. Le tien, c'est le 1er avril, le jour des poissons d'avril, le jour où on fait un mauvais tour à quelqu'un. Comme le mauvais tour que nous a joué ta mère. Pourquoi veux-tu savoir ça ? »

Dakotah expliqua que la maîtresse voulait organiser des tas de fêtes à l'école à l'occasion des anniversaires, avec des gâteaux et des jeux, or elle ignorait la date de son anniversaire. Et puis il y avait aussi une chanson.

« Nous, nous n'avons jamais marché dans cette histoire d'anniversaires. Ce sont des bêtises qui ne nous intéressent pas. Pas étonnant que l'école soit toujours à court d'argent, si elle dépense tout en gâteaux. »

Dakotah comprit qu'elle ne pouvait pas dire à la maîtresse que son anniversaire était un poisson d'avril.

A l'école elle apprit ce qu'elle savait déjà, à savoir

qu'elle était différente des autres et ne méritait pas d'avoir des amis.

Les Lister accomplissaient leur devoir : ils élevaient Dakotah, Bonita lui préparait des sandwichs au beurre de cacahuètes pour son déjeuner à l'école tout en écoutant « Gloire du Matin ». Ce programme diffusé avant le lever du soleil comprenait de la publicité, quelques nouvelles du genre sensationnel, une prière et un bulletin météorologique. Les voix de la radio rugissaient dans la salle de bains où Verl était accroupi sur le siège en proie à une constipation chronique. Ses douleurs de poitrine, qui parfois émigraient ailleurs, dans un organe éloigné où elles rongeaient le pauvre homme, déroutaient depuis longtemps la jeune doctoresse qui le soignait ; elle était originaire de l'Inde et tentait de s'insérer dans le contexte rural en participant, sans rien y comprendre, aux divertissements locaux, concours de pêche, de bridge ou de golf, parties de poker, tournois de fléchettes.

« Avez-vous vu Jimmy Mint pêcher ce poisson à trois cents dollars ? », demandait-elle à Verl pour le mettre à l'aise. Celui-ci préférait lui décrire ses tourments dans le plus grand détail ; du doigt il dessinait le parcours de la souffrance, la suivait à travers sa poitrine, descendait jusqu'à ses reins, puis après un détour sur le côté, revenait en arrière et remontait jusqu'à sa gorge.

A la fin la doctoresse envoya Verl à Salt Lake City pour des examens approfondis. Bonita l'accompagna après avoir pris ses dispositions : Dakotah séjournerait chez le pasteur Alf Crashbee et sa femme Marva.

C'est très bien comme ça

Dakotah, qui avait alors sept ans, resta debout dans le hall pendant que Bonita et Marva discutaient. Mme Crashbee s'exprimait avec emphase, ses joues se gonflaient; ses narines frémissantes s'ouvraient largement. Pendant que Dakotah attendait qu'on lui dise où elle devait aller et ce qu'elle devait faire, elle eut un coup de foudre pour un plat de sucreries. Il n'y avait dans le hall qu'un meuble, une longue table étroite; sur la surface polie, brillante, reposaient les clés de la voiture de Mme Crashbee, et tout au bout on voyait un petit plat, de la taille d'une soucoupe, en forme de poisson, sur lequel se trouvaient sept ou huit bonbons parfumés à la pastèque, des Jolly Ranchers. Ce qui mettait Dakotah en extase, c'étaient la forme et la couleur amusantes du plat, la gamme de bleus qui allait du cobalt à des lueurs d'un bleu-vert rappelant le plumage de la sarcelle. Voyant son ébahissement, Mme Crashbee lui dit de se servir; elle pensait que la pauvre petite n'avait pas dû manger beaucoup de bonbons dans sa vie. Après le départ de Bonita, elle réitéra son invitation avec une insistance fébrile :

« Vas-y. Sers-toi donc! »

Dakotah prit un bonbon, défit le papier et se demanda où elle devait le jeter. La femme du pasteur la conduisit à la cuisine et lui indiqua une poubelle en métal. Quand Dakotah essaya de soulever le couvercle, la femme du pasteur lui fit signe de s'écarter, posa le pied sur la pédale et le couvercle s'ouvrit à la volée. Encore une nouveauté pour Dakotah qui rougit de honte parce que la pédale lui était inconnue. Dans la maison de ses grands-parents les ordures étaient jetées dans un sac en papier de l'épicerie qu'on plaçait sur un journal ; quand ce sac était plein, le papier couvert de taches de graisse, le fond humidifié par le marc de café prêt à lâcher, Dakotah devait le porter au tonneau. C'était la seule fois où on lui permettait de faire flamber des allumettes. Elle s'en acquittait avec la gravité d'une vestale, puis s'en allait en courant pour fuir la puanteur de la fumée.

Bonita revint seule la chercher. Elle expliqua à Mme Crashbee que les examens de Verl avaient révélé une arthrite sévère des articulations et la présence de bosses osseuses là où de vieilles fractures s'étaient mal guéries – mais qu'il n'y avait pas grand-chose à faire : il lui aurait fallu un nouveau squelette. En outre, son cœur était faible. Quand il avait vingt ans, un taureau l'avait piétiné, et le cœur avait été endommagé. On lui avait dit de s'exciter le moins possible.

« En ce moment il se repose à la maison. »

La manche du manteau de Dakotah accrocha le plat bleu et le fit tomber. Les Jolly Ranchers ricochèrent sur le plancher comme de pâles noisettes rouges.

« Bonté divine ! dit Bonita en se baissant pour ramasser les morceaux. Tu es aussi maladroite qu'un veau. » Mme Crashbee secoua la tête et affirma, le menton en avant : « Ce n'est rien, c'est un vieux plat bon marché », mais son ton laissait entendre le contraire : que le plat appartenait à un somptueux service. De retour à la maison, Bonita fouetta vigoureusement les jambes de Dakotah.

C'est très bien comme ça

Mme Crashbee avait un four à micro-ondes qui avait magiquement réchauffé la soupe du déjeuner. Lorsque, quelques jours plus tard, Dakotah décrivit cette merveille à Bonita, Verl qui était dans la salle de séjour et écoutait assis dans son fauteuil grogna et cria qu'il comptait s'en tenir au bon vieux fourneau de cuisine. C'était sa manière de signifier à Bonita, laquelle avait paru intéressée par la description de Dakotah, qu'elle n'aurait pas de micro-ondes.

Maigre, des cheveux marron gris presque incolores, des yeux tirant sur le gris, un nez et un menton de garçon, Dakotah n'avait rien de la beauté saisissante de sa mère. A l'école elle était recroquevillée sur son pupitre, ne parlait à personne et les maîtresses la jugeaient plutôt sotte.

Elle était au cours moyen quand Sherri Match apporta en classe quatre chatons.

« Choisis celui que tu veux. C'est gratuit. »

Dakotah eut aussitôt envie d'un tout petit chaton noir aux pattes blanches qui se tenait très droit. Elle le caressa et il ronronna.

« Il est à toi », dit Sherri d'un ton majestueux de grand seigneur.

Dakotah rapporta à la maison sous son pull le chaton qui griffait, se tortillait dans tous les sens, et faisait preuve d'une force surprenante pour sa taille. Dans la cuisine elle lui versa, dans une soucoupe de poupée, du lait qu'il but après avoir éternué. Bonita regardait sans rien dire ; son expression était glaciale.

Dans le fossé, les sabots en l'air

« D'où vient ce chat ? demanda Verl au dîner.

— Sherri Match faisait cadeau de ses chatons.

— M'étonne pas, dit Verl, l'air sévère. Ce chat ne peut pas rester ici. Les chats me donnent de l'asthme. Je vais le rapporter à ces maudits Match. » Il ramassa le chaton, sortit de la cuisine et monta dans son camion.

A l'école le lendemain elle parla à Sherri, marmonna quelques mots d'excuse : elle était désolée que son grand-père eût rapporté le chaton. « Il dit que les chats lui donnent de l'asma. »

Sherri la regarda : « Il n'a pas rapporté le chaton. Il n'est pas venu chez nous. C'est quoi, l'asma ? »

Quand elle entra dans l'adolescence, les coups de lanière sur les jambes de Dakotah s'arrêtèrent. Bonita sembla s'adoucir — effet du temps ou remords ? Mais voyant le corps de Dakotah prendre une nouvelle plénitude, ses grands-parents devinrent très vigilants. On lui interdit de se rendre chez les gens, d'aller ou de revenir à pied de l'école. Les soirées entre amis étaient exclues, et Bonita lui annonça qu'elle ne pourrait pas sortir avec un garçon, car c'était comme cela que sa mère avait ruiné sa vie. Autour du ranch des Lister des exploitations de méthane apparaissaient, et Verl, planté à sa porte, fixait, les yeux plissés, le bout de la route pour voir si Encana ou British Petroleum n'allaient pas enfin venir le délivrer de la pesante pauvreté.

Dakotah était curieuse d'en savoir plus sur sa mère. « Tu n'as gardé aucune de ses affaires ? », demanda-t-elle un jour à Bonita, après avoir fouillé secrètement le grenier.

« Non, j'ai rien gardé. J'ai brûlé ses vêtements de putain et les affiches stupides qu'elle collait sur les murs. Elle était un peu folle, voilà ma conclusion. Avec elle c'était toujours la pagaille ou des trucs excentriques. Elle n'a jamais rien fichu à la cuisine excepté une fois où elle a cuit une casserole entière de Riz Minute, a été prendre une truite au vivier et a coupé un morceau de cette truite, crue, qu'elle a placé sur le riz – et puis elle l'a mangé. *Cru*! J'ai failli vomir. C'est le genre de choses qu'elle faisait. De la folie. »

Dakotah, qui se savait sans charme, n'avait que trop le désir de plaire dans sa soif démesurée d'affection. Elle était prête à aimer le premier venu. Sash Hicks, un garçon maigre, vêtu perpétuellement d'une tenue de camouflage, dont le visage et le corps semblaient avoir été cassés en mille morceaux puis reconstitués, la remarqua et se sentit attiré par sa timidité et son silence. Dakotah répondit à ses avances par de longs et intenses regards dans sa direction quand elle pensait qu'il ne la voyait pas – et puis elle se laissait aller à des rêveries, qui d'ailleurs ne dépassaient pas le stade de baisers langoureux. L'histoire étant une matière méprisée, M. Lewkesberry, leur professeur, fit un jour une tentative pour la rendre attrayante : il voulut flatter l'esprit local et proposa à ses élèves un travail sur les hors-la-loi régionaux. A la bibliothèque, Dakotah consulta *L'Encyclopédie des personnages criminels de l'Ouest;* en feuilletant l'ouvrage, elle tomba sur une photographie de Billy the Kid. Elle eut l'impression que le personnage qui la fixait était Sash Hicks; le même petit sourire triomphant, la même posture avachie, le même pantalon sale. Sash y gagna immédiatement une aura d'illégalité et de compétence en matière d'armes à feu. Désormais dans les rêveries de Dakotah ils fuyaient ensemble au galop; Sash se retournait sur sa selle pour tirer sur leurs poursuivants, Verl et Bonita. Dans la vie réelle, il se passa autre chose : ils commencèrent à se considérer comme un couple; ils se rencontraient dans les couloirs, s'asseyaient côte à côte en classe, échangeaient leurs notes de cours. Dakotah sentait que Sash était sa seule chance d'échapper à Bonita et à Verl – et qu'elle devait mettre le grappin sur lui. Elle l'aima. Chez elle, elle ne parlait jamais de lui.

Au début de leur dernière année, Sash Hicks se décida. Mauvais juge des caractères, il estima qu'elle ferait une servante obéissante qui se préoccuperait de son bien-être. Il lui dit « Marions-nous », et Dakotah répondit d'accord. Elle s'attendait à voir ses grands-parents bouillir de rage quand ils apprendraient la nouvelle. Elle la leur annonça en deux mots à table. Ils parurent contents. Dakotah n'avait pas saisi que, dans leur propre perspective, ils partageaient son sentiment d'un emprisonnement injuste.

« Tu vas t'entendre très bien avec Sash », dit Verl. Le soulagement de ne plus l'avoir sur les bras le rendait jovial.

« Dommage que Shaina n'ait pas eu cette idée, ça aurait été son salut », marmonna Bonita, incapable de lâcher le sujet de sa fille. Leur approbation fut pour Dakotah, qui n'avait jamais entendu un mot d'éloge de leur part, ce qui s'en approchait le plus.

Elle abandonna le lycée quelques mois avant le diplôme de fin d'études. La conseillère scolaire, Mme Lenski, une femme dans la cinquantaine aux yeux d'un bleu terne cerné de marron, essaya de la persuader d'aller jusqu'au diplôme. « Je sais ce que vous ressentez, je comprends parfaitement que vous désiriez vous marier, mais, croyez-moi, vous ne regretterez JAMAIS, JAMAIS, d'avoir terminé vos études. Si vous devez chercher un emploi, ou si des ennuis surviennent... »

Non, pensait Dakotah, vous ne savez pas ce que je ressens, vous ne savez pas comment je suis, mais elle ne répondit rien. Elle trouva un emploi de serveuse chez Big Bob, un relais routier, où elle recevait le salaire minimum et des pourboires rarement supérieurs à dix ou vingt-cinq cents — mais sa paie lui permit de louer un appartement de trois pièces au-dessus du pavillon des Élans.

Le jour de congé de Dakotah, Otto et Virginia Hicks, Verl et Bonita accompagnèrent le couple à la mairie ; après la brève cérémonie, on s'avisa qu'une certaine forme de célébration s'imposait ; ils se rendirent tous chez Big Bob et s'installèrent dans un box ; des routiers et des ouvriers méthaniers les entouraient.

Dans le fossé, les sabots en l'air

M. Castle, le gérant, leur offrit les boissons et présenta ses vœux aux jeunes mariés. Sash grattait une plaie qu'il avait à la lèvre supérieure ; il avala trois hamburgers avec un bon litre de milk-shake. Dakotah commanda un chocolat chaud et de la crème fouettée. Mme Hicks renversa du Coca-Cola sur sa jupe lilas et se montra aussitôt impatiente de retourner chez elle pour réparer les dégâts.

« J'espère que ça ne fera pas de tache. »

Les Hicks étaient célèbres pour leurs soirées où l'on jouait aux cartes, notamment à la canasta ; il y avait des prix pour les gagnants et le premier prix était une tarte aux noix de pécan préparée par Virginia, car elle-ci était originaire du Texas et tirait fierté de ses tartes. Otto Hicks l'avait rencontrée à l'occasion d'un voyage que, frais émoulu de l'université, il avait fait à Amarillo pour se présenter à un employeur éventuel, un fabricant de matériel de forage. Il portait son chapeau, ses bottes et sa veste de cow-boy et n'avait pas obtenu la place qu'il ambitionnait. Mais il avait réussi à persuader Virginia, la chef réceptionniste, de plaquer son travail sans préavis et de l'accompagner au Wyoming, ce qui était déjà une satisfaction. Il s'était offert une vengeance supplémentaire : en passant à côté du parking réservé au chef du personnel, il avait rayé la portière de la voiture de celui-ci avec la pointe à curer les sabots qu'il avait dans sa poche. De retour au Wyoming, Otto s'était consacré aux affaires ; il sous-traitait la pose de barrières de neige pour l'administration des autoroutes de l'État.

C'est très bien comme ça

Laissant sur la table leurs serviettes de papier graisseuses roulées en boule, Bonita et Verl partirent en toute hâte, eux aussi : Verl sentait que sa vieille douleur revenait et progressait furtivement vers son cœur. Aucun des autres, se disait Verl, ne savait ce que c'était que d'être vraiment malade, de se réveiller le matin en se demandant si l'on verrait s'allumer au crépuscule la lampe de la cour. Il avait renoncé aux docteurs de l'hôpital et maintenant, selon l'usage local, consultait un chiropracteur, le plus recherché, un certain Jacky Barstow, gros homme aux doigts d'acier. Le chiropracteur lui avait expliqué que le problème, c'était sa colonne vertébrale : la plupart des maladies, y compris le cancer, étaient dues à une colonne vertébrale en mauvais état ou bloquée. Et la sienne, lui avait dit Barstow, était la pire qu'il eût jamais vue. Verl se glissa hors du box et Bonita le suivit. Dakotah, incapable de se débarrasser de ses réflexes professionnels, ramassa les couverts et jeta les tasses et serviettes de papier dans la poubelle, ce qui fut remarqué et approuvé par Sash et M. Castle. Personne n'ayant payé l'addition, M. Castle dit à Dakotah qu'il en déduirait le montant de son salaire.

Sash Hicks n'était pas le premier homme nu que Dakotah eût vu. Quand elle avait quatorze ans, Bonita était tombée au bas des marches du perron à cause de la raideur de son genou arthritique et douloureux, et s'était fracturé le bras gauche. Le nouveau docteur de l'hôpital, une femme dans la cinquantaine au corps épais, téléphona au médecin qui la soignait pour son arthrite, puis, sans tenir compte des regards furieux de Bonita, lui dit que, vu qu'elle allait rester couchée pendant des semaines, c'était l'occasion idéale pour effectuer le remplacement recommandé de son genou.

« Vous ne rajeunissez pas, Bonita – elle lui montra les clichés de ses radios. Le genou droit paraît bon mais les os du genou gauche me paraissent très usés et mal en point. Ça ne peut pas s'améliorer tout seul, surtout si vous persistez à ignorer la situation. La prothèse vous permettra de vous déplacer aisément. Vous aurez comme ça des années sans souffrance. » Bonita avait protesté mais Verl avait dit qu'elle ne devait pas reculer. On avait remis son bras en place puis on l'avait installée dans une chambre d'hôpital pour une intervention chirurgicale au genou.

Verl était revenu vers midi de l'hôpital. Il était chargé de sacs d'achats et rapportait plusieurs bouteilles de whisky. Il avait annoncé que Bonita reviendrait dans une dizaine de jours avec deux membres dans le plâtre.

« Tu devras donc t'occuper de la cuisine. »

Il paraissait excité, disposait des steaks dans un plat en pyrex, répandait dessus le Tabasco et la sauce de barbecue texane, les arrosait de gros sel et de poivre. A même le sol, il avait allumé un grand feu de forme rectangulaire à la manière des cow-boys ; il disait que ce feu en se consumant laisserait un bon lit de cendres ardentes et avait dit à Dakotah de préparer des pommes de terre à cuire. Elle avait cru comprendre la raison de son excitation : l'absence de Bonita les exemptait de ses règles, d'où une sorte de pique-nique pour Verl et pour elle. Mais vers quatre heures, la véritable raison des steaks s'était manifestée : c'était Harlan, le frère de Verl, qui travaillait au Bureau d'aménagement du territoire à Crack Springs. Harlan était un petit homme musclé et très silencieux. Il avait des cheveux plus longs que Verl et portait des lunettes sombres à monture de plastique. Chaque fois qu'il venait en visite, la conversation mourait vite ; tous regardaient les rideaux ou se nettoyaient les ongles jusqu'au moment où quelqu'un, en général Bonita, se levait en disant « J'ai à faire » et sortait de la pièce. Mais cette fois, Bonita absente, une espèce de conversation avait eu lieu entre les deux frères : une discussion à propos d'un de leurs vieux camarades de classe condamné pour avoir détourné les fonds collectés pour la Journée des Arbres. Verl et Harlan assis sur le sol avaient bu leur whisky pendant que le feu retombait ; Verl avait posé alors les steaks directement sur les charbons rougeoyants ; des nuages d'une fumée parfumée s'étaient élevés, et au bout d'une minute il avait enfoncé dans la viande une fourchette à long manche et l'avait retournée. Des fragments de charbon et des cendres restaient collés aux steaks carbonisés. Harlan avait tendu une petite écuelle d'étain et Verl y avait déposé la viande, puis les deux hommes s'étaient installés dans la cuisine. Ni l'un ni l'autre n'avaient parlé à Dakotah jusqu'au moment où elle avait apporté les pommes de terre cuites au four avec l'assiette de beurre. Elle avait compris que les steaks étaient réservés aux deux hommes.

« Au milieu elles sont encore trop dures, bon sang ! avait dit Verl. Tu ne sais donc pas cuire une pomme de terre ? » Pourtant ils les avaient toutes mangées, sans penser à elle ; ensuite dans la salle de séjour ils avaient regardé des films policiers à la télé et bu de nouveau du whisky. Dakotah s'était préparé un bon vieux sandwich au beurre de cacahuète.

Pendant la nuit un bruit inattendu — cela ressemblait à un cri de triomphe indien — l'avait réveillée, mais ensuite plus rien. Elle s'était levée pour aller aux toilettes, était passée sur la pointe des pieds devant la chambre d'amis où devait dormir Harlan. La porte était ouverte et la lune éclairait un lit qui n'avait pas été défait. Peut-être, s'était-elle dit, qu'après tout le whisky qu'il avait bu, il s'était endormi sur le canapé du salon. Quand, ayant dépassé le coin, et se dirigeant vers la salle de bains, elle avait allumé la lumière du hall, la porte de la chambre à coucher de ses grands-parents s'était ouverte et Harlan s'était montré. Il était nu, le regard vitreux. Son sexe paraissait grand et sombre. Il semblait ne pas avoir vu Dakotah. Celle-ci était rentrée en vitesse dans sa chambre puis était descendue dans la cour par l'escalier de derrière : elle ne voulait pas risquer une nouvelle visite à la salle de bains.

Sash Hicks découvrit que l'air tranquille de Dakotah masquait un entêtement de fer. Au bout de quelques semaines, quand ils ne se roulaient pas sur le matelas grand confort, ils se disputaient comme des chiffonniers sur n'importe quel sujet, grand ou petit.

« Nom de Dieu ! s'exclamait Hicks, qui était toujours au lycée et étudiait pour réaliser son rêve de devenir programmeur. Tout ce que je t'ai demandé c'est de m'apporter une bière, des chips et de la salsa. Ça te casserait les bras ?

— Tu n'as qu'à aller les chercher toi-même. On me donne des ordres depuis que je suis gosse. Je n'ai pas signé pour être ta bonne. J'ai travaillé toute la journée et je suis fatiguée. C'est toi qui devrais m'apporter une bière. Tu te comportes comme un client. Va parler au patron et fais-moi jeter dehors. » Elle se surprenait elle-même. D'où lui venait cette dureté ? C'était en elle, cela devait venir de sa rebelle de mère qu'elle n'avait jamais connue. Peut-être aussi de Bonita qui pouvait se montrer singulièrement irritable quand Verl n'était pas dans les environs.

Furieux de l'entêtement de Dakotah, Hicks se rendit compte qu'il avait fait une grave erreur. En plus, elle n'avait pas de poitrine. Après des mois de refus obstinés de lui apporter ses outils de travail ou ses bières ou de lui ôter ses baskets puantes, ils eurent une explication décisive. Il déclara que c'était fini entre eux ; Dakotah répondit que c'était parfait mais qu'elle gardait l'appartement puisqu'elle en payait le loyer. Après un déluge d'accusations et de blâmes réciproques, ils se trouvèrent d'accord pour divorcer. Hicks retourna chez ses parents et se livra à une débauche de beuveries et de virées entre copains pour célébrer sa liberté retrouvée. Il rata l'examen et s'engagea dans l'armée; il expliqua à son père que l'armée lui donnerait une formation gratuite de programmeur et qu'en plus elle le paierait pour ça. C'était encore mieux que le plan qu'il avait imaginé. Il aurait bien plus de possibilités. La prime d'engagement était un bonus qui lui servit à effectuer le premier versement sur une nouvelle camionnette que sa famille garderait pour lui jusqu'à son retour de l'armée.

Mais avant le départ de Hicks pour sa période de formation militaire, Dakotah découvrit qu'elle était enceinte.

« Mon Dieu ! dit Bonita. Tu vas tout de suite contacter Sash Hicks.

— Pourquoi ? Nous sommes en train de divorcer. C'est fini entre Sash et moi.

— Non, puisque tu vas avoir un bébé de lui. Ce n'est pas fini entre vous, loin de là. Tu ferais mieux de lui téléphoner tout de suite et d'arrêter cette histoire de divorce. »

Dakotah ne voulut pas appeler Sash. Pourquoi, avait-elle envie de demander à Bonita, Verl et toi ne m'avez-vous pas empêchée de l'épouser ? Mais elle savait que s'ils avaient protesté contre le mariage, elle se serait enfuie avec Sash rien que pour les contrarier.

Les mois passèrent. Dakotah continuait à travailler chez Big Bob; elle jouissait de l'appartement, de tout cet espace qu'elle avait pour elle seule. Parfois elle parlait à son mari absent · « Apporte-moi un verre de champagne, Sash. Et un sandwich de dinde, avec de la mayonnaise et des cornichons. Cours en bas m'acheter du gâteau au chocolat. Qu'est-ce qu'il y a, tu as donné ta langue au chat ? » Elle projetait de garder l'appartement après la naissance du bébé. Elle ne s'était pas demandé qui garderait l'enfant pendant qu'elle travaillerait.

Un jour Mme Lenski, la conseillère scolaire, entra chez Big Bob et s'assit dans un box où elle était seule. Elle sortit un mouchoir en papier de son sac, se moucha puis épongea ses yeux larmoyants.

« Ah ! c'est vous, Dakotah ! Je me demandais ce que vous deveniez. Je vois que, vous et Sash, vous attendez un heureux événement. Excusez-moi, je crois que j'ai pris froid.

— Oui, je suis enceinte, mais Sash ne le sait même pas. Nous avons rompu. Vous aviez raison. J'aurais mieux fait d'obtenir mon diplôme. J'aurais un travail plus intéressant que ça. » De la main elle désigna les box, le cagibi par où lui parvenaient les commandes passées à la cuisine, *Adam et Eve sur un radeau*, *la graisse à essieux*, *Mike et Ike*, et le super burger de Big Bob qu'on appelait la « bombe » dans les cuisines.

« Cela aurait pu être pire, dit Mme Lenski. Vous auriez pu être conseillère scolaire : c'est un travail qui vous brise le cœur. » Elle donna sa carte à Dakotah et lui dit qu'elles resteraient en contact. A la suite de quoi elle venait une fois par semaine et demandait toujours à Dakotah des nouvelles de sa santé et ses plans d'avenir — bref posait les questions qui, dans l'esprit d'un adulte, doivent occuper les pensées des jeunes gens. Dakotah ne formait aucun plan d'avenir. Le présent lui semblait solide.

M. Castle l'invita à passer le voir dans son bureau ; c'était un trou sans fenêtres où sa table tenait à peine. Une immense photographie en couleurs de sa femme et de ses triplés occupait presque toute la surface de la table. Dans un coin s'empilaient des caisses remplies de gobelets en carton. M. Castle avait un visage rougeaud, jovial, et un répertoire de plaisanteries éculées. Il s'entendait bien avec tout le monde et calmait les clients difficiles comme un charmeur de serpents sait apaiser d'irritables cobras.

« Dakotah, je n'ai personnellement aucune objection à ce que vous ayez un bébé, mais notre compagnie a des règles strictes : une femme enceinte de plus de six mois ne peut pas continuer à travailler ici.

— Ce n'est pas juste, dit Dakotah. J'ai besoin de travailler. Sash et moi, nous sommes séparés. Je suis toute seule. Je travaille dur pour vous, monsieur Castle.

— Oh! je le sais, Dakotah, mais la décision ne m'appartient pas. » Il la regarda de l'œil d'un époux expérimenté. « Cet enfant est pour très bientôt, je ne me trompe pas? Dans quelques semaines peut-être? Vous ne pouvez pas me bluffer, alors n'essayez pas. » Toute trace de jovialité avait disparu. Elle comprit qu'elle était renvoyée.

Le garçon naquit six jours plus tard et M. Castle fit la grimace quand il se rendit compte qu'il avait échappé d'extrême justesse à un accouchement au restaurant à midi, à l'heure de pointe. Il envoya un pot de chrysanthèmes avec une carte : « De la part de la bande du Big Bob ! »

Dakotah s'attendait à ce que le bébé fût une créature tranquille dont elle se serait occupée comme d'un chat ou d'un chien. Elle n'était nullement préparée à l'avidité rugissante de l'enfant, à sa puissance d'affirmation, non plus qu'à la violence de l'amour qui la submergea et qui la faisait trembler quand elle pensait à ce qui allait nécessairement se produire.

« J'imagine que je dois chercher à le faire adopter », dit-elle à Bonita. Elle éclata alors en sanglots et bafouilla : « J'avais mis de l'argent de côté pour le docteur mais maintenant je n'ai plus de travail et je ne peux pas payer le loyer. » Bonita était atterrée. Même abandonné par son père, ce garçon était légitime. Elle croyait déjà entendre les sarcasmes des Match : ils diraient que Bonita et Verl refusaient de prendre soin de la chair de leur chair. Et puis c'était un garçon !

« Non, ce serait un déshonneur supplémentaire pour notre famille. C'est presque aussi moche que ce que ta mère a fait. Tu vas obtenir une aide financière du bon à rien que tu as épousé, et ton grand-père et moi, nous nous occuperons de l'enfant. Nous ne pouvons pas ne pas le faire. Le péché de ta mère retombe sur la seconde génération. Je veux que tu téléphones à Mme Hicks et que tu lui dises que son cher fils a fichu le camp en plaquant son enfant. Dis-lui que tu vas voir l'agence qui s'occupe des pensions alimentaires et puis un avocat. Je parie ce que tu veux qu'il a remis à sa famille la prime d'engagement. »

Dakotah téléphona à Mme Hicks et lui demanda l'adresse de Sash.

« M'imagine que vous voulez lui soutirer de l'argent, dit Mme Hicks. Il est à l'armée et nous ne savons pas où. Quelque part en Californie. Il ne nous a pas dit où on l'envoyait. A cette heure il est probablement en *Aïrak*. Il disait que son unité serait déployée là-bas. Mais nous n'avons aucune confirmation. En tout cas il ne m'a rien dit à moi. » Il y avait de l'amertume dans sa voix, l'amertume d'une mère qui se sentait négligée ou d'une femme qui regrettait de ne pas être au pays des noix de pécan.

Bonita poussa un soupir. « Elle ment. Elle sait où il est. Mais ces Hicks sont solidaires, collés l'un à l'autre, pire que les coques au rocher. C'est nous qui aurons à nous occuper de l'enfant. Tu le nommeras Verl comme ton grand-père. Ça va faire qu'il s'intéressera plus à l'enfant. » Elle soupira de nouveau. « Est-ce que ça finira jamais ? » Mentalement, elle formula une prière, une requête pour que lui soit donnée la force nécessaire.

Parmi les privilèges conférés au sexe masculin dans l'Ouest américain dont le bébé bénéficia, il faut compter les trésors d'affection qui se découvrirent alors dans le cœur de Bonita et de Verl. Dakotah fut ahurie de voir Verl rester penché sur le berceau de l'enfant en marmonnant des mots vides de sens. Elle comprenait ce qui s'était passé. C'était le même amour foudroyant qui l'avait terrassée elle-même. Verl voulait que Dakotah change le nom de famille de l'enfant, que celui-ci s'appelle Lister, mais elle refusa. Sash Hicks était un salaud mais il était le père légal et légitime de l'enfant et celui-ci resterait un Hicks.

Il fut impossible de savoir où se trouvait Sash. Il avait été au centre national de formation militaire de Fort Irwin et avait alors envoyé aux siens une lettre sibylline : « J'ai appris quelques mots d'arabe. Na'am, Marhaba. Marhaba signifie bonjour, Na'am signifie oui. Comme ça, vous savez. »

Ni Bonita ni Verl n'admettaient l'idée que Dakotah vive de l'assistance publique ou fasse appel aux services sociaux, car les Match auraient alors raison de les condamner comme des parasites vivant aux crochets du contribuable. Ils parlèrent de la question un soir ; dans la cour la lampe éclairait de sinistres lueurs le mur au sud. Dakotah pouvait retourner voir M. Castle et lui demander de lui redonner son ancienne place, ou bien...

« Notre façon de voir, lui dit Bonita, c'est que tu t'engages toi aussi dans l'armée. Ils prennent les femmes. Comme ça tu pourras payer pour l'entretien de Petit Verl et tu compléteras ton éducation. Tu pourras aussi par la bureaucratie retrouver la trace de Sash Hicks. Moi et Grand Verl on s'occupera du petit jusqu'à ce que tu en aies fini avec l'armée. Chez Big Bob tu ne gagnerais pas assez. »

Verl exprima aussi son opinion : « Quand tu reviendras de l'armée tu pourras obtenir une bonne place. Et si tu peux acheter pas cher au PX un bon appareil photo numérique, on prendra des photos de lui... » De la tête, il désigna le bébé qui dormait dans sa chaise.

Dakotah n'en revenait pas : ils étaient d'une sollicitude inconcevable. Ces cœurs de glace semblaient avoir fondu ; c'était comme si les séances de fouet n'avaient jamais eu lieu et qu'une véritable affection entre êtres du même sang avait remplacé le devoir accompli à contrecœur, par déférence aux règles d'une communauté. Elle s'émerveillait : ce changement de sentiments prenait racine dans un amour involontaire, un amour que ses grands-parents n'avaient pas ressenti quand ils l'avaient accueillie à peine née dans leur ranch.

Son grand-père la conduisit lui-même au bureau de recrutement de Crack Springs. Pendant tout le trajet il revint sans cesse sur les idées de devoir et de responsabilité, et sur la nécessité de signer les papiers qui permettraient éventuellement de toucher une pension alimentaire. Il la conduisit à Cody où avaient lieu les formalités d'admission des militaires. Il avait même choisi pour elle une spécialité : l'assistance médicale d'urgence aux combattants.

« J'ai fait le tour de la question, dit-il – on voyait cligner ses yeux bleu-vert qui avec l'âge avaient presque disparu sous les sourcils incolores et les plis de chair. Les auxiliaires médicaux gagnent bien. Tu pourrais faire ça et à ton retour, tu as une carrière qui t'attend. » Le mot de carrière sonnait étrangement dans sa bouche. Pendant des années il avait déblatéré contre les femmes qui avaient un métier. Dans les ranchs, les femmes faisaient tout : elles cuisinaient pour quantité de bouches, assuraient le ménage et la lessive, élevaient les enfants, les conduisaient aux séances d'entraînement de rodéo et aux clubs de pionniers, tenaient les comptes, payaient les factures, s'occupaient des premiers secours et du courrier, allaient chercher la nourriture du bétail dans les réserves, veillaient à administrer leurs piqûres aux chats et aux chiens, et souvent accompagnaient les hommes lorsqu'il s'agissait de marquer ou d'expédier le bétail – mais on avait pour elles à peu près autant d'égards que pour la viande dont la production dépendait largement de leur concours.

C'était presque le printemps ; la petite chute de neige de la nuit précédente garnissait de pointes déchiquetées les brins d'herbe flétrie, s'agglomérait dans les articulations jaunes du saule au bord du ruisseau – cette neige fondrait aux premiers rayons du soleil. Dakotah partit pour l'armée ; elle laissait derrière elle la ville minable et ses petites maisons basses, la prairie couleur terreuse aplatie par le vent, les routes aux boues épaisses, les émissions de radio constamment brouillées par les parasites, les commérages et les préjugés locaux. Quand ils traversèrent la ville, elle vit le camion constellé de boue toujours parqué devant le bar, le gosse (il s'appelait Bub Carl) qui traînait toujours autour de la boutique du coiffeur. Le soleil s'était levé, réchauffant l'asphalte et déjà des ondulations de chaleur montaient de la route tandis que le paysage auquel elle était habituée disparaissait derrière elle. Elle ne ressentait rien à l'idée de partir, n'éprouvait rien – pas même le soulagement d'échapper enfin à la tutelle de Verl et de Bonita non plus que le chagrin ou le regret de leur abandonner son bébé. D'ailleurs elle reviendrait le chercher. Il attendrait comme elle avait attendu, mais pour lui la fin de l'histoire serait heureuse car elle reviendrait. Elle l'avait pris dans ses bras et avait fixé les yeux bleu d'ardoise de l'enfant :

« Tu vois ? Je reviendrai te chercher, je reviendrai pour toi. Je t'aime et je reviendrai. C'est promis. » Il lui fallait seulement traverser cette période dense de sa vie qui allait se dérouler loin du ranch, loin du Wyoming – loin de son bébé qui seul donnait du prix à ce triste endroit.

On l'envoya faire ses classes à Fort Leonard Wood dans le Missouri. La première chose qu'elle apprit, c'est que l'armée était une affaire d'hommes et que les femmes étaient décidément considérées comme inférieures à tous points de vue. Un souvenir lui revint soudain : elle était allée faire des courses avec Bonita à Cody. Bonita avait une préférence marquée pour un petit centre commercial où figurait un comptoir « Viandes pour cow-boys » et un magasin de vidéos. Dakotah avait choisi de rester dans la camionnette plutôt que de traîner derrière Bonita, intraitable et vociférante acheteuse d'articles au plus bas prix possible. Elle aperçut un homme avec ses deux enfants devant le centre commercial Grum ; à cet endroit il y avait un petit coin de gazon. L'homme avait un visage rouge et dur et une moustache brune ; il portait un jean, un maillot de corps sale, une casquette de base-ball, et des bottes de cow-boy. Il lançait gentiment un frisbee à un garçonnet, un bambin trop lent qui n'arrivait pas à l'attraper. Contre le mur du centre Grum se tenait appuyée la fille, plus âgée que le garçon d'un an ou deux, à laquelle le père ne lançait jamais le frisbee. La façon dont il semblait ne pas voir le regard plein de désir de la fillette inspira une sorte de rage à Dakotah ; elle sourit à cette fille qui regardait si fixement le duo du père et du fils, et, au bout d'un moment, sortit de la camionnette et marcha vers elle.

« Salut ! dit-elle en souriant, comment t'appelles-tu ? »

L'enfant ne répondit rien et s'écrasa contre le mur crasseux.

« Qu'est-ce que tu veux, toi ? » C'était le père qui s'adressait à Dakotah. Son bras s'abaissa ; le frisbee – il était en nylon, comme les propriétaires de chiens les aiment – pendit contre sa jambe.

Le bambin hurlait à son père : « Lance, lance », et se mit à pleurnicher quand il vit que son père n'en faisait rien.

« Moi ? Rien. Je disais juste bonjour à la petite fille.

— Ouais. Eh bien voici ta grand-mère qui vient. Rentre chez toi et n'embête plus mes enfants. » La petite fille jeta à Dakotah un regard de haine pure et lui tira une longue langue jaune.

Dans le fossé, les sabots en l'air

Bonita coinça le sac de ses achats entre deux sacs d'ordures qu'elle comptait déposer à la décharge. « Pourquoi donc que tu lui parles ?
— Mais je ne lui parlais pas ! Je disais bonjour à la petite fille. Qui c'est ?
— C'est Rick Sminger, un des anciens... amis de Shaina. Moins on parlera de lui, mieux ce sera. A ta place je poserais pas de questions. Remonte. On file. »

Ce qu'il y avait de pire à l'armée, la chose à laquelle elle savait qu'elle ne s'habituerait jamais, c'était la présence constante de trop de gens, trop près de vous, dégageant de la chaleur et des odeurs et toujours à parler et à crier. Quand on a grandi dans le silence et les grands espaces, quand on est voué de naissance à l'isolement, qu'on se sent différent et qu'on déteste attirer l'attention, on souffre de la compagnie des autres. C'est ainsi que le mal du pays prit chez Dakotah la forme d'un désir douloureux de vent, de vastes paysages vides, de silence et de solitude. Elle désirait revoir son enfant et finit par croire qu'elle avait la nostalgie du vieux ranch.

Elle obtint de piètres résultats au test d'aptitude – le strict minimum pour être autorisée à continuer. Elle se rappela la suggestion de Verl, qu'elle devienne auxiliaire médicale. Elle n'avait pas idée d'autre chose et au moins elle aiderait les gens. Au cours de ses classes, elle entendit répéter que c'était très dur. L'énorme quantité d'informations à mémoriser rendait fous les candidats. Mais elle avait suivi des cours de réanimation au lycée et se disait qu'elle pourrait au moins réussir quelques-uns des examens.

Après ses classes, elle partit pour Fort Sam Houston à San Antonio, où l'on formait les auxiliaires médicaux. Son avenir immédiat prit tout de suite l'allure d'une falaise infranchissable. Tous les volontaires de sa promotion semblaient pratiquer la médecine depuis le jardin d'enfants. Pat Moody, une blonde maigre et nerveuse originaire de l'Oregon, était la fille d'un docteur et depuis des années n'entendait parler que de médecine. Elle était très excitée à l'idée de recevoir sa formation au Brooks Medical Center à cause de son célèbre service des grands brûlés, et comptait exercer la médecine une fois qu'elle aurait quitté l'armée. Marnie Jellson venait d'une ferme de l'Idaho où l'on cultivait les pommes de terre et avait soigné sa mère malade pendant deux ans. Elle s'était engagée quand sa mère était morte. Tommet Means était auxiliaire médical depuis la fin de ses études secondaires. Chris Jinkla venait d'une famille de vétérinaires et avait accompagné mille fois son père dans ses visites.

« J'ai passé mon adolescence à bander des pattes », disait-il.

Dakotah, Pat et Marnie devinrent amies. Pat jouait de la guitare et en apprit assez à Dakotah pour qu'elle sache jouer « Michael, Row the Boat Ashore ». Marnie possédait une collection de films qu'elles regardaient le week-end. Elle avait une pomme de terre tatouée sur le mollet gauche et connaissait des tas de plaisanteries au sujet de la pomme de terre. Toutes deux parlaient de leurs familles ; Dakotah expliqua que ses grands-parents l'avaient élevée, et parla de Sash, de leur rupture et du bébé.

« Pauvre gosse, dit Marnie, tu en as drôlement bavé.

— Comment c'est possible, leur demandait Dakotah, d'avoir la nostalgie d'un endroit qu'on déteste ? » Elle songeait à l'odeur familière de poussière, de pierre ou de vieux bois, à la brume d'été due aux incendies de forêt au loin, aux affleurements de roche rose qui fendillaient la terre couleur rouille. Elle songeait à la ville délabrée où un bâtiment sur deux portait un vieux panneau abîmé annonçant : « A vendre ».

« Peut-être que c'est des gens que tu as la nostalgie et pas de l'endroit », dit Pat.

C'était évidemment exact. Elle le sentit aussitôt. Et pas seulement de bébé Verl, mais aussi de Bonita, si renfermée, et de Verl qui se traînait sur ses mauvaises jambes.

Elle acheta un appareil photo et l'envoya à Bonita et à Verl, en leur demandant de prendre des photos de bébé Verl qu'elle colla ensuite par douzaines sur le mur de sa chambre. Elle écrivait de longues lettres à son bébé et en couvrait les marges de dessins symboliques, baisers et étreintes. Avec Pat elle dévalisait le PX dans sa quête de jouets pour enfants, de jeans miniatures, de pyjamas en tissu imprimé représentant des tanks et des avions.

Elles allaient dîner au restaurant et Dakotah apprit ainsi qu'empiler les assiettes vides était contraire aux

bons usages. « Je voulais seulement aider la serveuse »,
expliqua Dakotah : n'était-ce pas ce que faisaient les
cow-boys, ses clients de Big Bob, quand ils avaient
terminé leurs burgers ?

Un soir, dans un restaurant japonais, Pat la persuada
de goûter aux sushis.

« C'est quoi ça ? », demanda Dakotah en regardant
le mamelon de riz sur lequel trônait une tranche
orange de nature indéterminée.

« C'est du saumon et du riz, et ça, c'est du wasabi,
une sorte de raifort râpé. Attention, c'est épicé. »

Elle en mangea ; la texture de la chair du poisson la
surprit. « Mais ce n'est pas cuit !

— Ce n'est pas censé être cuit.

— C'est cru ! Du poisson cru ! Et je l'ai mangé ! »
Son estomac se soulevait mais elle ne vomit pas et
même elle en mangea un autre morceau. Le lendemain
elle se souvint de ce que lui avait raconté Bonita de sa
mère posant un bout de truite crue sur du riz minute.
Se pouvait-il que sa mère eût entendu parler des sushis
et eût décidé d'en faire l'essai – à sa manière, dans le
style du Wyoming ? Était-il possible que sa mère, loin
de se comporter comme une folle, eût simplement
témoigné de curiosité pour le monde extérieur ? Elle
en parla à Pat et à Marnie et les filles conclurent que
c'était sûrement cela, sa mère avait manifesté de la
curiosité, une envie d'exotisme.

Voyant déferler sur le groupe le tsunami de pages à
lire, de conférences, de diapositives, de vidéos, de

radios, de programmes informatiques sur l'anatomie, les maladies, les traumatismes, la physiologie, l'obstétrique, la pédiatrie, les chocs affectifs, et en plus une masse déconcertante de termes médicaux, Dakotah eut la conviction qu'elle ne réussirait pas l'examen d'admission. Et même si elle le réussissait, venait ensuite la formation aux premiers soins médicaux, et les cours terrifiants portant sur les dommages causés par les armes chimiques, les explosifs et les radiations.

« Je n'aurai jamais le niveau requis », dit-elle calmement à Pat ; elle pensait aux piqûres intra-pulmonaires et au maniement de nouveaux respirateurs de secours, deux techniques qu'elle redoutait particulièrement.

« Allons donc. Tu réussiras ça, lui dit Pat qui passait haut la main tous les tests. C'est des exercices qui correspondent à des situations réelles, ce qui en fait l'intérêt. » Dakotah réussit l'examen mais dernière de sa classe. Marnie échoua.

« Je vous suggère d'envisager d'entrer plutôt dans la police militaire, dit à Dakotah l'instructeur – il louchait et avait une peau jaune couverte de taches –, la médecine n'est pas votre affaire. Je sais que, moi, je n'aimerais pas me trouver couché les tripes à l'air et voir arriver cette bonne vieille empotée de Dakotah en train d'essayer de se souvenir de ce qu'il faut faire. »

Pat s'en alla étudier à Fort Drum dans l'État de New York, au centre de simulation médicale : l'obscurité, les explosions, la fumée simulaient les conditions réelles du champ de bataille. Elle envoya à Marnie et Dakotah une lettre où elle leur décrivait le Soldat Hunk, un mannequin informatisé capable de saigner, de respirer et même de parler un peu. On l'avait construit avec le plus grand soin, il se prêtait à l'introduction de tous les tubes, tous les cathéters imaginables, on pouvait pratiquer sur lui autant de trachéotomies qu'on voulait. Plaies ouvertes à la poitrine, blessures affreuses et variées, rien ne lui était épargné. Il gémissait et même à l'occasion poussait un cri inhumain, comme l'appel du faucon. Au gré de l'instructeur son corps était brûlant ou froid, éprouvait une fièvre ardente ou souffrait d'une hypothermie sévère.

« Il a un joli petit zizi. Je suis amoureuse de lui », écrivait Pat. Dakotah lui répondit mais elles n'eurent plus jamais de nouvelles de Pat.

Bonita lui écrivait beaucoup. Les mots dégringolaient sur la page, dessinant une boucle descendante, et la lettre se terminait par une prière de deux lignes. Bonita commençait toujours par les nouvelles concernant les progrès de Bébé Verl, racontait comment ses dents perçaient, comment il rampait, se mettait debout, comment le vieux Bum s'attachait au bébé, le suivait partout et se laissait tirer les oreilles, comment Verl avait pris un autre chien, Buddy, parce que Bum se faisait vieux, et Buddy aimait bébé encore plus que Bum. C'est seulement quand elle en avait fini avec tous les détails merveilleux concernant bébé que Bonita passait aux nouvelles locales. Sa sœur Juanita était venue de Casper leur rendre visite – et leur faire admirer son nouvel époux qui travaillait sur les champs de méthane pour Triangle Energy. Son premier mari, Don, avait travaillé pour la même compagnie. C'était un homme qui pensait que le harnachement antichute n'était bon que pour les poules mouillées ; il s'était penché pour saisir une conduite que hissait une grue, l'avait manquée et était mort. Grand Verl, écrivait Bonita, avait quitté son chiropracteur et se faisait maintenant masser par une grosse femme qui demandait un prix exorbitant. « Elle dit que ce sont des massages. Si ce n'était pas Verl, je croirais qu'il s'agit d'autre chose. » Dakotah ressentit, ce qui lui arrivait rarement, une poussée d'affection presque douloureuse – un peu de pitié s'y mêlait – pour Bonita, même si elle devinait que celle-ci ne lui écrivait que par devoir.

Quelques lettres lui parvinrent aussi de Mme Lenski, tantôt sarcastiques, tantôt enjouées. Dakotah eut l'impression qu'à peine était-elle partie que la mort avait frappé dans la ville. L'un des jumeaux Vasey avait été tué et l'autre grièvement blessé dans une collision au croisement où tout le monde savait qu'il fallait ralentir. Un camion portant une plaque du Colorado était arrivé à pleins gaz et les avait pris en écharpe. D'autre part, écrivait Mme Lenski, deux lesbiennes avec un troupeau de chèvres avaient acheté la maison Tin Can et projetaient de se lancer dans la production de fromages qu'elles vendraient sur le marché local. Dakotah fut choquée de lire le mot lesbienne sur la page d'une lettre, comme si c'était un mot comme un autre. Et puis Tug Diceheart et deux autres employés du ranch Tic-Tac avaient été surpris en train de fabriquer des amphétamines dans le dortoir et on les avait arrêtés. La nouvelle la plus savoureuse, c'était que Mme Match avait quitté Wyatt et était retournée en Californie ouvrir une agence immobilière. Dakotah se demanda si Verl jubilait.

Dakotah et Marnie changèrent toutes les deux de spécialité et entrèrent dans la police militaire. Elles étaient devenues des amies intimes. C'était un lien plus étroit que celui qu'elle avait jamais pu avoir avec Sash, car Dakotah, pour la première fois de sa vie, avait quelqu'un avec qui parler, quelqu'un qui comprenait tout, aussi bien la façon dont les choses se passaient dans le monde rural que les échecs aux examens. Marnie disait qu'il existait entre elles de l'amour. Elles envisageaient de vivre ensemble avec Bébé Verl une fois qu'elles auraient quitté l'armée. Un jour elles étaient dans une voiture de l'armée, Dakotah avec son fusil mitrailleur à la main, en route vers un poste de contrôle pour fouiller des femmes irakiennes.

« Pas à dire, on est avec les paumés. La police militaire, c'est là où finissent tous les abrutis. C'est censé être le secteur le plus con de toute l'armée.

— Tu ne penses pas que certains officiers décrochent le pompon en la matière ?

— D'accord. Les policiers militaires viennent après. Abrutis en second, pas de quoi se vanter. »

Elles avaient vite appris que les postes de contrôle

étaient extrêmement dangereux. Au bout de quelques semaines, Dakotah mit au point un petit rituel magique pour rester en vie. Elle contractait rapidement les muscles de ses orteils, de son talon, de son mollet, de son genou, de sa cuisse, de sa taille, de son épaule, de ses sourcils, de son coude, de son poignet, de son pouce et de ses doigts — du côté droit, puis répétait cette série de contractions du côté gauche. Bonita lui avait envoyé une croix en métal argenté qu'elle reconnut. Elle se trouvait dans le second tiroir du buffet de la cuisine avec un peigne en écaille, un gant de cuisine trop beau pour qu'on s'en serve, une paire de gants en chevreau qui avaient appartenu à la fameuse arrière-grand-mère de Verl, une boîte rouge à couvercle coulissant remplie de vieux boutons. Elle porta la croix une fois mais la cordelette s'emmêla avec ses plaques d'identification et elle la mit de côté.

Dakotah détestait fouiller les femmes irakiennes et n'ignorait pas que celles-ci détestaient être fouillées. Certaines sentaient fort ; leurs burkas volumineuses, souvent poussiéreuses et en lambeaux, pouvaient dissimuler n'importe quoi, aussi bien une radio achetée au marché noir que des vêtements d'enfant ou une bombe. Une jeune femme avait caché six aubergines lustrées sous son vêtement ; elle eut pitié de cette femme qui ne pouvait même pas rapporter quelques aubergines chez elle sans être pelotée par un soldat américain. Jamais le monde ne lui avait paru aussi ignoble, jamais ses propres problèmes ne lui avaient paru aussi insignifiants et mesquins.

C'est très bien comme ça

Le jour où l'engin explosa sous le véhicule militaire, elle n'avait pas terminé le rituel magique : au lieu de compléter la série des contractions musculaires du côté gauche, elle avait voulu boire une troisième tasse de café. L'explosion fut trop soudaine pour qu'elle réalise ce qui se passait. L'instant d'avant elle roulait à vive allure avec Marnie, et voilà que ses yeux en s'ouvrant découvraient le visage de Chris Jinkla penché sur elle.

« Meuh », fit-elle — faible tentative de plaisanterie rurale à l'intention du fils de vétérinaire, mais celui-ci ne l'avait pas reconnue et pensa qu'elle gémissait. Elle ne sentait rien ; elle essaya la séquence magique de contractions musculaires : quelque chose clochait du côté droit.

« Tout va bien, Chris. Sauf mon bras. »

L'auxiliaire médical était ahuri. Il scruta le visage ensanglanté : « Bon Dieu ! c'est Pat, je ne me trompe pas ?

— Dakotah — elle chuchotait — je suis Dakotah. Ça va bien mais j'ai besoin de mon bras. S'il te plaît, cherche-le-moi. Je ne peux pas retourner à la maison sans mon bras. » Elle tourna la tête, vit un tas de chiffons ensanglantés et un bout de peau.

« Marnie ? »

Son bras droit était toujours là mais fracassé. Ce qu'on pouvait espérer de mieux, dit le docteur à l'hôpital de campagne, c'était de l'amputer de manière à conserver un moignon suffisant pour y adapter une prothèse. « Vous êtes jeune et vigoureuse. Vous vous en tirerez.

— Ça ira, reconnut Dakotah. Et Marnie ? » Elle sut au moment où elle posa la question.

Le docteur la regarda.

Elle fut envoyée en Allemagne avec d'autres blessés. Peu à peu, elle se rendit compte qu'autour d'elle rôdait une nouvelle terrible, pire que son bras mutilé qu'on avait amputé, aussi grave que la perte de Marnie. On avait peut-être découvert qu'elle avait un cancer et on ne voulait pas le lui dire. Mais ce ne fut qu'une fois transférée à Walter Reed qu'elle apprit la nouvelle de la bouche de Bonita debout à son chevet avec, sur le visage, une bizarre expression de chagrin mêlé, quand elle regardait le moignon de son bras, à une sorte de morbide curiosité.

Soudain Bonita éclata en sanglots. Jamais Dakotah n'avait vu quelqu'un pleurer autant ; les larmes pleuvaient sur les joues de Bonita, ruisselaient jusqu'aux coins de sa bouche puis, des bords de sa mâchoire, giclaient sur son chemisier de rayonne ; on aurait dit que sa tête était pleine de liquide. Pendant de longues minutes, Bonita fut incapable de parler.

Et finalement elle dit : « Bébé Verl.

— Quoi ? » Dakotah sut d'instinct qu'elle devait s'attendre au pire.

« Il était dans la camionnette de Grand Verl et – les larmes recommencèrent – il est tombé. »

L'histoire vint lentement, entrecoupée de larmes. L'enfant de dix-huit mois aimait rouler dans le camion de son arrière-grand-père. Ce jour-là, Verl l'avait placé avec les chiens sur la plate-forme ouverte. Verl était si fier d'avoir un garçon ; il voulait l'endurcir, et puis les chiens aimaient le bébé. Bonita répéta ces mots plusieurs fois. Le reste de l'histoire vint très vite.

« Tu vois, Verl croyait qu'il resterait tranquillement assis avec les chiens. Il l'avait déjà fait mais tu sais comme les chiens aiment se pencher à l'extérieur. Bébé Verl a dû faire comme eux, autant qu'on puisse le savoir, et quand le camion a plongé dans une descente, il a été projeté sur la route. C'était un accident. Il est passé sous les roues, Dakotah. Verl est à moitié fou. On l'a mis sous sédatifs. Les docteurs le préparent à ton retour à la maison. »

Dakotah se mit à hurler, la tête rejetée en arrière. Elle montra les dents à Bonita, se mit à les maudire, elle et Verl. Comment avait-il pu être assez stupide pour laisser un bébé sur le plateau de son pick-up ? Les cris et les sanglots alertèrent une infirmière irritée qui leur demanda de se calmer. Bonita, qui reculait devant la véhémence de Dakotah, tourna les talons et s'enfuit dans le couloir en courant. Elle ne revint pas.

« Il faut une année, Dakotah, expliqua Mme Parka, la conseillère psychologique, qui avait une ample poitrine et d'énormes yeux brillants. Une année, oui, il faut un cycle complet des saisons avant que vous ne commenciez à guérir. Le temps guérit toutes les blessures et c'est le meilleur remède. Il vous faut guérir physiquement et moralement. Vous devez faire preuve de force. Quelle est votre religion ? »

Dakotah secoua la tête. Elle avait demandé à cette

femme d'écrire à Mme Lenski à sa place pour lui apprendre ce qui était arrivé mais la femme lui avait répondu que regarder en face la mort de son bébé et l'annoncer elle-même à Mme Lenski faisait partie du processus de guérison. Dakotah avait envie d'étrangler la conseillère, de lui serrer le cou jusqu'à ce que son visage bleuisse puis noircisse et qu'elle meure.

Elle la regardait avec fureur.

« Il y a d'ailleurs d'autres moyens de communiquer. Le téléphone, les mails.

— Fichez le camp », dit Dakotah.

A la fin de l'été, elle était toujours à Walter Reed ; on l'avait installée dans un vieux motel crasseux, une dépendance de l'hôpital, où elle s'habituait à sa prothèse. Elle restait assise dans la chambre obscure à ne rien faire. Ce fut une succession de jours mornes ; elle tentait de s'y retrouver dans un monceau de paperasses : allocations d'invalidité, de décès, d'assistance pour l'enfant. Une des lettres officielles déclarait que cette dernière n'aurait jamais dû être versée par le canal de Dakotah mais de son père, le sergent Saskatoon M. Hicks, présentement en convalescence au Walter Reed Hospital.

Que Sash fût quelque part dans l'hôpital la stupéfia. Et plus encore le fait qu'elle en ait eu connaissance vu la confusion légendaire du système et le chaos de patients égarés qui en résultait – cela lui rappelait le nid de serpents à sonnette que Verl lui avait montré un jour, une masse entortillée sous une avancée de rocher. Il avait tiré dessus avec son vieux fusil; la masse de chair déchirée avait continué à se tortiller.

Un après-midi, une assistante bénévole vint la voir, une certaine Mme Glossbeau. Dakotah vit qu'elle était riche; c'était une dame soignée, bronzée, vêtue d'un élégant tailleur en laine couleur framboise et d'un chemisier de soie blanche

« Êtes-vous Dakotah Hicks? »

Elle avait oublié qu'ils étaient toujours mariés. La procédure de divorce était en sommeil depuis le départ de Sash pour son stage de formation.

« Oui, mais nous avions entamé un divorce. Je ne sais pas ce qui lui est arrivé.

— Votre mari est dans le complexe hospitalier et ses docteurs pensent qu'il faut que vous le voyiez. Je dois vous avertir qu'il souffre de blessures très sévères. Il se peut qu'il ne vous reconnaisse pas; c'est même probable. Les docteurs espèrent que le fait de vous voir le… le réveillera. »

Dakotah ne répondit rien d'abord. Elle ne voulait pas voir Sash. Elle voulait voir Marnie, elle voulait Bébé Verl. Elle avait presque l'impression qu'il l'attendait pour jouer avec elle. Elle pouvait presque toucher ses petites mains chaudes.

« Je n'ai pas vraiment envie de le voir. Nous n'avons rien à nous dire. »

Mais la femme s'assit à côté d'elle, et la cajola. Dakotah respirait un parfum délicieux, riche comme des abricots à la crème, avec la légère nuance d'amertume qu'ajoute le noyau d'amande. La femme avait des mains bien proportionnées, de longs ongles pâles, les doigts chargés de bagues. Comme il ne semblait pas y avoir d'autre moyen de se débarrasser d'elle que de dire qu'elle était d'accord, Dakotah consentit à voir son mari.

Sash Hicks s'était désintégré : la bombe lui avait emporté les deux jambes à mi-cuisse ; le côté gauche de son visage était une masse luisante de tissus cicatrisés, et il avait perdu l'oreille et l'œil gauches. Dakotah avait presque l'impression de voir Marnie, Marnie qu'elle savait morte même si elle continuait d'entendre sa voix dans les couloirs. L'infirmière de Sash lui expliqua qu'il avait des lésions cérébrales. Mais Dakotah le reconnut : c'était Billy the Kid abattu par Pat Garrett. Plus que jamais, il ressemblait au légendaire hors-la-loi. Sash regardait le plafond de son œil droit. Le visage ruiné ne témoignait d'aucune compréhension de quoi que ce soit sinon de ceci : qu'il y avait eu quelque chose de terrible, si seulement il savait quoi.

« Sash, c'est moi, Dakotah. »

Sash ne dit rien. Bien que son visage fût détruit et que depuis la ceinture jusqu'en bas son corps fût ravagé, son épaule et son bras droits étaient musclés et vigoureux.

Dakotah ne savait pas ce qu'elle éprouvait à son égard : de la pitié ou rien.

Des mots, des sons plutôt sortirent de la bouche déformée.

« Ah... ah... eh. » Il s'affaissa comme si on avait dévissé une valve, laissant s'échapper l'air qui remplissait son corps et le tenait droit. Le bref moment où il avait tenté de revenir au monde était passé. Son menton s'enfonça dans sa poitrine.

« Tu dors ? », demanda Dakotah. Il n'y eut pas de réponse et elle s'en alla.

Le voyage de retour au ranch fut douloureux mais elle n'avait nulle part d'autre où aller. Elle redoutait le moment où elle verrait Verl : allait-elle hurler, se mettre à le frapper ? Saisir le revolver posé sur le placard aux assiettes et lui tirer dessus ? Elle éprouvait une rage brûlante et en même temps, affalée sur la banquette arrière du taxi, elle se sentait inerte et molle. Le vieux tacot de Sonny Ezell avançait très lentement. Sa prothèse était dans sa valise. Elle savait qu'il leur fallait voir son moignon pour y croire – exactement comme elle devait voir la tombe de Petit Verl.

Ils dépassèrent le ranch Match, qui n'avait pas changé, et s'engagèrent sur la route des Trente Kilomètres. Les jours raccourcissaient mais il y avait encore beaucoup de lumière ; le soleil couchant dorait le haut de Table Butte, avec ses strates de jaune safran, d'orange et de violet. La rivière aux eaux peu profondes, d'un jaune citron, s'étalait mollement entre ses berges dénudées. Les derniers rayons tombaient sur les saules, les changeaient en longues baguettes ensanglantées. La route reflétait la lumière comme si elle était de verre. Dakotah avait l'impression de voyager à travers un paysage martelé de rouge où ressortaient, sombres et lugubres, les bâtiments des ranchs. Elle savait ce qu'était un sol imbibé de sang, savait qu'une artère sectionnée giclait comme un tuyau d'arrosage. Un chien sortit du fossé et se mit à courir dans les chaumes. Ils dépassèrent le ranch Persia où, lors de la crue du printemps dernier, le plus jeune des fils s'était noyé. Elle réalisa que chacun des ranchs devant lesquels ils passaient avait perdu un garçon – plus tôt ou plus tard, peu importait ; des garçons souriants, sûrs d'eux-mêmes, sains, éjectés du fleuve de la vie à cause de l'alcool, de la vitesse, d'accidents de rodéos, de chevaux dangereux, de rigoles d'irrigation profondes, de hautes barrières, de tracteurs renversés, de portes de camion mal fermées. Comme son garçon à elle. Telle était la zone ténébreuse, menaçante, qui entourait la vie des enfants dans les ranchs ; la grâce initiale d'y être né se trouvait annulée par les dangers qu'on rencontrait en y grandissant. Rouler le long de cette route, c'était faire l'appel des deuils. Le vent commençait à soulever une fine poussière quand le soleil se coucha dans un voile de brume.

Lorsqu'elle descendit du taxi devant la maison, le vent l'enveloppa tout entière ; il tirait violemment sur son écharpe, faisait bouffer le bas de sa robe, remontait sous sa manche comme une anguille ; elle sentait la présence du sable. A chaque pas, les herbes sèches craquaient sous ses chaussures. Sonny Ezell porta sa valise jusqu'au perron et refusa tout argent. De l'intérieur, on alluma la lampe du perron.

Elle n'agressa pas Verl. Ses grands-parents la serrèrent dans leurs bras en pleurant. Verl tomba pesamment à genoux et sanglota qu'il était désolé à en mourir. Il pressa son visage trempé de larmes contre la main de Dakotah. Jamais auparavant il n'y avait eu de contact physique entre eux. Elle ne ressentit rien et se dit que c'était signe qu'elle se rétablissait. Au mur il y avait une grande photographie en couleurs de Petit Verl, assis sur un banc, une jambe potelée repliée sous lui tandis que l'autre pendait et montrait une chaussette d'un blanc de neige et un soulier de tennis miniature. Il tenait par l'oreille un ours en peluche. On l'avait sans doute conduit au studio du Wal Mart. Ils lui avaient envoyé une épreuve de cette photo.

Bonita servit un vrai dîner : poulet frit, purée de pommes de terre, haricots verts à la crème, petits pains frais, et pour dessert, une tarte aux noix de pécan envoyée par Mme Hicks. A propos de Mme Hicks, Bonita dit quelque chose que Dakotah ne saisit pas. Ce fut un dîner terrible. Aucun d'eux ne parvenait à manger. Ils poussaient la nourriture sur leurs assiettes sans y toucher et, la voix enrouée de larmes, répétaient combien ça paraissait bon. Verl, peut-être pour donner l'exemple, voulut avaler une bouchée de purée ; il eut un haut-le-cœur. Finalement, ils se levèrent de table. Bonita enveloppa de plastique la nourriture et la mit au réfrigérateur.

« Nous mangerons ça demain », dit-elle.

Ils s'assirent dans la salle de séjour ; la télévision étant éteinte, le silence était affreux.

Dans le fossé, les sabots en l'air

« Ta chambre est préparée », dit Bonita. Dans la cuisine, le réfrigérateur bourdonnait comme le vent dans les fils des clôtures. « Tu sais, les Hicks n'ont pas pu se payer le voyage de Washington pour voir Sash. Ils ont besoin d'avoir de ses nouvelles. Ils n'ont rien pu apprendre. Ils ont téléphoné cent fois mais chaque fois qu'ils appellent l'hôpital, la communication est coupée ou bien on les transfère à quelqu'un qui ne sait rien. Il faut que tu leur parles. C'est pas bien pour eux de ne pas savoir. »

Dakotah ne pouvait pas leur expliquer que ce serait bien pire de savoir.

Le lendemain matin, cela allait un peu mieux; ils purent tous boire leur café. Le café chaud, bien noir, atténuait peut-être le deuil et la souffrance. Mais personne ne put manger. A midi, Dakotah quitta ses grands-parents et fit une promenade, elle gravit la pente aux pins. Une nouvelle ligne à haute tension courait à travers les arbres meurtris comme une cruelle entaille.

Au souper, le repas de bienvenue reparut; Bonita l'avait réchauffé au four à micro-ondes qu'elle avait acheté avec l'argent de Dakotah. Ils mangèrent finalement, mais lentement. A voix basse, Dakotah dit que le poulet était bon. Il n'avait pas de goût. Bonita prépara encore du café – aucun d'eux ne dormirait de toute façon – et découpa la tarte de Mme Hicks. Le regard fixé sur le triangle doré posé sur sa soucoupe, Verl semblait incapable de lever sa fourchette.

La porte de la cuisine grinça; Otto et Virginia Hicks

entrèrent timidement. Bonita les invita à s'asseoir et leur servit du café. Les yeux rouges de Mme Hicks étaient tournés vers Dakotah. Sa main tremblait et la tasse tintait contre la soucoupe. Soudain elle renonça au café, repoussa sa tasse.

« Et Sash ? bredouilla-t-elle. Vous l'avez vu. Nous avons reçu la lettre officielle annonçant son retour au pays. Il n'y a pas un mot sur la gravité de ses blessures. Nous n'arrivons à rien savoir. Il ne nous appelle pas. Peut-être qu'il ne peut pas nous appeler. Que lui est-il arrivé ? »

Bonita regarda Dakotah, ouvrit la bouche pour parler, mais la referma sans rien dire.

Le silence s'étalait comme un fleuve grossi par les pluies, venait lécher le bas des murs de la pièce. Dakotah pensa au taxi d'Ezell roulant lentement le long des ranchs endeuillés. Elle sentait que la peur des Hicks durcissait, se changeait en connaissance. Déjà la détresse environnait le couple aux nerfs tendus, c'était la boucle d'une corde, la corde même qui les encerclait tous. Elle allait tendre la corde, serrer la boucle autour des Hicks, tirer sur le nœud jusqu'à ce que la souffrance les engourdisse, leur montrer que cela ne payait pas d'aimer.

« Sash, dit-elle enfin, si bas qu'ils purent à peine l'entendre, Sash est dans le fossé, les sabots en l'air. »

Mais au moment même où elle parlait, elle sentit qu'elle glissait, que commençait sa propre descente dans l'ombre humide et la boue.

TABLE

1. Le sens de la famille 9
2. J'ai toujours adoré cet endroit. 53
3. Les vieilles chansons de cow-boys. 71
4. L'Enfant Armoise 119
5. La Ligne de partage. 137
6. La Grande Coupe Grasse de Sang 177
7. La farce du marais 193
8. Le témoignage de l'âne. 213
9. Dans le fossé, les sabots en l'air. 253

Cet ouvrage a été imprimé par

FIRMIN DIDOT
GROUPE CPI
Mesnil-sur-l'Estrée

*pour le compte des Éditions Grasset
en juin 2008*

Imprimé en France
Première édition, dépôt légal : mai 2008
Nouveau tirage, dépôt légal : juin 2008
N° d'édition : 15408 – N° d'impression : 91032